NATHALIE
BIANCO

Les petites

Sixième(s)

« Il y a d'étranges possibilités dans chaque homme.
Le présent serait plein de tous les avenirs,
si le passé n'y projetait déjà une histoire. »

André Gide

Chapitre 1

On nous appelait « les petites ».

Où que nous allions, dans la cité, partout, ce surnom nous suivait. La mère de Myriam, toujours inquiète et protectrice, qui répétait sans cesse : « Ne vous éloignez pas trop, les petites, hein ? » Celle de Faouzia, qui prononçait avec son merveilleux accent « Ah, li voilà li pitites ! », tout en nous ébouriffant les cheveux. Et puis, tout le temps, les grands, les « jeunes », ceux qui passaient le plus clair de leur temps à traîner et fumer au pied des immeubles ou sur le parking et qui nous houspillaient : « Hé, faut pas rester là, les p'tites. Allez, cassez-vous ! » Et lorsque l'on insistait et que l'on protestait, ils nous répondaient à chaque fois : « Non, non, vous être trop petites ! »

Ce surnom nous agaçait autant qu'il nous plaisait. Nous l'aimions, parce qu'il nous donnait à nous aussi l'impression de faire partie d'une « bande ». D'ailleurs, jamais on n'aurait vu dans la cité l'une sans les deux autres. « Les petites », c'était Fouzia, Myriam et moi, Kadi, la « petite métisse grande pour son âge ». Mais nous n'avions pas envie d'être vues comme *des petites*. Nous voulions être courageuses et fortes. Nous voulions être des détectives privées vives et intrépides.

Notre héroïne préférée était Fantômette, la jeune aventurière masquée des livres de la Bibliothèque rose. Alors, nous étions *les trois Fantômettes*.

Nous n'avions la permission de jouer que dans le hall du numéro 26, celui où habitait Myriam, parce que c'était le plus distant de la rue, le moins fréquenté et le plus calme, et parce que ses parents ne l'autorisaient pas à s'éloigner. Faouzia avait le droit d'aller partout où ses frères pouvaient garder un œil sur elle. Quant à moi, peu importait ce que je faisais et où j'étais, du moment que je ne dérangeais pas ma mère et que personne ne se plaignait de moi.

La cage d'escalier était notre terrain de jeu. Nous avions installé le siège de notre agence de détectives à l'entrée des caves, d'où nous établissions des stratégies, afin de mener à bien nos missions, dans les étages.

L'un de nos rêves était d'avoir de vrais talkies-walkies, mais en attendant de disposer d'un équipement électronique de pointe, nous avions bricolé un téléphone à l'aide de deux pots de yaourt reliés par une ficelle. Ce dispositif ingénieux ne remplissait toutefois pas parfaitement son rôle de moyen de communication à distance, puisqu'en réalité, il fonctionnait juste quand nous étions côte à côte. Lors de nos missions dans les étages, nous préférions utiliser l'alphabet morse, appris à l'aide d'un article dans le *Journal de Mickey* : nous tapions en rythme mystérieux sur la rampe pour prévenir de l'imminence d'un danger, comme l'arrivée du facteur ou d'un voisin.

Nous avions tout un tas d'équipements d'agent secret, la plupart chipés dans les *Pif Gadget* des frères de Faouzia. La lunette astronomique (numéro 677) était notre préférée, et quand l'une des trois Fantômettes partait en mission au dernier étage, elle était assurée de pouvoir faire le guet et repérer l'arrivée de n'importe quel agresseur. Nous possédions aussi le microscope à monter en kit (numéro 689), destiné à analyser les empreintes digitales et les traces de poudre, mais l'appareil, fragile, avait très vite échoué à remplir sa mission. Nous aimions tout de même le poser sur la boîte en carton retournée, qui nous servait de bureau, à l'entrée des caves, parce qu'il donnait une caution scientifique à notre installation, surtout s'il était posé à côté de notre appareil à mesurer la vitesse du vent (numéro 701). L'utilité de ce gadget ne nous était pas clairement apparue, mais nous l'adorions, parce qu'il était beau et mystérieux, et que personne, à part nous, ne pouvait se douter que les Fantômettes avaient ce pouvoir rare et poétique de mesurer la vitesse du vent.

De nous trois, Myriam était la plus fantasque et la plus lunaire. Elle rapportait souvent des gadgets et des objets improbables. C'était toute une affaire de la convaincre que les pois sauteurs du Mexique (numéro 598) ou la machine à faire les œufs carrés (numéro 602) n'avaient aucune utilité dans une enquête des Fantômettes. Souvent, j'y renonçais, contrairement à Faouzia, qui était déjà la plus déterminée de nous trois.

Un miniconflit éclata le jour où Myriam apporta un sachet hermétique, rempli de petites graines. Nous connaissions déjà cet extraordinaire phénomène, car les frères de Faouzia avaient, eux aussi, trempé leurs « pifises » plusieurs jours dans l'eau pour les ramener à la vie. À maturité, quelques-unes de ces minuscules crevettes embryonnaires atteignaient presque le centimètre.

Toutefois, si, comme tous les gamins de l'époque, nous étions fascinées par la magie de ce gadget, intégrer ces bestioles à notre panoplie de détectives paraissait peut crédible. Faouzia mit d'emblée son veto au projet : en aucun cas les Fantômettes ne pouvaient combattre le mal avec un bocal de crevettes microscopiques. Myriam eut beau argumenter, supplier et pleurer, rien n'y fit. Pour l'amadouer, Faouzia lui céda sa cape de justicière, taillée dans une chemise de nuit de sa mère. Les reflets moirés de l'acétate rose calmèrent sa déception, et Faouzia se fit confectionner une nouvelle tenue, plus sobre, dans un vieux bleu de travail de son père.

C'était un temps joyeux, insouciant et plein de promesses. Nous avions contribué à tant d'enquêtes, arrêté tant de bandits, résolu tant de mystères qu'il nous était impossible d'imaginer autre chose qu'une vie éternellement merveilleuse. Pas un instant nous n'avons douté de notre succès : un jour, nous monterions notre agence de détective, nous ferions le tour du monde pour poursuivre et terrasser les méchants, et notre courage serait reconnu partout. En attendant, les locataires du numéro 26, hall B, faisaient semblant de ne pas voir qu'ils étaient pris en filature par des détectives en herbe et supportaient stoïquement que leurs allées et venues soient épiées et commentées dans des téléphones en pots de yaourt. Certains jouaient le jeu et allaient même jusqu'à accepter de lever les mains en l'air, lorsque nous les mettions en joue avec notre appareil à mesurer la vitesse du vent.

Nous habitions dans la cité de La Valoise, au 22, rue Olivier de Serres, à Villeurbanne. Au 9ᵉ étage, derrière la porte orange, dans un T3, s'entassaient ma copine Faouzia, ses parents et ses trois frères. Ma mère et moi habitions au 3ᵉ. Au numéro 26, juste en face, vivaient Myriam, sa grande sœur Noémie et ses parents.

C'était l'une de ces cités populaires qui avaient fleuri dans les années 1970, moche, terne et triste, avec de grandes barres d'immeubles disposées autour de parkings et de bancs de béton. Nous ne savions pas qu'elle était moche et triste, parce que nous n'avions pas de références, pas d'autres horizons que l'école et le bout de notre rue. Mais surtout, nous étions jeunes, joyeuses, débordantes de vie, et le gris environnant n'avait aucun effet sur nous.

Chapitre 2

« *Pas* de Javel, Giselda, je vous l'ai dit cent fois : pas de Javel, Madame déteste ça !

La petite employée de maison cap-verdienne ne se laisse pas démonter.

— Oui, mé la Javel, c'est mieux pou les toilettes : c'est plou plople.

— Je sais bien, Giselda, mais souvenez-vous, Madame tient à ce qu'on se serve uniquement de produits *naturels*. Je vous ai fait un stock. Il y a du vinaigre blanc, du savon de Marseille et des huiles essentielles ; on en a déjà parlé, vous pouvez utiliser le lavandin ou l'eucalyptus.

Giselda hausse les épaules. Elle n'en démord pas :

— Madame, elle a tou lé temps des soucis dé ventre dépoui son voyage à Madagascar, alors jé dois faire les toilettes plou souvent, et la Javel, c'est mieux.

Je me mords les lèvres pour ne pas rire à l'évocation des soucis gastriques de la starlette Charlotte Fauvel et transige, avec un clin d'œil :

— Bon, Giselda, vous utilisez la javel très *discrètement* et, par-dessus, vous pshittez un peu de lavandin, ok ?

Son regard pétillant de malice croise le mien, et elle me fait signe qu'elle a compris. Elle acquiesce et ajoute sur le ton de la confidence :

— Les védettes, ça fé caca comme tou lé monde, hein ? »

Je ris de bon cœur. J'aime bien Giselda. J'ai beau la dépasser d'une bonne tête, elle ne s'est jamais laissé impressionner par ma grande taille ou rebuter par mon apparente réserve qui peut être perçue comme de la froideur. Pour beaucoup, je suis « la grande black qui s'occupe de tout. » Mais pour la joyeuse petite femme, je « fé caca comme tou lé monde ! »

Soulagée d'avoir évité l'incident écologique, j'abandonne Giselda à ses considérations hygiénistes. Ce soir, quand Charlotte rentrera de son shooting, elle sera contente. Elle se posera sur le canapé, ôtera ses escarpins Louboutin et froncera son ravissant nez : « Comme c'est agréable de rentrer dans une maison impeccable. Vous voyez bien, Kadi, que ça produit exactement le même effet : ça sent le propre, sans balancer des cochonneries dans la nature. Tout le monde est content, et la vie est belle ! »

Je m'abstiendrai de lui faire remarquer que je ne m'inclus pas dans ce « ... et la vie est belle ! », car personnellement, j'aspire à un peu plus que des toilettes rutilantes pour trouver que la vie est belle. Mais je n'aime pas la contrarier inutilement. C'est ainsi, il y a des gens qui inspirent spontanément la méfiance, le rejet ou l'indifférence, mais Charlotte inspire la sympathie, l'affection, même si, à bien y réfléchir, elle n'est pas plus gentille qu'une autre. Il y a juste en elle quelque chose qui fait que l'on ne peut jamais lui en vouloir, et que l'on a immédiatement envie de la prendre dans ses bras. C'est pour cela que j'évite de l'appeler « Madame » en sa présence, alors que j'adore le délicieux côté désuet de ce terme, qui me replonge dans les livres de la Comtesse de Ségur que je lisais, enfant.

Charlotte déteste ce terme. Presque autant que si Giselda balançait un litre de Monsieur Propre à l'ammoniaque dans le lavabo de sa salle de bain. « Charlotte », disait-elle sans cesse au début de notre rencontre, en détachant bien les syllabes : « Appelez-moi juste CHAR-LO-TTE, comme tout le monde. »

Le « tout le monde » de Charlotte n'est pourtant pas tout à fait le même que le mien. Moi, je suis l'assistante personnelle de la jeune femme, sa secrétaire privée, son intendante et un peu plus que cela : une sorte de gouvernante 2.0.

Le « tout le monde » de Charlotte, c'est avant tout un essaim de maquilleurs, de coiffeurs, de coaches d'acteurs et de directeurs de casting. Elle est l'une de ces jolies actrices bientôt trentenaires, étoiles montantes du cinéma français. Elle a commencé sa carrière très jeune, avec un premier rôle dans une sitcom à succès, *Les Filles de la Cafète*. Et puis, au plus haut de sa gloire, à dix-neuf ans, à la surprise générale, elle s'est tournée vers le cinéma et a triomphé dans un film « sulfureux », où elle interprétait une jeune toxicomane à la dérive qui tombait amoureuse du père de son dealer. Les critiques ont été unanimes à saluer la performance « fiévreuse, passionnée et audacieuse » de la jeune fille. Un mariage éclair avec un rocker australien, un divorce tout aussi fulgurant trois mois plus tard, et la légende de la jeune Charlotte était lancée. Depuis, la jolie blonde collectionne avec le même talent les premiers rôles autant que les aventures sentimentales et les couvertures de journaux people.

Son compagnon de tabloïd du moment, c'est Vincent Daumas, un metteur en scène plus confidentiel, électron libre du cinéma underground, qui enchaîne courts-métrages expérimentaux et films indépendants avec la même aisance qu'il alterne vodka tonic et vieux rhum. À quarante-deux ans, Vincent est aussi sombre, tourmenté et cynique que Charlotte est lumineuse et simple.

Depuis quelques mois, les deux forment, selon la formule consacrée, « l'un des nouveaux couples du cinéma français », même si Vincent est beaucoup moins connu que Charlotte. C'est seulement une idylle de façade, car en privé, depuis des semaines, le couple enchaîne dispute sur dispute. Il semble que l'un et l'autre diffèrent le moment fatidique de la séparation juste pour retarder les inconvénients des inévitables gros titres dans la presse à sensation. Mais je sais déjà que, dans peu de temps, je serai chargée de rédiger l'habituel communiqué de presse : *Charlotte Fauvel et Vincent Daumas annoncent mettre un terme à leur histoire d'un commun accord. Bien que leurs carrières respectives et des plannings de tournage incompatibles les aient éloignés l'un de l'autre, cette séparation est guidée par un grand respect mutuel. Aucun autre commentaire ne sera fait sur cet aspect de leur vie privée.*

En attendant, le futur ex-couple cohabite encore dans l'appartement de la jeune femme, un ancien atelier d'artiste avec une belle verrière, dans une petite rue tranquille, près de la place des Vosges. Selon le magazine *Marie-Claire* : « un intérieur chaleureux, bohème et plein de spontanéité, à l'image de Charlotte Fauvel, qui nous reçoit en toute simplicité chez elle. » En réalité, l'agencement « bohème et plein de spontanéité » du lieu a été confié « en toute simplicité » à une décoratrice en vogue, et chaque recoin du loft est astiqué soigneusement quatre fois par semaine par les soins d'une employée cap-verdienne au tarif de de 36 € net de l'heure...

Mon travail est varié, souvent amusant, bien que très prenant, mais cela ne me dérange pas. Je vis seule, j'ai cinquante ans, plus d'obligations familiales, et ce poste convient bien à ma nature discrète et efficace. Au fil des années, j'ai réussi à transformer une timidité maladive en une attitude toute professionnelle de réserve courtoise, ce qui fait de moi une collaboratrice indispensable.

Cela peut paraître étonnant, mais par certains côtés, Charlotte est encore une toute jeune fille : ainsi, relire un contrat, préparer une interview pour un magazine féminin ou organiser un voyage lui semble relever d'un savoir-faire aussi mystérieux que la fusion des particules. Quand il y a des choses à négocier ou à organiser, elle prend un petit air paniqué et me glisse à l'oreille : « Je vous laisse faire, Kadi. »

Elle vit dans un monde un peu irréel et protégé, où je suis à la fois son ange gardien, son assistante et sa confidente. D'ailleurs, à l'entendre me présenter en disant « voici Kadi, *qui m'aide* », on pourrait presque oublier que je suis son assistante et me ranger dans la catégorie « cousine de province » (ce qui, assurément, ferait de moi la « parente pauvre » la mieux rémunérée de Paris).

Depuis plusieurs semaines, Vincent a en tête le projet ambitieux de tourner une nouvelle version du mythique *Un singe en hiver* avec Gabin et Belmondo. Hier soir, il m'a demandé d'improviser une petite réception de dernière minute avec les gens de FilmaMax, sa maison de production habituelle, afin de leur présenter son idée de remake. Comme souvent, j'ai tout géré avec efficacité, passé commande de petits fours et de minisandwichs, et fait le plein de champagne.

Aujourd'hui, je tends la note avec le récapitulatif des dépenses à Vincent. Celui-ci regarde le papier d'un air un peu surpris, comme s'il découvrait que le traiteur et le caviste ne sont pas des mécènes cinéphiles, honorés de sponsoriser ses beuveries. Lorsqu'il a terminé de fixer avec incrédulité le montant que j'ai calculé en bas de la feuille, il balbutie : « Oui, oh... Ok, Kadija, bien sûr. Bien sûr, c'est ok », et il part à la recherche de son portefeuille. J'ai toujours pris pour un signe d'élégance le fait qu'il soit le seul à prendre la peine de prononcer mon prénom complet.

Pendant qu'il signe son chèque, je lui demande si sa coûteuse petite sauterie aura été utile à l'avancement de son projet. Il lève les yeux et me regarde d'un air abattu. Selon les angles, son visage mince et anguleux, son grand nez busqué et sa bouche fine peuvent dégager une certaine séduction, mais là, son expression de désespoir est tellement accentuée que je ne peux m'empêcher de sourire. D'un air lugubre, il m'annonce :

> « Au-delà de mes espérances, Kadija : ils ont adoré l'idée !
>
> — Eh bien ? Où est le problème ?
>
> — Le casting, Kadija, le casting : voilà le problème ! assène-il d'un ton pompeux et solennel.
>
> — C'est sûr qu'il ne va pas être facile de trouver des successeurs à Gabin et Belmondo.
>
> — Non, mais là, on nage dans le délire, Kadija. Vous savez qui ces dingues veulent m'imposer comme acteurs ? Vous n'allez pas le croire...

Il marque un silence pour ménager son effet mélodramatique.

— Kad Merad et Omar Sy ! » poursuit-il d'un ton indigné.

Je lui adresse un petit sourire désolé et plein de compassion : à ce moment-là, Vincent Daumas, le talentueux réalisateur de quarante-deux ans au regard bleu azur, le *bad boy* du cinéma underground français aux allures de dandy désinvolte et décadent, connu pour ses frasques, son penchant pour l'alcool et la fête, se métamorphose. Soudain, il a dix ans, il est sur le point d'être puni pour une bêtise et cherche par tous les moyens à échapper à l'injustice de la sanction : « Vous croyez qu'on aurait dû commander plus de champagne ? » me demande-t-il d'un air penaud.

Chapitre 3

Nos jeux étaient toujours les mêmes. Parfois, nous jouions à l'élastique, à la marelle, et nous faisions du patin à roulettes devant l'immeuble. Néanmoins, tout autant que les Fantômettes, nous adorions jouer aux Drôles de Dames, inspirées de la série TV en vogue à l'époque.

Faouzia faisait Farrah Fawcett. Toujours. Bien sûr, elle ne lui ressemblait pas du tout : elle était petite, avait les dents du bonheur, des cheveux fins et tout raides, mais elle possédait une énergie et une détermination d'enfer, doublées d'un crochet du droit suffisamment convaincant pour faire taire toute remarque acerbe émanant d'un observateur pointilleux. Elle était donc la blonde Jill Munroe, à la crinière de lionne et au sourire parfait.

Myriam était Kelly, la séduisante brune. Le rôle lui allait comme un gant, car elle était incontestablement la plus jolie de nous trois, avec sa magnifique et longue chevelure auburn, ses pommettes hautes et son regard clair. Fantasque et libre, elle avait une manière très personnelle de jouer, et il y avait toujours un moment où elle se sentait à l'étroit dans son rôle. Alors, elle décidait de changer les règles : elle transformait le personnage d'origine et devenait subitement un croisement entre Super Jaimie, Goldorak ou même Julie, la marchande de bonbons de *L'île aux enfants*. Faouzia protestait, mais Myriam se contentait de rire, en brandissant son sabre laser ou sa baguette magique, selon son humeur.

Quant à moi, j'avais beau dominer mes amies d'une bonne tête, je n'en étais pas moins une fillette timide et empruntée. Pourtant, en leur présence, pleine d'une nouvelle assurance, je devenais Sabrina, la plus sérieuse et la plus réfléchie des Drôles de Dames, celle qui trouvait toujours la clé du mystère grâce à son sens de l'observation.

Nous jouions chacune avec nos personnalités, mais nous le faisions avec application, comme si notre vie en dépendait, et nous y mettions tout notre cœur.

Faouzia était une petite fille hyperactive et pleine d'énergie : sans cesse, il lui fallait courir, sauter, bondir et se mesurer à des adversaires imaginaires. Son rival préféré restait l'ascenseur, qu'elle défiait dans des courses folles, montant et descendant sans relâche les douze étages de la tour, essayant de deviner à quel palier il allait s'arrêter, afin d'être là, à l'ouverture de la porte automatique, prête à mettre en joue avec son révolver invisible un voisin qui découvrait, tout interdit, qu'il était devenu l'ennemi public n° 1.

Myriam et moi préférions mener des enquêtes, résoudre des mystères. Nous élaborions des scénarios complexes, avec des faux coupables et des indices cachés. Je suspectais tout le monde dans l'immeuble, la gardienne, les voisins, le facteur. S'il cela n'avait tenu qu'à moi, nous aurions procédé à un interrogatoire en règle de chaque locataire.

Pour examiner les empreintes digitales sur les boîtes aux lettres, je rêvais d'avoir une loupe, comme les grands en cours de sciences naturelles, au collège, mais ma mère s'opposa à cet achat stupide. Le père de Faouzia, qui travaillait sur les chantiers et était très habile de ses mains, m'en bricola une, avec une armature de vieille passoire à thé et un morceau de plastique transparent.

Une année, pour Noël, Myriam reçut un déguisement de fée, composé d'une longue robe rose pâle, sur laquelle étaient collées des étoiles, et d'un haut chapeau pointu en carton argenté, surmonté d'un voile. Après négociations, elle accepta de renoncer à son chapeau pointu (trop voyant pour les filatures), mais elle refusa avec véhémence de se séparer de sa baguette magique et de sa robe rose pâle étoilée. Même en hiver, elle continua à la porter par-dessus ses pantalons de velours et sous son anorak.

Pour passer le temps, lorsque nous étions en planque sous la cage d'escalier, nous découpions les silhouettes de nos héroïnes dans les vieux *Télé 7 Jours*, tout en imaginant ce que seraient nos vies plus tard. Faouzia nous voyait toutes les trois à la tête de notre agence de détectives dans un immense loft, à New York, ou dans une somptueuse maison de Los Angeles. Myriam voulait surtout voyager et parcourir le monde. Elle avait du mal à trancher entre le vaisseau spatial et le carrosse, mais elle pressentait que la planète lui tendait les bras et que le monde ne serait jamais assez vaste pour contenir sa douce folie.

J'étais la seule qui ne faisait pas de rêves d'avenir. Chez moi, tout était triste et éteint, mais la froideur de mon quotidien était compensée par le monde que je m'étais créé et que j'aimais : mes amies, leurs familles, l'école et les livres. Je n'avais pas d'autres aspirations que de conserver toujours ma place dans ce cocon rassurant, car quand je ne jouais pas aux Drôles de Dames, je lisais. Et même quand je jouais, il m'arrivait de garder un livre avec moi, parce que cela restait cohérent avec le personnage de Sabrina, qui était la plus réfléchie des trois détectives.

Je n'avais pas de livres à la maison, mais Noémie, la grande sœur de Myriam, nous emmenait à la bibliothèque une fois par semaine. Faouzia n'avait pas le droit de nous accompagner, parce qu'elle courait partout dans les rangées silencieuses et n'arrivait pas à rester en place. Myriam allait voir des livres, comme on va dans un musée contempler des tableaux : elle admirait les images, observait les illustrations et s'extasiait devant les couvertures en disant : « Oh, il a l'air trop joli, celui-ci ! »

Quant à moi, j'adorais la bibliothèque, et ma seule crainte était de me retrouver un jour à avoir lu tous les ouvrages existants dans ses rayons. Avec une grande patience et beaucoup de pédagogie, Noémie me démontra que mathématiquement, ce moment ne pourrait jamais se produire. Rassurée, je n'eus plus besoin de me rationner, et la bibliothécaire ferma les yeux sur le fait que chaque semaine, je dépassais le nombre maximal de livres autorisés à l'emprunt.

Parfois, madame Benarbia, la mère de Faouzia, chez qui je passais beaucoup de temps, s'inquiétait : « Ti vas te fire mal aux yeux, ma pitite, à lire tout li temps comme ça ! » En effet, je lisais en permanence et partout : dehors, sur les bancs de béton, quand il faisait beau, assise sur les marches de l'escalier, en attendant mes amies, dans la cuisine et, bien entendu, dans mon lit.

Les frères de Faouzia se moquaient de moi : ils m'appelaient « l'intello », et parfois, Majid, le plus jeune, me provoquait :

« Oh, l'intello, tu veux des lunettes ? » Puis, dédaigneux, il lâchait : « Allez, c'est bon, arrête de faire ta p'tite Française. »

Je haussais les épaules. J'étais trop timide pour répondre, mais au fond de moi je savais : je ne faisais pas « ma p'tite Française » : j'étais américaine. Californienne, plus précisément. Je m'appelais Sabrina Duncan et j'étais détective privée.

Chapitre 4

Charlotte et Vincent sont arrivés par le train de 13 h 14 à la gare de Bordeaux. Tout en fumant, je les attends au volant d'une voiture de location, afin de les conduire à la maison que j'ai réservée. C'est toujours moi qui m'occupe des vacances. C'est l'une des missions sympathiques de mon travail. J'ai juste eu pour consigne :

> « Kadi, trouvez-nous un truc cool, au bord de la mer, mais pas la Côte d'Azur, surtout, hein ? L'Océan, c'est bien. Au bord de l'Océan... mais pas trop au bord non plus... qu'il n'y ait pas des gens partout. Mais pas un endroit désert. Pas à la campagne. Non, la campagne, on va s'ennuyer. Mais quand même avec de la nature, des arbres, tout ça... Mais pas d'insectes, surtout. Grand, mais pas *trop grand* non plus. Enfin, pas petit, mais un peu quand même. Ah oui, et que l'on puisse recevoir des gens ou bien faire une grosse fête aussi, si ça nous prend... mais en toute intimité. Quelque chose

de simple, genre un peu retour à la nature... mais chic, hein, avec tout le confort. »

J'ai opté pour le Cap Ferret.

J'ai l'habitude de ce genre de demandes. Depuis six mois qu'ils sont ensemble, à chaque fin de tournage ou après chaque frasque de Vincent, le couple a pris l'habitude de se retrouver « juste tous les deux », pour mieux se ressourcer. En gros, ils passent quelques jours à prendre la pose main dans la main sur un chemin de campagne ou à s'éclabousser joyeusement dans la mer, sous l'œil professionnel et attentif de quelques paparazzis judicieusement convoqués pour l'occasion. Ensuite, le couple commence à s'ennuyer ferme, généralement, et au bout du troisième jour, Charlotte me supplie de venir pour l'aider à répéter son prochain rôle en anglais, pour préparer une interview ou juste pour ne pas être en tête à tête avec Vincent qui, de toute façon, a fini par inviter quelques compagnons de beuverie à partager cette parenthèse enchantée pesante.

Cette fois-ci, Charlotte a anticipé et m'a demandé de partir avant eux pour tout organiser et de rester sur place, ce qui n'est pas pour me déplaire. Il faut dire que leur histoire semble vraiment toucher à sa fin. Les disputes sont de plus en plus fréquentes. Charlotte reproche à Vincent son alcoolisme, son coté éternel adolescent, et Vincent trouve Charlotte de plus en plus rabat-joie. La rupture semble si proche que, cette fois-ci, ils n'ont prévu aucune journée en amoureux, « seuls face à la nature pour se ressourcer », et que les paparazzis en seront pour leurs frais.

L'annonce disait : « L'océan comme unique horizon ; volumes, lumière et nature pour des vacances de rêve dans cette magnifique villa d'architecte en bois, au luxe discret, admirablement située au bord de l'eau, dans un environnement authentique. » J'ai montré le dossier à Charlotte et Vincent, qui ont examiné tous ces éléments d'un air distrait : « On vous fait confiance, Kadi ; ce que vous déciderez, ça sera toujours bien. »

Nous arrivons donc à la somptueuse villa, située au bout d'un chemin sinueux en pleine pinède, sur une zone un peu en hauteur. La maison est tout en bois, comme le veut l'architecture locale, avec d'immenses baies vitrées qui donnent sur les pins ou sur l'océan. À l'arrière, il y a une grande terrasse en bois, elle aussi, avec une piscine, long bassin rectangulaire dans lequel le reflet du ciel prend des tonalités presque blanches. C'est suffisamment chic pour ne pas faire clinquant. « On n'est pas à Saint-Tropez, ici », a dit l'agent immobilier avec un sourire narquois. D'ailleurs, ce n'est pas une piscine, mais « un bassin de nage ».

Charlotte est immédiatement conquise. Vincent regarde tout cela avec indifférence. En revanche, son regard s'éclaire quand il découvre, un peu en contrebas de la terrasse, un petit jardin en triangle, au bout duquel deux gros pins centenaires encadrent de part et d'autre la vue magnifique qui surplombe l'océan.

> « Waouh, Kadija, ça c'est ce que j'appelle une maison avec vue. Bravo ! » siffle Vincent.

Aussitôt, il décrète qu'il ne veut plus bouger de là, qu'il lui suffit de tendre un hamac entre les deux arbres ou qu'on lui passe une tente et qu'il est prêt à dormir ici pour le reste de sa vie. Charlotte hausse les épaules :

> « Il est vraiment hors de question que tu te mettes à camper ici comme un vieux punk à chien ! Je ne te donne pas une semaine avant que l'endroit ne soit transformé en dépotoir, avec le sol jonché de cadavres

de bouteilles et de mégots de cigarettes. D'ailleurs, ajoute-t-elle menaçante, nos invités arrivent bientôt. Tu es prié de bien te tenir.

Vincent esquisse une grimace :

— Je me tiendrai bien, surtout si ce crétin de rebelle gaucho à mèche gluten free ne vient pas me faire chier avec ses leçons de morale.

— Ce n'est pas un crétin gaucho gluten free : il est végan, altermondialiste, féministe, soucieux du devenir de la planète et engagé dans la protection des espèces vivantes. Et tu ferais bien de t'inspirer un peu de son combat, toi aussi.

— Ben, moi aussi, je milite à ma façon, figure-toi, rétorque-t-il, rigolard. Je protège les plantes. *Toutes* les plantes. Le houblon, le malt, le raisin, la canne à sucre, le... »

Il n'a pas le temps de finir sa phrase : Charlotte a déjà tourné les talons, furieuse, pendant que Vincent s'en va décharger les bagages en sifflotant.

Les invités arrivent plus tard dans l'après-midi. Tout d'abord Cécilia, la magnifique actrice franco-italienne aux deux Césars et une nomination aux Oscars. Elle serre tout le monde dans ses bras avec une effusion toute méditerranéenne. Je n'échappe pas à ses transports d'affection un peu théâtraux, mais chaleureux. Je l'aime bien.

Charlotte et elle se sont liées d'amitié sur le tournage d'un film dans lequel elles jouaient deux sœurs, même si, dans la réalité, l'une pourrait plus vraisemblablement être la mère de l'autre. Mais il est vrai qu'il est difficile de définir à quelle génération appartient la belle brune, qui affiche la cinquantaine resplendissante de ces femmes qui ont toujours apporté un soin méticuleux à leur apparence, tout en claironnant qu'elles doivent leur jeunesse uniquement à une hérédité favorable, à un mode de vie très sain et à des séances de méditation, en passant sous silence les multiples rendez-vous dans des cliniques privées.

Elle est accompagnée de sa fille, une grande bringue osseuse et chevaline, qu'elle a eue avec un acteur de théâtre. La vie est parfois injuste : alors que Cécilia est sublime, toute en rondeurs, en courbes et en douceur enfantine, malgré sa jolie cinquantaine, sa fille ressemble désespérément à son père : visage anguleux, yeux proéminents, mâchoire carrée et petite bouche pincée. La grande fille osseuse et maussade s'appelle Lulubelle.

Vincent l'embrasse et lui dit « Salut Lulu ! », ce que corrige immédiatement sa mère : « Je t'ai déjà dit que c'était *Lulubelle.* » Vincent hausse les épaules. De son côté, la demoiselle repère immédiatement le potentiel instagrammable du bassin de nage, et sa mine morose s'éclaire un peu : « Cool, y a au moins une piscine. »

Sa mère va dans sa chambre pour prendre une douche. Enfin, elle ne le dit pas tout à fait de cette manière : elle annonce avec emphase qu'« elle va se ressourcer en pratiquant son rituel de *showering.* » Pendant ce temps, Vincent se sert une bière, et Charlotte s'enquiert de la logistique auprès de moi : ce soir, ce sera apéritif dînatoire, à base de fruits de mer locaux, servi sur la terrasse.

Vers 17 h arrive le deuxième invité, Julien, un jeune journaliste engagé, militant altermondialiste, écologiste et féministe, spécialisé dans le reportage sur le terrain. Charlotte et lui ont sympathisé sur le plateau d'une émission de Canal+, et elle a ensuite accepté de prêter sa voix à un documentaire contre l'exploitation animale. Depuis, l'infatigable activiste n'a jamais raté une invitation de l'actrice.

Vincent lève les yeux au ciel en voyant s'extirper du taxi le jeune homme transpirant, au regard fuyant, presque entièrement dissimulé sous une épaisse mèche brune :

> « Putain, quel trajet d'enfer, je vous jure ! Chacha, mon cœur, tu peux m'avancer le montant de la course ? Je ne trouve pas mon portefeuille... Pfff, quelle chaleur ! Même pas fichu d'avoir une clim qui fonctionne correctement dans cette saleté de VTC.
>
> — Une clim ? Et ton bilan carbone ? Remarque, je croyais que tu allais venir en hélico, comme quand tu tournes tes documentaires », persifle Vincent.

L'outragé n'a pas le temps de répondre que Charlotte me fait signe de m'occuper du paiement et entraîne déjà son ami, afin de lui faire visiter la maison.

> « Jooolie bicoque, siffle le jeune homme avec admiration. La classe. C'est presque trop grand pour nous. Quand je pense à tous les sans-papiers qu'on pourrait héberger dans une surface pareille...
>
> — Heu... c'est-à-dire que... on n'a pas envisagé... Enfin, ce soir, on a prévu juste des fruits de mer pour nous six. Un truc très simple, tu vois. Et puis, je ne sais pas si les sans-papiers mangent des huîtres. De là où ils viennent... Enfin... si tu as prévu de faire venir des gens, on n'aura pas assez de quantité... Et puis, question literie, on n'a que six chambres, on n'est pas équipés pour recevoir.
>
> — Non, mais j'plaisante, Chacha, rassure-toi. C'est juste que ça me fait mal au cœur. Mais bon, de toute façon, on aura l'occasion d'évoquer tout ça plus tard, j'ai pleiiiiin d'idées à te soumettre ! »

Charlotte fait une petite moue. Elle a signé tout un tas de pétitions et de tribunes, a participé à une opération de distribution de couvertures lors de l'occupation d'une église par des clandestins, est marraine d'un programme de parrainage d'enfants à Madagascar et s'est même rendue une fois sur place. Le séjour a été interrompu prématurément, la délicate actrice ayant dû être rapatriée en urgence, suite à une « dysenterie amibienne ». Charlotte a retenu de cet épisode qu'il valait mieux pratiquer un engagement humanitaire plus distancié, d'autant que Giselda ne manque jamais une occasion de lui rappeler avec une certaine malice sa fragilité intestinale.

C'est l'une des raisons pour lesquelles l'idée de voir sa maison de vacances et son bassin de nage envahis par des hordes d'altermondialistes en bonnet péruvien ou de réfugiés ne l'emballe pas du tout. Elle préfère changer de sujet :

« Au fait, ton chauffeur est reparti ? Si la clim ne marchait pas dans la voiture, tu aurais peut-être dû lui proposer de boire quelque chose de frais, non ? Le pauvre...

— Mmmh... non, il doit bien avoir de l'eau dans sa bagnole, tu parles. Dis-moi, j'ai des rushes à télécharger, il faut que je te montre mon nouveau projet de docu : je reviens de Mongolie, tu vas HAL-LU-CI-NER ! Au fait, il y a un Apple Store, ici ? Ou tout au moins une boutique de téléphonie ? J'ai un problème de chargeur pour mon iPad. Et y a la fibre, au moins ?

Charlotte n'en a aucune idée et hausse les épaules.

— Ce genre de chose, mieux vaut demander à Kadi : elle doit savoir, elle est là depuis hier. Nous, on vient juste d'arriver.

— À qui ?

— À Kadi, mon assistante. Enfin, Julien, tu la connais : elle est là à chaque fois, et ça fait des années qu'elle bosse avec moi ! Et tu l'as déjà rencontrée souvent à Paris.

— Mmmh… Ah oui, c'est vrai, *Katy*. J'oublie toujours son nom. »

On peut être une belle personne, toujours prompte à s'indigner, prête à soulever des montagnes pour faire la révolution humaniste du XXIe siècle, et être incapable d'offrir un verre d'eau fraîche à son chauffeur ou de se souvenir du prénom d'une obscure assistante, même si elle mesure 1,78 m…

En fin d'après-midi, nous nous retrouvons tous sur la terrasse, au bord de la piscine, sur les transats, à écouter Cécilia tenter de nous convertir à la nouvelle tendance bien-être qui vient de Californie : le *juicing*. Elle nous explique avec enthousiasme que cela consiste à consommer uniquement des jus détox, pleins de vitamines et de minéraux. Elle se propose de nous faire découvrir son mélange préféré, épinards/poire/gingembre, tandis que Vincent déclenche les foudres de Charlotte en suggérant plutôt de tester un mélange vin rosé/pamplemousse/glaçons.

Julien se plonge dans un pamphlet anticapitaliste, signé d'un jeune avocat d'extrême gauche. Au bout d'un moment, il déclare que le soleil est trop fort pour sa peau claire. Il se tourne vers moi et, au prix d'un effort intense, essaie de se souvenir de mon prénom : « Heu… dites-moi… heu… *Maty*, c'est ça ? Je me demandais si ça ne vous dérangerait pas de vous décaler et de me laisser la place sous le parasol. Vu que le soleil a tourné et qu'il n'y a plus d'ombre… et vu que vous… enfin… pour vous… »

Sans doute dans son iconographie personnelle a-t-il du mal à imaginer qu'une métisse souhaite, elle aussi, se protéger du soleil. Si j'avais pu, de toute façon, je me serais mise à l'écart pour lire tranquillement, un peu plus loin, au bout du jardin, sous les pins, mais Charlotte tient à ce que je me joigne au groupe, afin de ne pas donner l'impression d'être reléguée au rang d'« employée ». C'est pourtant ce que je suis, et même si je suis privilégiée et confortablement payée, je n'oublie pas que ma mission est de discrètement veiller à ce que ces vacances se déroulent à la perfection.

Je cède donc la place au révolutionnaire qui commence à rougir, non par déférence ou par sollicitude, mais parce que, de toute façon, je préfère aller me baigner. Depuis toujours, j'aime nager, et dans mon esprit, les piscines ont toujours été associées au bonheur et à l'insouciance. Alors je plonge, je remonte lentement à la surface et je me laisse flotter doucement sur le dos en fermant les yeux.

Chapitre 5

Imène Benarbia, la mère de Faouzia, était une femme petite et joviale, qui semblait toujours heureuse. Elle avait grandi dans un village perdu des montagnes de l'Atlas. À l'âge de treize ans, elle assista à un mariage au cours duquel elle découvrit avec horreur que la future épouse semblait avoir à peu près son âge, et que le marié était un homme vieux et repoussant. Imène fut traumatisée par le visage résigné et plein de tristesse de la jeune fille. Deux ans plus tard, Zahia, la sœur aînée d'Imène, fut forcée d'épouser Omar, un cousin lointain qui se révéla un homme rustre et violent. Ainsi était décidé le sort des jeunes filles, et chaque nuit, Imène s'endormait en redoutant le jour où elle serait forcée de subir, elle aussi, un destin si peu enviable.

C'est pourquoi l'année suivante, quand Mohamed Benarbia, un garçon originaire du village, revint de France pour la prendre pour épouse, Imène poussa un soupir de soulagement en découvrant le mari que lui avaient choisi ses parents. Le jeune homme avait vingt-cinq ans, un joli sourire timide et des manières douces et réservées, qui lui plurent immédiatement. Peu avant ses dix-sept ans, Imène Bernarbia s'envola donc vers la France, le cœur gonflé d'optimisme, heureuse de découvrir une terre qui lui semblait un Eldorado, en compagnie d'un mari qu'elle était bien décidée à aimer toute sa vie.

Ses débuts dans son nouveau pays avaient dû être difficiles, car elle ne maîtrisait ni la langue, ni les codes, mais Imène n'était pas femme à se laisser abattre. Bien vite, grâce à sa ténacité, elle maîtrisa l'essentiel du vocabulaire nécessaire à la vie d'une jeune épouse, bientôt mère de famille. Vocabulaire qu'elle enrichit au fil des années, mais toujours agrémenté d'un délicieux accent, qui reste dans mon esprit définitivement associé au bonheur. D'ailleurs, lorsque j'étais enfant, je croyais que sa manière particulière de prononcer les mots venait du fait que sa bouche était toujours un peu déformée par son sourire permanent...

Madame Benarbia avait pour principe d'ignorer les choses négatives de la vie. C'est ainsi qu'elle avait décidé une bonne fois pour toutes de ne pas prêter attention aux remarques acerbes, aux regards hostiles ou aux réflexions désagréables. Pour les mêmes raisons, elle ne se plaignait jamais du temps, du froid et de la pluie, et quand son mari était maussade ou énervé, elle haussait les épaules et changeait de conversation. Cette femme pleine de sagesse n'oubliait jamais le sort terrible de la jeune mariée de quatorze ans, de sa sœur aînée et des autres jeunes filles restées dans ses montagnes natales. Elle partait du principe qu'elle avait de la chance de partager la vie d'un mari « tri gentil » et d'avoir des enfants en bonne santé. Aussi n'acceptait-elle aucun nuage dans son ciel, et auprès d'elle, personne ne se serait aventuré à se plaindre : « Si ci pas bon, ti dis pas », martelait-elle aux râleurs.

Madame Benarbia n'était pas exigeante et se contentait de peu : le simple fait que ses enfants étudient et aillent à l'école faisait sa fierté. Quand l'un d'eux était puni ou ramenait des mauvaises notes, elle ne se mettait jamais en colère et se contentait de froncer les sourcils, en disant : « Ci pas bien, il faut fire attention. Ti vas fire attention maintnant, hein ? Ji veux plus li pu-ni-tions. » Elle détachait bien chaque syllabe du mot « punitions », comme si ce simple artifice sémantique pouvait compenser la sévérité qu'elle n'avait pas.

De son côté, son mari, flegmatique et impassible, ne semblait guère non plus avoir de prédispositions pour l'autorité. Il y avait bien, comme dans beaucoup de familles, un martinet posé sur le haut du buffet, mais ce simple bout de balai sur lequel étaient clouées des lanières de cuir, s'il était parfois agité, ne fut jamais employé.

Pourtant, plus le temps passait, et plus les frères de Faouzia donnaient à leur père des occasions de brandir son martinet. Des absences à l'école aux bagarres dans la cité et, bientôt, les larcins et vols d'autoradios, il devint de plus en plus difficile pour madame Benarbia d'ignorer les problèmes causés par les garçons. En levant les bras au ciel, elle se lamentait sur « li mauvaises friquentations » de ses fils.

Une seule fois, je vis son sourire disparaître et ses yeux se remplir de larmes, quand Saïd, le fils aîné, fut arrêté et incarcéré à la prison Saint-Paul pour trafic de drogue. Elle resta enfermée dans sa chambre à pleurer pendant quatre jours, quatre jours durant lesquels nous n'entendîmes plus les joyeux « Vinez goûter, li pitites », qui rythmaient nos fins d'après-midi au sortir de l'école. Bien plus que ses énormes morceaux de pain dans lesquels elle glissait des carrés de chocolat, bien plus que ses bananes écrasées au sucre, c'est sa chaleur et sa tendresse qui nous manquèrent le plus durant cette période, et nous eûmes un aperçu bien triste de ce que serait la vie sans elle.

À l'issue de cette parenthèse, elle consentit à sortir de sa chambre et, les yeux rouges et gonflés, elle reprit sa vie. Même si elle ne tarda pas à retrouver son grand sourire, ce ne fut plus jamais tout à fait le même. Madame Benarbia venait de découvrir qu'il ne suffisait pas d'ignorer l'hiver pour être épargné par le froid, ni d'aimer ses enfants avec ferveur pour en faire des adultes responsables.

Saïd passa trois ans en prison, et des trois frères de Faouzia, c'est celui dont je me souviens le moins.

Souvent, le soir, comme ma mère rentrait tard, plutôt que de me laisser manger seule chez moi, la mère de Faouzia me disait : « Ti reste dîner, ma pitite. » C'était un plaisir qui n'avait rien de gastronomique, car cette merveilleuse femme avait bien des dons, mais pas celui de la cuisine. Lors de son arrivée en France, elle avait découvert avec ravissement la modernité culinaire occidentale, et très vite, elle avait décidé d'en exploiter toutes les possibilités. Tout lui paraissait épatant, à commencer par les rayons surgelés de Mammouth, le four micro-ondes, les berlingots de lait concentré, le Tang en poudre qu'on versait dans une carafe d'eau pour reconstituer une improbable boisson à l'orange, etc.

Le plus souvent, les repas familiaux étaient constitués de poissons panés ou de cordons bleus surgelés, accompagnés de légumes en conserves et de purée Mousline, avec, en dessert, un Dany vanille ou chocolat, ou des petits-suisses que nous mélangions avec de la confiture. Néanmoins, les vrais évènements culinaires, que personne n'aurait ratés pour rien au monde, c'était les soirées pizza.

On ne mangeait pas de porc chez les Benarbia, mais monsieur Benarbia aimait le poulet. Mourad préférait les merguez, et Saïd, le bœuf haché. Majid ne jurait que par la mozzarella, tandis que Faouzia adorait le gruyère. Si la logique culinaire dictait de faire des choix parmi ces ingrédients et de sélectionner les combinaisons les plus harmonieuses, il n'en était pas ainsi de la logique affective. Imène Benarbia était une femme profondément aimante, dont le grand bonheur, dans la vie, était de satisfaire *tout le monde*. Elle nous concoctait donc d'improbables « pizzas 1000 saveurs », sur lesquelles cohabitaient tous les ingrédients préférés de sa famille. L'année où Saïd partit apprendre la menuiserie dans le Jura, madame Benarbia ajouta simplement du comté à sa recette. Si l'ANPE avait envoyé Saïd faire son stage dans le nord, nous aurions certainement dégusté de la pizza au maroilles.

Personne n'aurait songé à faire la moindre remarque sur la qualité gustative des menus. Nous nous régalions, tout simplement, parce que nous mangions sous l'œil attentif et aimant de la femme la plus généreuse du monde.

S'il fallait trouver une couleur pour qualifier les ambiances, je dirais que chez les Benarbia, le quotidien était rouge, orange, jaune, chaleureux et joyeux. Ça criait, ça rentrait, ça sortait, ça s'agitait, ça riait fort : l'amour vous sautait à la figure, ne vous demandait pas votre avis et éclaboussait tout. Chez Myriam et ses parents, au contraire, la vie m'apparaissait plutôt dans des tons doux et frais, du bleu, du vert d'eau, du lilas. Il y avait aussi beaucoup d'amour, mais c'était un amour « duveteux », réconfortant et apaisant, qui vous prenait et vous enveloppait sans même que vous vous en rendiez compte.

Les Mendel formaient une famille unie, aimante et sans histoires, dans laquelle Hanna, la mère, faisait office de boussole et de vigie. Elle présidait au bien-être et à la sécurité de tous, avec une attention jamais relâchée. Bien avant les téléphones portables et la géolocalisation, elle savait précisément l'endroit et l'heure où chacun était censé se trouver à chaque instant, et personne dans la famille ne se serait risqué à s'aventurer à l'extérieur sans avoir écouté et acquiescé aux recommandations d'usage, un peu comme les passagers des avions, soumis à l'écoute obligatoire des consignes de sécurité avant le décollage.

L'une des principales angoisses de madame Mendel était « le coup de froid ». Dans son échelle de gravité, il devait être classé tout de suite après la troisième guerre mondiale et un peu avant l'accident de la route. Dans cette famille, un pull ne se portait jamais sans un sous-pull qui, lui-même, était invariablement précédé d'un « tricot de peau ».

Hanna Mendel ensevelissait ses filles sous des écharpes, des cagoules, des gants, et même Adam, leur père, subissait de bonne grâce ce déchaînement vestimentaire, lui qu'elle ne laissait jamais partir à son travail sans lui avoir mis autour du cou son cache-col et sans lui avoir recommandé de bien fermer son manteau. « Boutonne bien jusqu'en haut, Adam, on ne sait jamais, c'est par le haut qu'on s'enrhume », disait-elle avant de l'embrasser.

En été, nous nous entassions avec bonheur à l'arrière de sa R5 blanche, et elle nous emmenait à la piscine municipale. Avant de partir, elle nous demandait toujours d'un air anxieux si nous avions bien pris « toutes nos affaires », parce que, dans sa liste personnelle des « choses à redouter », tout de suite après « le coup de froid » et juste avant « la noyade » se trouvait « l'oubli des affaires ».

Il fallait tout vérifier : les serviettes roulées en boules, les maillots de bain, les bonnets qui nous serraient la tête et faisaient des marques sur nos fronts, les tongs en plastique, le gel douche, le shampoing, les brosses à cheveux, les barrettes, les lunettes de piscine, la crème solaire, les ballons gonflables, les paquets de choco BN et de barquettes 3 chatons, les briques de jus multifruits. Nous n'achetions rien sur place, car tout était trop cher, mais nous emmenions avec nous de quoi ravitailler en glucides toute la clientèle de la piscine.

Une fois arrivées, il s'agissait avant tout de trouver une « bonne place ». Pour nous, la seule place enviable était dans l'eau, mais la mère de Myriam insistait pour avoir à la fois un bout de pelouse, un peu d'ombre et, surtout, ne pas nous perdre de vue. C'était un cahier des charges beaucoup trop ambitieux, d'autant plus que, comme lui faisait remarquer sa fille, en cas de noyade, Hanna ne nous serait d'aucune aide, car elle ne savait nager que la tête bien sortie hors de l'eau, d'une brasse lente et scolaire, pleine de majesté, mais peu adaptée aux opérations de sauvetage d'urgence.

Pour autant, il était hors de question, pour elle, de déléguer notre surveillance aux maîtres-nageurs : elle les trouvait trop jeunes, trop sûrs d'eux et trop désinvoltes, et elle n'avait aucune confiance en leur capacité de concentration. Elle avait résolu le problème en choisissant une place stratégique sur le début de la pelouse, d'où elle ne voyait pas totalement l'ensemble du bassin, mais d'où elle pouvait fixer avec sévérité les jeunes sauveteurs et ainsi prévenir toute tentative de leur part de s'éparpiller ou de se déconcentrer.

Quant à nous, une fois que nous avions enfilé nos maillots deux pièces colorés, écouté et répété les consignes de sécurité maternelles, nous jubilions.

Faouzia était la plus excitée ; elle sautait de joie à l'idée de plonger, d'éclabousser et de faire la course. Son grand bonheur était de doubler les garçons. De plonger plus haut qu'eux. De faire plus de remous en faisant la bombe. De rester plus longtemps sous l'eau, en apnée. Tout lui était prétexte à se mesurer et à affirmer l'insolente supériorité de son corps de petite fille vigoureuse.

Moi, j'aimais nager, jouer à mettre la tête sous l'eau et faire la planche. Je fermais les yeux, j'étendais les bras et me laissais flotter. J'avais parfois l'impression diffuse et agréable que, bien plus que la poussée d'Archimède et le maintien du bassin hors de l'eau appris en cours de natation, c'était la surveillance aimante et attentive de Hanna Mendel qui me portait.

Chez moi, en revanche, l'ambiance était plutôt grise. Pas noire, juste grise.

Je vivais seule avec ma mère qui travaillait comme caissière et employée de rayon chez Mammouth. Elle acceptait toutes les heures supplémentaires possibles, et bientôt, elle s'inscrivit en parallèle dans des cours du soir de secrétariat. Cet emploi du temps chargé lui permettait de gagner sa vie, tout en envisageant une possible évolution professionnelle à moyen terme. Mais il lui fournissait sans doute aussi l'avantage d'être souvent absente de la maison et de limiter ainsi au maximum les occasions de me croiser.

Ma mère était une femme froide et sèche, dont la seule folie avait été de tomber amoureuse d'un homme qui disparut sitôt qu'il apprit qu'elle était enceinte. Le scandale fut d'autant plus grand que le séduisant Zacharie, l'élu de son cœur, était un homme marié, d'origine camerounaise et déjà père de plusieurs enfants à la peau noire comme l'ébène.

C'était le milieu des années 1970, et si la révolution sexuelle et la pilule étaient rentrées dans les mœurs de beaucoup de jeunes filles, la loi Veil n'était pas encore en vigueur. De toute façon, ma mère était issue d'une famille catholique, très conservatrice, et il aurait été hors de question d'envisager un avortement. Elle supporta donc stoïquement sa honte et l'épreuve de ma venue au monde.

Elle m'éleva seule, du mieux qu'elle put, dans une optique purement *fonctionnelle*. J'étais nourrie correctement. Notre petit appartement n'avait qu'une chambre, mais j'avais un espace à moi, aménagé dans une alcôve. Mes vêtements étaient modestes, mais entretenus, j'allais à l'école, et mon carnet de vaccination était à jour. À l'occasion de Noël, j'avais un cadeau utile – des crayons de couleurs, une flûte à bec pour les cours de musique, une veste K-Way pour les jours de pluie –, et quand je m'approchais pour la remercier et l'embrasser, elle se raidissait toujours un peu en me tendant sa joue.

Je sentais que ma présence lui pesait et que ma peau chocolat, mes yeux noirs, mes cheveux crépus et ma haute taille lui rappelaient en permanence « sa faute » avec mon père. Je n'ai pas souvenir d'avoir eu une discussion autre que strictement nécessaire avec ma mère, ni qu'elle m'ait jamais prise dans ses bras, grondée, consolée. Ce fut sûrement ce qui façonna mon caractère réservé et docile, car je crois ne lui avoir jamais donné l'occasion d'élever la voix. Les gens s'extasiaient et me citaient en exemple : j'étais une enfant idéale, si facile, si sage, là où Faouzia était explosive, et Myriam fantasque. En réalité, j'essayais juste d'être la plus transparente possible, afin de ne pas incommoder davantage ma mère par ma présence.

Nous vivions modestement, mais je ne manquais de rien. Certes, ma vie avec elle était terne et grise, mais heureusement, elle ne se limitait pas à notre petit appartement.

Je n'étais pas malheureuse. C'est à l'extérieur que j'allais chercher les couleurs qui lui manquaient, à travers l'école, les livres, mes deux Drôles de Dames et leurs merveilleuses familles. Quand Mohamed Benarbia passait sa grosse main dans mes cheveux crépus et qu'il faisait mine de se piquer en riant, quand sa femme me serrait contre elle à m'en étouffer, le nez écrasé contre sa poitrine, lorsque Hanna Mendel m'enfonçait une cagoule tricotée par ses soins sur la tête et me reboutonnait mon manteau, parfois, je fermais les yeux et j'essayais de m'imaginer ce que ce serait d'être aimée ainsi tout le temps, et cela me donnait presque le vertige.

Chapitre 6

Force est de reconnaître qu'il ne suffit pas d'un paysage idyllique pour vivre des vacances agréables. Au bout de deux jours, même si nous passons le plus clair de notre temps sur les transats de la terrasse, au bord de la piscine, l'ambiance est de plus en plus tendue entre les occupants de la maison, et je suis la seule à savourer le cadre.

La rupture entre Charlotte et Vincent semble désormais actée, et ils font chambre à part depuis leur arrivée à la villa. De son côté, Julien, qui a terminé de lire son manuel de destruction révolutionnaire de l'appareil d'État, essaie de convaincre Charlotte de faire la voix off de son prochain projet : un documentaire d'une heure, consacré à Irena Pavchenitchenko, une artiste contemporaine ukrainienne, révolutionnaire et féministe. Il nous montre sur son iPad les rushes de ses centaines d'heures de vidéos sur la dernière œuvre de l'artiste : une vulve géante rose en résine, d'une vingtaine de mètres de long, incrustée dans un flanc de montagne en Mongolie. L'œuvre s'appelle *Vagina Regina*.

« La reine de la fouff, traduit Vincent, dans un gloussement.

— C'est extraordinaire, non ? s'enflamme Julien. Un mois de travail. Deux cents heures de film. Irena a fait monter tout le matériel à dos d'hommes, à cause de l'accès, trop difficile pour des véhicules. Il a fallu vingt bonhommes qui ont creusé la montagne jour et nuit, non-stop, parce qu'il fallait se dépêcher avant la saison des pluies. Elle a fait construire une ossature en béton armé, et ensuite, elle a balancé des tonnes de résine rose, directement depuis un hélicoptère. Son œuvre va traverser les siècles !!!

— Génial, ironise Vincent. Ton Irina a réussi le tour de force de rétablir l'esclavage en faisant trimer des ouvriers nuit et jour, de défigurer durablement un site naturel et de cramer en un mois le bilan carbone du pays sur une année. Quelle performance, en effet !

Julien lui jette un regard noir et décide d'ignorer l'insolent. Il se tourne plein d'espoir vers Charlotte qui, à l'abri de son grand chapeau de paille et de ses grosses lunettes de star, sirote un jus de goyave bio en affichant une mine circonspecte :

— Moui... Écoute, Julien, ça fait un peu bizarre quand même, ce truc en plein milieu de la nature. Je sais pas... C'est sûrement intéressant, mais... je trouve pas ça... très... joli.

— Non, mais attends, Charlotte, il n'est pas du tout question de faire quelque chose de *joli* ! L'œuvre d'Irena sert d'abord à conscientiser les problématiques liées aux questions de genre à partir d'une perspective féminine, tu comprends. C'est important de questionner la relation entre nature et culture dans notre société occidentale phallocentrique et anthropocentrique. C'est… C'est féministe et révolutionnaire ! Tu ne peux pas passer à côté !

— Moui… De toute façon, je ne sais pas si je peux caser une voix off dans mon planning de rentrée, parce que je dois me préparer pour le Tarantino. Il faut voir ça avec Kadi, et puis, je dois réfléchir, dit-elle en s'allongeant un peu plus sur son transat et en remettant ses lunettes de soleil.

Comme à chaque fois, Julien a l'air de découvrir mon existence.

— Hein ? Heu, oui, bien sûr, je verrai avec *Katy*… Mais bon, ne tarde pas trop. Parce que, pour tout te dire, Binoche et Adèle Haenel sont très intéressées.

Vincent regarde à nouveau les images de l'œuvre qui défilent sur l'iPad.

— Remarque, siffle-t-il avec admiration, c'est dommage que tu sois partie avant la saison des pluies. À l'heure qu'il est, ça doit faire une petite piscine, ta chatte en résine. En même temps, une foufoune mouillée, c'est cohérent !

Il éclate de rire, sous le regard indigné de Cécilia.

— Vraiment, Vincent, tu dois être la dernière personne sur terre à employer encore le terme “foufoune”. Dingue ce que tu peux être *so nineties* ! »

Indifférente à ces chamailleries, la jeune Lulubelle traîne sa morosité partout dans la maison. Une fois épuisé le potentiel instagrammable de la piscine, de la terrasse, des baies vitrées et de la vue, la demoiselle semble comme vidée de son énergie. Sa mère nous explique sur le ton de la confidence que sa fille est « une personne vraiment à part ».

« Vous comprenez, dit-elle en baissant la voix avec des airs mystérieux, Lulubelle est un *zèbre*.

— Curieux, ça, j'aurais plutôt misé sur le cheval ou la girafe, moi, persifle Vincent.

Cécilia le foudroie du regard, avant de poursuivre :

— *Zèbre*, ça veut dire qu'elle est HP, haut potentiel, surdouée, hypersensible, quoi. Son père et moi avons détecté très tôt qu'elle n'était pas comme les autres. C'est une vraie *artiste*. Elle a une sensibilité et une créativité hors du commun. Je te montrerai, Vincent, mais elle a déjà réalisé un premier court-métrage tout à fait fascinant. Et puis, elle fait des photos, des collages, des montages sur Instagram : c'est extraordinaire. »

Par politesse, Charlotte se connecte sur la page de la jeune fille, afin d'admirer ses œuvres : des dizaines de dessins au crayon de couleur, dignes d'un enfant de six ans, avec des bouts de phrases philosophico-poétiques, des photos en noir et blanc *expérimentales* de toutes les parties de son corps, de ses mains à ses genoux, en passant par ses lobes d'oreilles, et même quelques vidéos où elle s'essaye d'une voix fluette à l'exercice de la chanson acoustique, avec une guitare. Charlotte fait circuler son téléphone, et tout le monde s'extasie sur la créativité de la jeune fille, sauf Vincent, qui hausse un sourcil avec incrédulité.

« Et ça, c'est quoi ? demande-t-il en pointant du doigt une série de photos noir et blanc très graphiques, où Lulubelle pose de son air maussade habituel, en serrant dans ses bras une besace en cuir d'une grande marque de luxe.

— Oh, je vous l'ai pas dit ? glousse Cécilia en se rengorgeant de fierté : Lulubelle a été choisie pour être leur nouvelle égérie. Avec son style, c'est déjà une vraie *it girl*, et un joli parcours dans le mannequinat s'ouvre à elle. Bien sûr, ça sera *en plus* de ses activités créatrices, mais ce serait dommage qu'elle ne tire pas parti de son physique : je crois qu'elle a vraiment le potentiel pour être *le* visage des années 2020.

Nous dévisageons avec une curiosité mêlée d'incrédulité la jeune fille anguleuse et ingrate qui fait des clapotis dans l'eau avec ses pieds, d'un air d'ennui profond.

— Eh ben… dit Charlotte d'un air dubitatif, en regardant par-dessus ses lunettes noires.

— Ouais… répond Julien en écho.

C'en est trop pour Vincent, qui part à nouveau d'un grand éclat de rire. Pour la deuxième fois, Cécilia le foudroie du regard.

— Tu sais, Vincent, j'ai l'impression que tu ne dégages pas de très bonnes ondes en ce moment. Je suis *très* réceptive à ce genre de choses, et vraiment, il me semble que tu n'es pas très *aligné*. Tu as déjà songé à aller voir un énergéticien ? J'ai quelqu'un de fabuleux à Paris, si tu veux.

— Non merci, répond joyeusement l'insolent, tout en étendant ses longues jambes maigres et en allumant une cigarette. Je vais très bien, j'ai tout ce qu'il me faut ici.

Charlotte se rembrunit :

— De toute façon, tu ne veux jamais rien faire. »

Pour détendre l'atmosphère, Julien propose une balade digestive dans la pinède. Sa proposition est accueillie avec enthousiasme par Charlotte et Cécilia. Cette dernière se propose d'initier le groupe aux bienfaits du *earthing*, une nouvelle pratique qu'elle a découverte en Californie : il s'agit de marcher pieds nus, dans la nature.

« C'est un excellent moyen de se reconnecter à Gaïa, à l'énergie de la Terre, explique-t-elle avec enthousiasme. Ainsi, on se recharge en énergie bénéfique et on se décharge des électrons indésirables, dus au stress, à la fatigue ou aux *substances nocives*, poursuit-elle en jetant sur Vincent un regard appuyé. »

Celui-ci fait mine de ne pas entendre et file dans la cuisine se recharger en énergie bénéfique avec un verre de blanc local. Je décline également l'invitation, guère enchantée par la perspective de me balader pieds nus sur des aiguilles de pin. À la surprise générale, Lulubelle accepte de se joindre au petit groupe, probablement attirée par la possibilité de faire des photos en noir et blanc de ses orteils dans la nature. Je rejoins Vincent dans la cuisine pour me faire un café.

« Vous n'étiez pas obligé d'être aussi vache, lui dis-je d'un ton de reproche.

— Oh, par pitié, Kadija, vous n'allez pas vous y mettre. Cette femme est folle. Vous savez ce qu'elle a fait cette nuit ? Comme j'avais un petit creux, je suis descendu à la cuisine pour me servir un verre de rhum et je l'ai trouvée en train de faire bouillir de l'eau. Tout content, je me suis dit qu'elle était en train de se préparer un grog. Pffff, vous n'imaginez pas ce qu'elle faisait avec sa flotte bouillante...

— ....

— Elle se préparait un “bain de vapeur vaginal” pour se détoxifier le vagin ! Il paraît que c'est une pratique très courante. Elle est dingue, je vous dis !!!

Je ne peux pas m'empêcher de rire :

— Oui, mais tout de même, à propos de sa fille, vous n'avez pas été sympa.

— Mais putain, Kadija, vous avez vu ce qu'elle pond comme daubes sur son Instagram, cette merdeuse ? Et on appelle ça de l'art ? Putain, je bosse pendant des années pour faire un film, je sue sang et eau pour écrire un scénario qui tienne la route, je peaufine mes dialogues des nuits entières dans ma tête, je travaille chaque plan, chaque cadrage au millimètre. Je suis peut-être un alcoolo, mais je prends mon métier très au sérieux, je bosse. C'est la seule chose que je fasse bien... Tout ça pour qu'une fille à papa narcissique et prétentieuse vienne nous balancer ses saletés de courts-métrages avec des gros plans sur son nombril et qu'il se trouve des crétins pédants pour trouver ça "intéressant" ?

— Ok, vous avez raison, c'est médiocre et snob, mais les remarques sur son physique, tout de même, c'était vraiment utile ?

— Mais elle est MOCHE ! Égérie ou *it girl*, mon cul ! Elle est moche, moche et re-moche, cette fille !!!!

Sous l'effet de l'indignation, il hurle presque dans la cuisine, et je prie intérieurement pour que le petit groupe ne revienne pas plus tôt que prévu.

— Sérieusement, Kadija, ce n'est pas un problème d'être laid. Regardez-moi : je ne suis pas vraiment beau, et ça ne m'a jamais empêché de séduire. On peut être moche et passionnant, intéressant, touchant, sexy, troublant, érotique, hilarant, dérangeant... Il y a mille et une façons d'être génialement moche. Mais pas ça. Pas ce snobisme grotesque d'une petite caste consanguine et élitiste, qui cultive l'entre-soi et porte aux nues des médiocres qui ont pour seul talent celui d'être des fils et filles "de". Je vous jure, je ne supporte plus ces gens. Et après, on se demande pourquoi je bois… ajoute-t-il en se resservant rageusement un verre de blanc.

Comme je fais semblant (pour la forme) de ne pas être convaincue par sa tirade, il reprend plus doucement :

— Vous avez une fille de son âge, Kadija, il me semble ? Elle est comment ?

J'hésite et lui tends une photo sur mon portable. Il dévisage longuement Marion, ses longs cheveux châtains, son teint de pêche, ses traits réguliers, ses immenses yeux noisette qui lui mangent le visage, la douce rondeur de ses joues qui parlent encore un peu d'enfance, sa bouche charnue et sa petite moue de défi.

— Waouh ! Elle est magnifique, Kadija. Vous voyez où je veux en venir ? Votre fille est superbe, mais il y a très peu de chances qu'elle se retrouve à dix-neuf ans égérie d'une marque de sac à main à 15 000 €, ou castée pour un film sans jamais avoir manifesté le moindre talent. C'est ça qui me dégoûte. Cet entre-soi me débecte. Tous ces gens sont écœurants. Moi aussi, sûrement, j'en fais partie, mais au moins, je le sais, et d'une certaine manière, j'en ai un peu honte. »

Et pour bien marquer son dégoût, il s'empare avec rage de la bouteille de blanc et va faire la sieste au bord de la piscine. Moi, je reste dans la cuisine ; je m'assieds et contemple avec tristesse la photo sur mon portable. Oui, c'est vrai qu'elle est magnifique, ma fille.

Chapitre 7

J'aurais bien du mal à dire ce qui s'est passé.

Un jour, j'ai posé la main sur mon ventre et j'ai été émerveillée.

Un jour, j'ai posé la main d'un homme que j'aimais sur mon ventre et j'ai lu dans ses yeux un mélange de joie, d'incrédulité et de fierté.

Un jour, j'ai décidé de ne plus boire d'alcool, de manger sainement, de marcher dans le parc pour m'aérer.

Un jour, j'ai été enceinte. Moi qui m'indifférais, je devenais précieuse. Je me concoctais des soupes, je m'enduisais le ventre d'huile d'amande douce, je me couchais tôt.

Un jour, et puis un autre, j'ai eu des enfants. Un fils et une fille. J'ai adoré être enceinte. J'ai adoré être entourée soudainement de prévenance, être la cible d'intérêt et d'attention. Surtout, j'ai adoré ne plus me sentir seule, j'ai adoré être deux et j'aurais voulu que cela dure toujours.

Et effectivement, cela a duré. Longtemps.

Un jour, on a posé sur mon ventre une étrange et bruyante petite créature, si magnifique et si déroutante que je n'ai même pas osé la toucher. Je n'avais jamais tenu dans mes bras un bébé avant la naissance de Lucas et j'étais terrifiée. Les premiers jours, à la maternité, je trouvais toujours un prétexte pour ne pas m'en occuper, lui donner son biberon, son bain ou le changer. J'étais fatiguée ; Philippe, le père, était là, ainsi que mes beaux-parents, alors je déléguais, je préférais bien observer la puéricultrice pour ne pas faire de bêtises. Comme souvent, je m'apprêtais à me mettre en retrait pour regarder les autres faire mieux que moi.

Pourtant, le troisième jour, quand je suis rentrée à la maison avec Lucas et que Philippe est reparti travailler, il a bien fallu que mon fils et moi fassions enfin connaissance et que j'ose prendre ma place. C'est lui qui a pris l'initiative de notre première prise de contact, puisqu'il s'est empressé de m'uriner dessus pendant que je me débattais avec les pressions de son body. Cela m'a semblé une manière comme une autre de démarrer une relation affective, et je ne m'en suis pas formalisée.

Ensuite, il a eu faim. Il a commencé à pleurer et, fébrile, j'ai foncé à la cuisine remplir son biberon avec le lait en poudre. J'étais tellement pressée de bien faire que j'ai mis le biberon trop longtemps et trop fort dans le micro-ondes. Le lait s'est mis à bouillir et à déborder en mini-éruption. Je me souviens que, pendant que je nettoyais les dégâts, mes mains tremblaient, et mon cœur battait à cent à l'heure. Et puis, je me suis calmée, j'ai préparé un autre biberon, je me suis souvenue qu'il fallait tester la chaleur sur le dos de la main, et j'ai retrouvé mes esprits. J'ai pris mon bébé dans mes bras, me suis assise sur un fauteuil et, pour la première fois, je l'ai nourri, seule, sans témoin, sans aide. Pour la première fois, je me suis sentie mère. Mon cœur s'est gonflé d'amour. J'en ai pleuré de bonheur. Il m'a vomi dessus pour me ramener à la réalité.

L'année suivante, Marion est arrivée, et j'étais un peu mieux préparée. Je me suis une fois de plus jetée à corps perdu dans la maternité, je me suis saoulée de son odeur de lait, de sueur et de sucre, je me suis immergée dans la douceur. Jamais de ma vie je ne m'étais sentie aussi « complète », entière et heureuse.

L'arrivée de mes enfants a comblé en moi un vide que je pensais jusque-là insondable. Ils pesaient 3 kg, 5 kg, mesuraient 53 cm, mais dans le trou béant de mon cœur, ils étaient des géants.

Leur enfance a été un baume, un pansement sur ma vie. Je me suis réparée à coups de premiers pas hésitants, de baisers barbouillés, de sapins de Noël, de colliers de fête des mères, de bonhommes en pâte à modeler, de poupées Barbie et de déguisements de Power Rangers, de poésies récitées, de cours de danse et de tournois de foot.

Les caprices de la génétique ont fait que, physiquement, Lucas et Marion ne me ressemblent en rien. À les voir tous les deux, avec leurs yeux noisette et leurs cheveux châtain clair tout raides, difficile de deviner que leur mère est cette grande femme métisse à la peau chocolatée et aux cheveux crépus. On me prenait souvent pour leur nounou, mais cela m'était indifférent : mon cœur de louve savait bien reconnaître ses petits.

C'est en grandissant que les choses se sont gâtées. Encore aujourd'hui, je ne saurais dire vraiment pourquoi. À l'adolescence, mes enfants se sont transformés en créatures renfrognées, comme tous les adolescents, j'imagine. Mais dans notre cas, j'ai eu l'impression de devenir une étrangère pour eux. J'avais fait de mon mieux, à l'instinct, mais peut-être les avais-je trop ou mal aimés ?

Je ne sais pas si leur père a vécu les choses de la même manière. Notre couple battait de l'aile, nous étions dans les prémices du divorce, et il m'a semblé que Philippe était alors moins sensible que moi aux variations de leur humeur. Toujours est-il que j'ai senti le lien entre eux et moi se déliter petit à petit.

J'ai perçu le moment où ils m'embrassaient juste parce que je le réclamais, celui où me parler devenait une vague étape obligée. Ils disaient parfois, mi-amusés, mi-agacés, en levant les yeux au ciel : « C'est bon, m'man, t'es lourde. » Et effectivement, je me sentais devenir un poids. Soudain, je n'étais plus si importante dans leur vie, je devenais secondaire. Je me voyais ravalée à un rôle utilitaire et pratique : maman était là pour les lessives, la nourriture, l'argent de poche, signer les carnets, etc., mais plus pour discuter, échanger, plaisanter, consoler. Nos échanges se limitaient à « Qu'est-ce qu'on mange ? » et quand, par hasard, ils voulaient savoir à quelle heure je rentrais, c'était bien plus pour organiser leur vie numérique tranquille que par hâte de me voir.

C'est une période où j'ai eu l'impression de quémander l'amour de mes enfants. Je les ai emmenés au ski alors que je déteste la neige, je leur ai même acheté un chat, contre la volonté de leur père, parce que Marion adorait les chatons et que Lucas aurait aimé être vétérinaire. Très vite, l'animal est devenu notre unique sujet de conversation, et tous les jours, je faisais semblant de m'intéresser à ses moindres ronronnements, juste pour grappiller quelques minutes d'échanges avec mes enfants.

C'est au moment du divorce que j'ai reçu le coup de grâce. Lucas et Marion ont fait le choix de vivre avec leur père. Celui-ci ne semblait pas bénéficier de beaucoup plus d'affection de leur part : les raisons étaient logistiques et pratiques, puisque nous avions convenu d'un commun accord que Philippe conserverait le spacieux appartement familial de la rue Delambre. Je pensais naïvement que, de toute façon, quel que soit le lieu de ma nouvelle vie, mes enfants me suivraient, mais cela n'a pas été le cas : ils avaient leurs habitudes dans le quartier, leurs grandes et belles chambres avec chacune leur petite salle d'eau étaient « trop cool », et ils n'avaient aucunement l'intention de renoncer à ce confort. Face à des chambres de 32 m^2 avec douche et connexion Internet, à deux pas du métro Edgar Quinet, j'étais peut-être *lourde*, mais je ne faisais pas le poids. Désormais, il n'y avait pas que sur le plan de la ressemblance physique que mes enfants au teint pâle étaient éloignés de moi.

J'accueillis cette nouvelle avec une infinie tristesse, mais fis bonne figure, parce que je ne savais pas quoi faire d'autre et craignais de les faire encore plus fuir en montrant mon désarroi. Le vide de mon cœur, qui avait été comblé pendant les années de leur enfance, commença à se reformer.

Chapitre 8

L'air a beau être doux, l'océan superbe, et l'odeur des pins enivrante, entre les vacanciers, je sens que l'orage gronde de plus en plus. Vincent et Charlotte ne s'adressent plus la parole, et celui-ci semble s'en moquer éperdument tant il a l'air préoccupé par les négociations avec la production concernant son remake du *Singe en hiver*.

Lulubelle traîne son spleen et son air blasé du soir au matin, de son lit à la piscine. Cette fille serait dans un camp de rééducation ouïgour, elle ne pourrait pas avoir l'air plus morose.

De son côté, Julien s'ennuie. Les derniers livres d'Édouard Louis et de Geoffroy de Lagasnerie traînent sur la terrasse, entre un vieux *Libé* et le nouveau numéro des *Inrocks*, abandonnés au milieu des verres à cocktail vides. Le couple qui s'occupe du ménage et de l'entretien de la villa ne passe qu'une fois par jour, et le jeune journaliste respecte sans doute trop leur travail pour s'aviser de ranger ses affaires ou de vider la poubelle. Il a de plus en plus de mal à cacher son exaspération face à l'insouciance des vacanciers, il sent que sa place est ailleurs, sur le terrain, quelque part dans la rue, aux côtés des démunis et des précaires, à leur enseigner la réappropriation des outils de production, ou à une réunion des élites contestataires, des *black blocks* et des *antifas*, afin de réfléchir à la manière de saper les fondements de la société capitaliste.

Mais pour l'instant, pas question de partir : ses plantes de pieds, trop tendres, gardent encore des traces de son initiation au *earthing*, et ses microcoupures au talon le font souffrir à chaque pas, l'obligeant à rester allongé sur son transat. Il ne peut que nous regarder d'un air douloureux et désolé au moment où nous nous affairons à mettre le couvert ou à apporter les plats sur la table.

Quant à moi, je me sens bien, ici. Toutes les nuits, confortablement installée sur un des transats de la terrasse, je fume en contemplant les étoiles, et même mes insomnies prennent une tournure agréable.

Je ne saurais dire à quel moment la nuit m'est devenue pénible. Déjà petite, quand ma mère rentrait très tard et que j'avais la consigne de me coucher sans l'attendre, je restais figée dans mon lit, les yeux grands ouverts, incapable de calmer le flux anxieux de mes pensées. À l'époque, j'appelais cela « avoir des tracas ». Plus tard, je tenterais de rassurer Philippe : j'étais juste une femme qui, la nuit, préférait méditer, réfléchir, gamberger, ressasser, ruminer, évoquer, retracer plutôt que de dormir...

L'autre soir, Cécilia est venue me rejoindre. Je ne l'avais pas entendue arriver et j'ai sursauté en voyant sa silhouette se découper devant moi.

« Pardon, Kadi, je vous ai fait peur. Je n'arrive pas à dormir, sûrement la pleine lune. Je peux vous tenir compagnie ?

Comme personne n'a jamais dû lui dire non de toute sa vie, elle n'a même pas pris la peine d'attendre ma réponse et s'est installée sur un siège, à côté de moi. Dans la semi-obscurité, elle a désigné d'un signe de la main le cendrier plein et le paquet de biscuits vide posés sur la table basse.

— Votre dîner et votre déjeuner, on dirait ?

Devant mon air gêné, elle a repris avec gentillesse :

— Pardon, je ne voulais pas être indiscrète, c'est juste que je crois que c'est la première fois que je vous vois manger.

Je me suis sentie rougir :

— Je n'ai pas une très bonne hygiène de vie, je sais.

— Contrairement à moi, a-t-elle rétorqué avec bonne humeur. Je peux ?

Et sans attendre, elle a pioché dans mon paquet de cigarettes et s'en est allumée une. Elle a tiré une bouffée, rejeté la tête en arrière et soufflé longuement la fumée en fermant les yeux, dans un geste très cinématographique. Devant mon air ahuri, elle a éclaté de rire, puis repris la parole :

— Vous savez, je sais très bien que je passe pour une folle aux yeux de certains, avec mes manies, mes obsessions, mes régimes, mes cures, mes gourous, etc. Toute la journée, Kadi, je me pose des questions et je me demande comment faire : *comment* faire pour décrocher ce rôle, *comment* faire pour être à la hauteur, *comment* faire pour rester dans la lumière, *comment* garder ma jeunesse quand des dizaines de filles plus fraîches attendent de me piétiner à Cannes, *comment* rester belle sans que les gens ouvrent un magazine et disent “Oh mon dieu ! Qu’a-t-elle fait à son visage ?!”

Elle s’est interrompue pour fumer et a semblé un moment perdue dans ses pensées, avant de reprendre :

— Oui, je passe ma vie à me demander *comment* faire, et puis, de temps en temps, au détour d’une insomnie et d’une nuit de pleine lune, je suis rattrapée par la seule question qui vaille : *pourquoi* faire tout ça ?

Après avoir parlé, elle m’a dévisagée d’un drôle d’air et a murmuré en hochant la tête :

— Bien sûr, je suis bête... Vous savez toutes ces choses. Vous le savez très bien, même.

On a discuté, elle m’a demandé si je me sentais bien ici, si mon travail auprès de Charlotte me plaisait. J’ai souri en me disant que l’une des plus grandes stars du cinéma français était à mes côtés, en pyjama et s’inquiétait de mon hygiène de vie. On a aussi parlé de Julien, qu’elle a défendu avec indulgence.

— Il est particulier. Je sais qu’il tape sur les nerfs de tout le monde, mais il n’est pas méchant. En tout cas, c’est un type maladroit, mais sincère et authentique.

Comme je ne répondais pas, elle a ajouté :

— Vous avez remarqué qu’il ne paye jamais rien ? Il n’a *jamais* de monnaie, *jamais* sa carte bancaire sur lui. Eh bien, ne croyez pas qu’il soit radin. Julien vient d’une grande famille bourgeoise très fortunée. C’est juste qu’il ne veut pas de leur argent, il a toujours voulu se débrouiller seul et il dépense tout son argent pour “ses causes”. Il est toujours fauché : tout ce qu’il gagne est

> englouti dans ses projets, ses films, ses associations, ses comités de soutien. Il vit comme un *saltimbanque*, alors qu'il pourrait profiter d'une vie confortable. »

Elle a prononcé « saltimbanque » d'une manière un peu théâtrale, avec son léger accent italien, et cela ne lui en a donné que plus de charme. Sans maquillage, sans lunettes de soleil, simplement éclairée par la pleine lune, qui jetait une lumière blanche sur les petites rides autour de ses yeux, je l'ai trouvée jolie et touchante. Nous sommes restées là, à savourer le silence, sur nos transats, dans la douceur de la nuit. Et puis, à un moment, elle s'est étirée, avant de se lever.

> « Bon, ça y est, je suis fatiguée. Je crois que je vais réussir à trouver le sommeil, maintenant. Vous ne venez pas, Kadi ?
>
> — Non. En principe, je tombe de fatigue juste après le lever du jour et j'arrive à dormir quelques heures. Là, je ne suis pas encore assez épuisée. Je vais continuer à fumer encore un peu.
>
> — Ok, eh bien, bonne fin de nuit, alors, a-t-elle ajouté avec gaîté. Demain matin, je nous ferai un jus de céleri/ laitue/ gingembre : c'est excellent pour se détoxifier. Vous verrez, après ça, on se sent complètement purifiée et vidée de toutes les... *mauvaises choses.*

Elle a fait un geste gracieux avec ses mains, pour représenter ces mystérieuses "mauvaises choses" censées s'envoler, puis a ajouté :

> — Bien sûr, ça ne marche que pour les toxines du corps. Pour le reste...

Elle a fait un autre joli signe aérien de sa main pour évoquer "le reste" et elle m'a regardée d'un petit air charmant et désolé.

— Prenez soin de vous, Kadi. Bonne nuit. »

Je me suis allumé une autre cigarette, en me disant que cette femme était bien plus fine et perspicace qu'il n'y paraît. Je me suis également promis de me lever suffisamment tôt pour partir en promenade et échapper à la mixture détoxifiante.

*****

Tous les jours, je vais me promener à pied dans la pinède, ou je prends la voiture et visite le bassin d'Arcachon et les jolis villages le long de la presqu'île. Après l'épisode du *earthing* dans la pinède, Cécilia et Charlotte ont décidé qu'elles préféraient ne pas sortir de la villa pour ne pas risquer d'être *reconnues*. Je ne manque pas de m'étonner de cet étrange paradoxe, qui veut que certaines personnes mettent tant d'énergie à « être connues » pour ensuite déployer tous leurs efforts à ne plus l'être.

Une seule fois, Lulubelle est venue avec moi. Elle a dévalisé les boutiques locales et fait le plein d'espadrilles, de marinières rayées et de T-shirts de surf, avec l'avidité d'un marcheur errant en plein désert qui tomberait sur une oasis. Ainsi rassasiée de biens de première nécessité destinés à alimenter son compte Instagram à coups de #Holidaysparadise et de #bonheursimple, la jeune fille est vite retombée dans sa bouderie coutumière.

Seule Charlotte semble encore afficher une bonne humeur de façade, parce qu'elle possède une nature profondément gentille et positive, et aussi qu'elle fait partie de ces gens qui pensent que l'on peut se contenter de mimer le bonheur et la plénitude pour les ressentir. Après tout, elle a débuté sa carrière dans une sitcom où chaque réplique était lourdement soulignée de rires et d'applaudissements enregistrés... Je me demande quand elle va se décider à admettre que ces vacances idylliques sont une mascarade.

Ce matin, il n'est pas encore 9 h que, déjà, retentissent les cris d'une dispute à l'extérieur.

« Putaiiiiin de bordel de merde, mais c'est quoi encore çaaaaaa ??? hurle Vincent.

Charlotte et moi accourons en même temps, inquiètes. Sur la terrasse, Vincent et Cécilia se font face, ulcérés. La belle actrice s'est enroulée à la hâte dans un drap de bain, afin de cacher sa nudité.

— Qu'est-ce qui se passe, enfin, ici ? demande Charlotte.

— Qu'est-ce qui se passe ??? Je vais te dire ce qui se passe : je me lève tôt, peinard, pour me prendre un café dehors, et je tombe sur l'autre folle, là, à poil sur la terrasse, couchée par terre, les fesses en l'air et les jambes écartées ! Tu parles d'un spectacle !!!

— C'est un rituel taoïste, répond Cécilia au bord des larmes. Bien sûr, ça te dépasse, mais figure-toi que l'ensoleillement du périnée est une pratique très efficace. En seulement trente secondes de lumière solaire sur l'anus, on reçoit plus d'énergie qu'en une journée entière dehors tout habillé ! Tu devrais essayer, ça t'aiderait sûrement à chasser les mauvaises énergies que tu dégages, conclut-elle avec hauteur.

— Je vais rien essayer du tout, pauvre tarée ! hurle Vincent de plus en plus hors de lui. Si tu crois que je vais supporter la vision de ton vieux cul de bon matin, tu te fourres le doigt dans l'œil !

Visiblement dépassée par la discussion, Charlotte cherche du regard un quelconque soutien de ma part, mais je suis bien incapable d'intervenir, tellement il m'est difficile de contenir le fou rire que je sens monter en moi.

— Bon, on se calme, lance-t-elle d'un ton peu convaincu. Tout ça n'est pas grave. C'est les vacances, on se détend...

— Je ne PEUX PAS me détendre avec ce fou furieux qui vient en permanence me ruiner mon taux vibratoire ! Je suis AFFREUSEMENT mal quand il est là, AF-FREU-SE-MENT ! gémit Cécilia en détachant bien chaque syllabe pour mieux nous faire partager sa souffrance.

— SE DÉTENDRE ??? hurle Vincent. Je passe les vacances les plus pourries du monde !!! On bouffe des graines, l'autre anarchiste à mèche saoule tout le monde avec ses leçons de morale, ses histoires de migrants et de révolution, alors qu'il est incapable de bouger son gros cul pour apporter des glaçons ou laver des verres, miss Mocheté égérie de sacs à main en peau de couilles nous inflige ses airs de princesse excédée du soir au matin, je dois cohabiter avec une timbrée qui se fait des bains de vapeur de la chatte dans la cuisine, quand elle ne se fait pas bronzer le trou du cul dans mon jardin, et tu voudrais que je me détende ? Mais t'es aussi dingue qu'eux, ma parole !

Quand elle est troublée ou énervée, Charlotte a un léger bégaiement. Quelque chose de l'enfance, quelque chose qui donne envie de la prendre dans ses bras et de lui caresser les cheveux pour lui dire de se calmer, que tout ira bien.

— Je... je... je suis peut-être chiante, mais... j'ai pas... pas de leçons à recevoir d'un alcoolo. Vincent, je... j'en peux plus de… de… de tout ça. Je… je crois qu'il est temps qu'on… qu'on arrête… là… maintenant. C'est fini… je… je… me… casse. Ces vacances sont… sont… horribles !!! »

Là-dessus, elle éclate en sanglots et tourne les talons. Je n'ai plus envie de rire, je me sens désolée pour elle, qui voudrait tellement que tout le monde soit content et qui voit ses rêves naïfs partir en fumée.

Le reste de la matinée se poursuit dans une succession de portes qui claquent, de lamentations et de colères rentrées. Charlotte, Cécilia et Lulubelle préparent leurs valises. Au moment du déjeuner, Julien fait une apparition ensommeillée. Il est en caleçon et en T-shirt ACAB, et demande si quelqu'un a été acheter *Libé* ce matin. Comme personne ne lui répond, il vient se poser sur son transat, dépité, et continue à surfer sur son iPhone.

L'actualité le préoccupe : tôt ce matin, il y a eu le démantèlement d'un camp de migrants Porte de la Chapelle. Il lève la tête, espérant partager ses préoccupations avec Vincent, mais celui-ci est en grande discussion au téléphone avec le producteur de FilmaMax. En désespoir de cause, il se rabat sur moi et tente d'engager la conversation :

« Pfff, vous avez vu *Patty* ? Encore des migrants évacués de force Porte de la Chapelle. C'est révoltant, non ? Comment on traite les gens venus d'Afrique, alors qu'on pille leur terre depuis des siècles, me lance-t-il, plein d'espoir, à travers sa lourde mèche en bataille.

— Mmmh… C'est Kadi. Mon nom, c'est Kadi, pas Patty.

Visiblement déçu de mon manque de coopération, il change de sujet :

— Et… heu… sinon, qu'est-ce qu'on mange aujourd'hui ? Il est tard déjà, non ? »

Je sens bien que dans son esprit, la métisse que je suis ne peut être renvoyée qu'à deux postures : celle de rebelle en guerre contre l'état esclavagiste ou celle d'éternelle bonniche. Comme je ne suis inspirée par aucun de ces rôles, je me contente de hausser les épaules pour lui signifier mon désintérêt pour le sujet. C'est à ce moment que Charlotte m'appelle depuis la maison, et je profite de la diversion pour m'éclipser. Elle se tient debout dans le salon, trois lourdes valises à ses pieds. Si elle semblait bouleversée tout à l'heure, plus rien n'en subsiste. Au contraire, je la trouve très calme et sereine.

« Kadi, il faut que je vous parle. J'ai beaucoup réfléchi. Pas seulement à cause de cette énième dispute avec Vincent, mais à propos de ma vie, de tout... J'ai beaucoup discuté avec Cécilia aussi. Il faut que les choses changent, Kadi.

Je m'adosse à un canapé et croise les bras, afin d'écouter attentivement. Comme toujours lorsqu'elle s'apprête à dire quelque chose d'important, elle a l'air d'une petite fille prise en faute.

— Voilà, Kadi, je vais partir. Cécilia nous a commandé un taxi, il sera là bientôt, et nous... nous allons partir dans les Cévennes... Nous allons faire une retraite initiatique... euh... sur la magie intérieure. On va... euh... se reconnecter à notre féminin sauvage... aux cycles... à la saisonnalité. Enfin, tous ces trucs, vous voyez. Je crois que ça me fera le plus grand bien. Le père de Lulubelle viendra la récupérer là-bas. Cécilia leur a téléphoné, ils sont d'accord pour que j'y reste un peu de temps... le temps de réfléchir à ma vie et à ma carrière. Bien entendu, Kadi, la maison est louée, payée, vous pouvez y rester jusqu'à la fin du mois... si jamais vous arrivez à supporter Vincent et Julien, ajoute-t-elle avec un petit rictus d'amertume.

Elle marque un temps d'arrêt et me dévisage avec embarras. Je connais ce regard. Je travaille avec elle depuis quatre ans. Je sais que c'est le regard qu'elle a quand elle va refuser un rôle et qu'elle ne sait pas comment l'annoncer à son agent.

— Laissez-moi deviner, dis-je avec douceur. Vous vous posez beaucoup de questions, notamment sur l'utilité d'avoir en permanence une collaboratrice qui gère tout pour vous. Vous vous dites que le moment est peut-être venu de prendre votre autonomie ?

Charlotte me regarde, et je vois que ses yeux brillent un peu trop. Je sais que ce sont de vraies larmes, pas des larmes de comédienne, et que son émotion n'est pas feinte :

— Oh, Kadi ! Je suis... tellement... je... je... suis si...

Et puis, elle fond en larmes et vient se blottir dans mes bras. J'ai l'impression d'être une mère de famille qui voit sa fille prendre son envol. J'essaie de la rassurer, lui caresse doucement les cheveux en prononçant des paroles réconfortantes.

— Là... là... Tout va bien, Charlotte. Tout va bien. Ne vous inquiétez pas. Nous savions toutes les deux que ce moment arriverait un jour. Vous n'allez pas être maternée toute votre vie, et moi aussi, j'ai besoin de me trouver de nouveaux horizons. Là... là... Ce n'est pas grave, je vous assure. Je le sentais depuis quelques mois, et vraiment, ça ne me dérange pas.

— Oh, Kadi, j'ai l'impression de quitter un membre de ma famille, c'est horrible. Merci. Merci de le prendre aussi bien. Bien entendu, je vais veiller à ce que vous partiez dans les meilleures conditions. Je ne sais pas comment ça se passe, ces choses-là. Je veux dire... Je n'ai jamais... jamais fait ça. Je suppose que c'est comme quand il y a rupture de contrat dans un film, non ? Je dois vous donner... six mois de salaire ? Un an ? C'est comme ça que ça marche ?

Charlotte a toujours été d'une grande générosité avec moi. De mon côté, j'ai fait mon travail avec sérieux et application, je n'ai jamais eu l'impression de voler mon salaire, mais je dois reconnaître qu'il est très confortable. Je n'ai aucune intention d'abuser de la situation.

— Trois mois, c'est suffisant, Charlotte. C'est le délai normal, et ça me laisse de quoi me retourner. Disons trois mois à partir de la rentrée, ça vous va ?

Elle ne répond pas, se contente de hocher la tête. Et puis, sans prévenir, elle se remet à pleurer.

— Oh, Kadi, il faut me promettre qu'on restera en contact, hein ? On va s'écrire, on va se revoir, ce sera bien... Une page se tourne, mais il faut absolument qu'on reste en contact, vous voulez bien ? »

Je souris, et j'acquiesce, parce que, comme d'habitude, je ne veux pas la contrarier. Mais je sais aussi que sa tristesse ne durera pas. Je sais qu'entre deux méditations tantriques et deux reconnections à la pulsion vitale de la nature, le souvenir de son assistante discrète et dévouée commencera à s'estomper. Je sais qu'en décembre, quand elle démarrera le tournage du Tarantino, elle ne pensera plus du tout à moi.

Nous restons ainsi encore un petit moment, émues et serrées l'une contre l'autre. C'est le moment que choisit Julien pour faire son apparition. Il nous contemple, ahuri, à travers sa grosse mèche.

« Ben, qu'est-ce qui se passe, ici ? On mange pas, alors, aujourd'hui ?

Charlotte lui explique rapidement la situation, son départ imminent pour les Cévennes en compagnie de Cécilia et de Lulubelle. Le jeune journaliste est atterré.

— Hein ? Ça veut dire que je vais rester seul dans cette baraque avec l'autre pochtron décadent ? Heu... désolé. Mais *no way*, les filles, je me barre, moi aussi. »

Et puis, juste après avoir prononcé cette phrase, il s'arrête, figé. Il vient de réaliser qu'il n'a pas d'autre endroit où aller, pas de point de chute pour cet été, pas de plan B. Subitement, il se sent un peu dans la peau d'un réfugié, balloté de camp en camp, sans point de chute estival pour l'accueillir. Il prend un air tragique et résigné, celui du combattant vaincu par l'injustice du monde, et s'éloigne d'un pas traînant pour faire ses valises.

Charlotte hausse les épaules et retombe dans mes bras : « Promis, Kadi, on reste en contact, hein ? On ne se sépare pas vraiment, vous garderez toujours une place spéciale dans mon cœur, ma Kadi. » Le coup de la place spéciale, on me l'a déjà fait, mais j'adopte ma tête de « ne vous inquiétez pas pour moi » et me contente de sourire.

Chapitre 9

Un jour, je confiai à mes deux amies un grand projet : « Je veux devenir juive, comme Myriam et sa famille. » Les deux petites filles me regardèrent avec un mélange de curiosité teintée d'admiration. Aucune de nous ne savait vraiment ce que cela pouvait signifier, pas même Myriam, mais tout changement, tout évènement susceptible de bouleverser l'ordre de notre petite vie nous paraissait par principe épatant et intéressant.

Faouzia envisagea immédiatement l'idée sous un angle pragmatique : l'éventualité de ma conversion pouvait déboucher sur une source supplémentaire d'approvisionnement en makrouts, ces pâtisseries au miel et aux dattes dont nous raffolions. Quant à Myriam, elle fronça les sourcils sous l'intensité de la réflexion :

« Super idée, mais je sais pas comment on fait.

— T'as qu'à demander à ton père.

— Pffff, il est même pas juif, son père, rétorqua Faouzia en levant les yeux au ciel.

— Ben si, il est juif, mon père. Pourquoi tu dis ça ?

— Tu sais, il a pas le machin noir, là, sur la tête. Et puis, Saïd, il dit que les juifs sont riches.

— Riche ? Je sais pas, faut que je demande, mais je crois pas, parce que sinon, on aurait une voiture rouge comme celle de Magnum à la télé. Mes parents, ils ont juste une R5 blanche. Pour le truc sur la tête, c'est une kippa. Mon père, il en a une, mais il la met pas tout le temps. Juste des fois le vendredi soir, pour shabbat. Mais shabbat non plus, on le fait pas tout le temps, parce que souvent, le vendredi, on regarde *Au théâtre ce soir*, quand c'est une pièce marrante. Grand-mère, elle est en colère, parce qu'on le fait pas tout le temps. Papa et maman, ils disent qu'ils s'en moquent de le faire tout le temps. Peut-être qu'on est qu'*un peu* juifs, alors. Et pas très riches.

— C'est quoi, *shabbat* ?

— Ben, c'est quand mon père, il met sa kippa sur la tête. Et aussi, on fait un bon repas.

— Est-ce qu'on mange des makrouts ?

— Oui. De toute façon, maman, elle en fait tout le temps, même quand on regarde *Au théâtre ce soir*. »

Myriam ne se rendait pas compte de la chance qu'elle avait de manger des makrouts autant qu'elle le voulait. Moi, je n'avais pas de goûter, ma mère achetait parfois des miniberlingots de lait concentré, et j'avais pour consigne de ne pas les consommer trop vite. Par peur de ne pas pouvoir me limiter et de la contrarier, je n'osais pas y toucher du tout, ce qui la contrariait encore plus. Mais le plus souvent, c'est la mère de Faouzia qui nous préparait notre quatre-heures avec une baguette de pain blanc, dans laquelle elle glissait des carrés de chocolat. Nous faisions descendre le tout avec un verre de Banga, et Faouzia faisait le clown en imitant le singe de la pub.

Myriam promit donc de demander à son père si je pouvais devenir juive, moi aussi, et manger des makrouts à volonté. La réponse ne se fit pas attendre : le vendredi soir suivant, je fus invitée à dîner chez les parents de mon amie.

Je ne parlai pas de mon projet de devenir juive à ma mère. De toute façon, j'étais persuadée que ma conversion l'indifférerait, de la même manière que tout ce qui touchait à ma vie. Du moment que je ne souffrais d'aucune maladie et que je ne me faisais pas renvoyer de l'école, je pouvais bien faire ce que je voulais. Je me contentai donc de l'informer que le vendredi, j'étais invitée à dîner chez ma copine Myriam, celle qui habitait au numéro 26. Ma mère se contenta de hocher la tête distraitement en me gratifiant d'un « mmmh… ok. Sois sage, alors. »

À l'heure convenue, je me présentai chez les parents de Myriam, un peu intimidée, parce que c'était la première fois que j'étais officiellement « invitée » quelque part. Mon amie vint à ma rencontre. Elle s'était faite belle pour l'occasion et portait une robe légère et évanescente en mousseline mauve, qu'elle avait enfilée par-dessus son pantalon de velours côtelé et son sous-pull en lycra, conformément aux injonctions maternelles. Elle me conduisit jusque dans le salon, en faisant de grands moulinets avec sa baguette magique en plastique.

Je fus accueillie avec beaucoup de chaleur, et Adam, le père, me passa les bras autour des épaules pour me guider à la table familiale. Hanna Mendel était une jolie femme ronde et avenante, qui avait exactement la même chevelure bouclée et auburn que sa fille, mais plus disciplinée, car ramassée en un joli chignon. Son mari était un petit homme, calme et réservé, au crâne un peu dégarni et aux yeux bleus délavés, pleins de bonté et de douceur. Noémie, sa fille aînée, avait exactement ce même regard clair et un peu myope, celui que je sentais parfois se poser sur moi, lorsqu'elle levait soudain la tête de sa lecture, à la bibliothèque, pour vérifier que j'étais toujours là. J'ai toujours aimé sentir que les gens s'inquiétaient un peu pour moi.

Il y avait aussi d'autres adultes que je ne connaissais pas : Ruth, la grand-mère maternelle de Myriam, une dame élégante à la mine sévère et couverte de bijoux, et un vieux monsieur que j'avais déjà croisé dans l'allée d'à côté. Myriam me glissa à l'oreille que c'était un voisin, qu'il était veuf, et que ses parents l'invitaient toujours pour qu'il ne soit pas seul. Il me fit un gentil clin d'œil : « Ah, mais je te reconnais, toi, tu es une des petites détectives qui jouent tout le temps dans les escaliers. »

Quelle fierté ! Notre renommée d'enquêtrices avait atteint le numéro 28 de la cité ! Un jour, c'est jusqu'en Californie que l'on entendrait parler des mini-Drôles de Dames de Villeurbanne.

Le dîner débuta par une prière dans une langue inconnue, que le père de Myriam lisait dans un petit carnet. Il semblait déchiffrer le texte avec difficulté, un peu comme les mauvais élèves à l'école, qui ânonnaient leur texte. J'apprendrais plus tard qu'il ne parlait pas l'hébreu et lisait en phonétique. La grand-mère de Myriam, agacée, ne cessait de lever les yeux au ciel en soupirant. Quand la prière fut terminée, elle marmonna entre ses dents un mot que je ne compris pas, « Yarmar », et je me penchai vers mon amie :

« Pourquoi elle a l'air fâché ?

— Parce qu'elle dit que papa devrait connaître les prières par cœur, mais papa, il s'en fiche un peu de tout ça. Il dit que l'important, c'est inviter des gens et de partager le dîner avec eux. »

Intérieurement, je me promettais de ne pas parler tout de suite de mon projet de conversion à la sévère Ruth.

Le dîner fut exquis. Noémie me montra comment tremper un petit morceau de pain dans du sel, à la fin de la prière. Je me jetai avec bonheur sur les bâtonnets de légumes vinaigrés qui piquaient un peu la bouche, sur la douce salade de carottes au cumin et sur la chakchouka aux œufs. Alors que je me sentais repue et heureuse, et que je pensais que le repas touchait à sa fin, ma surprise fut grande quand je me rendis compte que nous n'en étions qu'aux entrées. La mère de Myriam apporta sur la table un imposant couscous. Mes yeux durent s'écarquiller de surprise en voyant cette opulence.

« Tu ne manges pas autant d'habitude, on dirait ? me glissa-t-elle avec malice.

— Euh... non, madame. Chez moi, le soir, on mange juste un plat et un yaourt.

Je vis à l'air choqué des convives que cette évocation semblait, pour eux, friser la maltraitance enfantine. J'en rajoutai dans la flatterie, parce que je mourais d'envie de me faire accepter :

— Mais vraiment, c'est délicieux. J'adore trop tout ce que je mange ici.

— Alors mange, ma petite, mange. Tu es toute maigrichonne, comme notre Myriam, il faut manger un peu, les petites », me dit avec gentillesse la grand-mère.

Toute heureuse d'avoir amadoué la vieille dame, je décidai que la nourriture serait mon premier pas vers la conversion religieuse et attaquai avec entrain ma semoule noyée de sauce. Ma stratégie s'avéra un succès bien au-delà de mes espérances, puisqu'on me resservit deux fois. Je me sentais au bord de l'explosion, mais pour rien au monde, je n'aurais pris le risque de décevoir cette généreuse famille : j'étais remplie, et pas que de chakchouka et de couscous. J'étais remplie d'amour et j'avais l'intuition que, de cela, je ne serais jamais repue.

À la fin du repas, pendant que les grands buvaient le café sur le canapé, Ruth fit signe à ses deux petites-filles de s'approcher. Myriam et Noémie s'exécutèrent docilement, et à ma grande surprise, je fus aussi convoquée d'un signe impérieux de la main.

> « Alors, mes petites, vous travaillez bien à l'école, j'espère ? Vous êtes sérieuses ?

Devant nos mines affirmatives, la vieille dame tira prestement quelque chose de son sac et nous glissa à toutes les trois un petit bout de papier dans la main. La scène avait duré à peine quelques secondes, et l'instant d'après, elle nous enjoignait d'un air autoritaire :

> — Allez, filez, maintenant, et ne dites rien à vos parents. Ça reste entre nous. »

Myriam et Noémie, plus habituées que moi à cette situation, s'éloignèrent, d'un air ravi. Quant à moi, incrédule et médusée, j'ouvris ma main sur un billet de dix francs ! C'était la première fois que je possédais pareil trésor, et les possibilités que cela engendrait me donnaient presque le vertige. Est-ce qu'on pouvait aller en Amérique avec ça ? Peut-être pas, mais c'était un bon début. Néanmoins, ce qui me ravissait le plus, c'était que je venais d'être traitée exactement comme Myriam et sa sœur, comme un membre de la famille. J'étais bouleversée.

Ruth s'en rendit compte et se méprit sur mon émotion. « Allons, ma petite, allons... Dix francs, c'est une petite somme, mais l'important, c'est surtout de ne pas les dépenser à tort. Mets-les de côté pour une chose importante à tes yeux, d'accord ? »

Je promis. Je gardai précieusement ce billet, non pour sa valeur monétaire, mais pour ce qu'il représentait à mes yeux. Je crois qu'il est toujours quelque part, entre deux pages d'un livre.

À la fin de la soirée, madame Mendel me serra entre ses bras et me remit une petite boîte en plastique, qu'elle avait généreusement remplie de couscous au beurre, ainsi que quelques makrouts enveloppés dans du papier d'aluminium. De quoi tenir le long du chemin qui séparait le numéro 26 du numéro 22.

Monsieur Mendel me raccompagna à la porte et, avant de partir, s'accroupit à ma hauteur :

« Alors, dis-moi, Kadi, Myriam n'arrête pas de me dire que tu veux devenir juive, c'est bien ça ?

— Oh oui, monsieur, je le veux vraiment.

— Hum... mais c'est quoi, être juive, pour toi ?

— Je sais pas... Je veux être... comme vous. Je veux avoir une kippa sur ma tête, je veux lire des prières, manger très bien et faire comme vous tous les vendredis soir.

Monsieur Mendel me regarda d'un air pensif, puis il dit :

— Écoute, ma petite, je vais te dire une chose très importante, et il faut me promettre que tu le feras, d'accord ?

J'acquiesçai avec enthousiasme. Je voulais tellement faire partie de cette famille que j'aurais dit oui à n'importe quoi.

— Alors, il faut me promettre qu'à chaque fois que tu auras de la peine, que tu te sentiras seule, ou triste, ou juste un peu perdue, tu viendras ici. Désormais, ici, c'est chez toi, et tu y seras toujours la bienvenue. Ici, ce sera comme ta deuxième maison et ta deuxième famille. D'accord, Kadi ? »

Je fis oui de la tête, mais au fond de moi, j'étais déçue. Une deuxième famille, j'en avais déjà une, chez Faouzia. Ce que je voulais, c'était une première famille. Une famille pour de vrai, qui m'aimerait tout le temps. Mais je sentais confusément que ni monsieur Mendel ni les autres adultes ne pourraient comprendre. Alors j'ai fait ma tête de « ne vous inquiétez pas pour moi » et je me suis contentée de sourire.

Chapitre 10

Après le départ soudain de Charlotte et des invités, Vincent traîne comme une âme en peine. Non pas qu'il soit triste, mais il a juste perdu ses souffre-douleurs. Il s'ennuie. Je sais également qu'il attend un appel de FilmaMax et que cela le rend nerveux.

Bien entendu, il boit aussi, mais toujours en suivant les règles immuables qu'il s'est fixées en vacances : beaucoup de cafés le matin, puis un ou deux verres de vin blanc en fin de matinée. Le blanc, surtout quand il est bien frais, c'est un peu l'équivalent d'un jus d'orange vitaminé pour lui. À partir du début de l'après-midi, il sirote des bières. Souvent, en fin de journée, il se souvient qu'il n'a pas déjeuné et qu'il meurt de faim. Il se fait alors cuire un steak saignant, qu'il déguste avec quelques verres de vin. Son alliance steak saignant/vin, c'est son tea time à lui. Ce n'est qu'à partir de 19 h qu'il s'autorise les alcools forts. C'est un homme de principes.

Il est 15 h, et Vincent souffre d'un accès de mélancolie ou d'ennui. Peut-être les deux. Il est un mélange d'Emma Bovary et de Serge Gainsbourg. Alors, il décapsule une bière, me suit, me regarde. Il est toujours dans mes pattes et me pose des questions sur tout, sur moi, sur ma vie. Il me demande si je suis déjà allée en Afrique. Je lui réponds qu'effectivement, il y a quelques années, nous avons passé une semaine de vacances avec Philippe et les enfants au Club Med de Cap Skirring, au Sénégal. Il a l'air un peu déçu.

Alors, il me demande ce que je pense de la colonisation et du mouvement Black Lives Matter. Je lui réponds que je commence à avoir un peu d'arthrose et que j'ai passé l'âge de me mettre à genoux dans la rue. Je vois à sa mine dépitée qu'il n'a pas compris que je plaisantais.

« Non, mais, je voulais dire… Normalement, c'est pas vous qui devez vous mettre à genoux. Vous comprenez. Euh… c'est à nous de faire ça. C'est symbolique, en fait. On demande pardon, vous voyez.

— Qui ça, “nous” ?

— Euh… ben, nous, les Occidentaux. Les Français, vous comprenez.

— Je *suis* française. Je suis née à Villeurbanne.

Il avale une gorgée de bière. Il a l'air légèrement mal à l'aise, et je commence à m'amuser un peu.

— Nan, mais, Kadija, je voulais dire… nous, *les Blancs*. Vous voyez ?

— Pas vraiment. Mais passons. Donc, vous voulez me demander pardon ?

— Non, pas à vous personnellement. Enfin... d'une manière générale. Les Blancs, on a beaucoup à se faire pardonner. L'esclavage, la colonisation, toutes ces choses.

Il termine sa canette et me jette un regard suppliant, comme s'il attendait de moi que je l'aide dans son raisonnement.

— Toutes ces choses, quoi, répète-il en désignant d'un geste large la terrasse, les pins, l'océan, ou l'univers, je ne sais pas trop.

— Oui, mais moi, je n'ai pas de problèmes, je n'ai rien à vous pardonner et je ne vous demande rien. Je ne suis pas descendante d'esclaves, je n'ai jamais ramassé de coton dans les champs et je n'ai jamais eu de chaînes aux pieds, vous savez. Et même si un de mes lointains ancêtres avait été lésé, en quoi en seriez-vous responsable, vous, aujourd'hui ?

Il me fixe, perplexe, tout en tirant sur sa cigarette. J'en profite pour enfoncer le clou.

— Écoutez, je sais que tout ça part d'un très bon sentiment, mais vraiment, nous ne sommes pas aux USA ou en Afrique du sud, et je trouve idiot d'importer une histoire qui n'est pas la nôtre. En tout cas, moi, je ne me sens pas concernée. Je n'ai jamais connu de ségrégation, j'ai toujours pu monter dans les bus, je n'ai jamais eu besoin d'être accompagnée pour aller à l'école "des Blancs", car ça a toujours été mon école aussi. Voilà. Désolée, mais ne comptez pas sur moi pour alimenter votre délire de contrition et vous aider à faire pénitence.

Il éclate de rire.

— Bien vu. Il est possible qu'il y ait derrière tout ça un certain goût pour l'autoflagellation bourgeoise, surtout quand c'est bien public et visible. Je bosse dans le spectacle, je ne peux pas dire le contraire... Mais allez, Kadija, quoi, ajoute-t-il d'un air malicieux, avouez que ça a de la gueule quand même, les rassemblements, les manifestations, tous ces gens qui lèvent le poing. D'un point de vue de la mise en scène et de l'esthétisme, c'est grand !

C'est à mon tour de rire.

— Oui, je ne nie pas le côté spectaculaire, c'est juste que je ne suis pas trop cliente de ce genre de cirque.

Tout en dégoupillant une nouvelle canette, il ajoute avec un peu d'amertume :

— En tout cas, c'est toujours un bon sujet de film. C'est un créneau qui a le vent en poupe en ce moment. »

Je n'en rajoute pas. Je sais que c'est un sujet sensible, car Vincent avait en projet une grande fresque sur les banlieues et les violences policières, une sorte de *La haine*, vingt-cinq ans après. Malheureusement, le projet avait avorté, suite à une succession d'évènements malheureux : un acteur principal malencontreusement « retenu » quelques années à Fresnes, et un jeune rappeur à la mode pressenti pour le second rôle qui, au dernier moment, préfère investir « son flow » dans une pub pour un soda, plus rentable et avec moins de texte à apprendre...

Vincent avait donc dû s'effacer devant un autre projet, plus vif, plus incisif, avec des acteurs inconnus et portés par un metteur en scène plus jeune, plus audacieux et plus « issu de la diversité ». Le film fut une vraie réussite, et le soir de la remise des prix à Cannes, Vincent, boudeur et amer devant son poste de télévision, remporta le grand prix de la meilleure cuite et la Palme d'Or du meilleur hommage à Jack Daniels.

« Mais vous, Kadija, vous n'avez jamais été victime de racisme ?

Je ne peux pas m'empêcher de hausser les épaules avec agacement :

— Un peu, bien sûr, ça m'est m'arrivé, mais pas tant que ça. Des idiots, des cons et des salauds, il y en a partout, vous savez. J'ai un peu voyagé dans mon premier job, avant de travailler pour Charlotte, et à chaque fois, j'ai été heureuse de revenir ici, en France. Je ne suis pas naïve, je sais que mon pays n'est pas parfait, mais c'est le mien, et je l'aime comme ça. Un peu comme les histoires de familles : quand on fait partie d'une famille, on sait bien qu'il y a des choses qui ne vont pas, mais ça ne nous empêche pas de dire que c'est notre famille, et qu'on l'aime.

Il hoche la tête, en continuant à tirer sur sa cigarette, et me sourit.

— J'aime bien parler avec vous Kadija. Votre pensée est... rafraîchissante. Et vous êtes une *sage* !

Pour le dérider, je lui réponds en prenant l'accent de Hattie McDaniel dans *Autant en emporte le vent* :

— Allez allez, me faites pas pedwe mon temps, j'ai du twavail, je dois m'occuper de wésilier mon contwa avec Maaâme Scaaalett.

Il éclate de rire.

— C'est vous qui avez raison : je suis un con. Vous, vous êtes une reine, Kadija. Une reine.

Il me brandit son doigt sous le nez.

— Une reine. Pas une esclave. Une reine. »

Ensuite, il s'éloigne en titubant légèrement. Même Rhett Butler a parfois besoin de faire une sieste...

Chapitre 11

Nous grandissions et commencions à nous trouver trop grandes pour jouer aux Drôles de Dames, et même si nous rêvions toujours d'aventures à Los Angeles, nous avions également de nouvelles préoccupations.

Faouzia ne voulait plus poursuivre tous les locataires dans les escaliers. Elle, si audacieuse, devenait toute bizarre quand elle se retrouvait nez à nez avec un garçon de l'immeuble. Pour conjurer son embarras, elle adoptait alors le même comportement que ses frères, et dès qu'elle se sentait observée, elle dévisageait à son tour l'intrus d'un air de défi et, d'un petit coup de menton, lui lançait : « Quoi ? Y a un problème ? » La ressemblance avec les réflexes de petits caïds de ses frères s'arrêtait là, parce que, si le garçon ainsi interpellé lui souriait ou essayait d'engager la conversation, elle se détournait précipitamment et s'enfuyait. Nous qui la connaissions si bagarreuse et téméraire, nous n'en revenions pas de ces redditions subites.

Moi aussi, je grandissais. La vie des locataires devenait moins intrigante pour moi, et je n'avais plus envie d'enquêter et de connaître les faits et gestes de tous les habitants de l'immeuble. Je passais désormais moins de temps à échafauder des plans et plus de temps à rêver. Je continuais à lire, mais la collection Harlequin remplaça momentanément mes romans d'aventure. Physiquement, je devenais très grande pour mon âge, et ma grande taille renforçait mon malaise : on attendait de moi de l'assurance, de la hardiesse, là où je n'étais qu'embarras et gaucherie. Je me consolais comme je pouvais en faisant un avantage de mon teint de métisse, qui me permettait au moins de ne pas me trahir quand je me sentais rougir à tout propos.

À la même période, Myriam arrêta de porter ses robes de fée et de princesse, mais ne renonça pas complètement aux étoiles : elle les étala simplement sur ses paupières, ce qui lui donnait un regard troublant, à mi-chemin entre une créature intergalactique et une danseuse du carnaval de Rio.

Nous étions trop jeunes pour nous acheter du maquillage, et nos parents ne l'auraient pas permis. Mais nous étions futées et débrouillardes. Lors d'un précédent Noël, Myriam avait reçu un jeu pour fabriquer des bougies, et avec un pinceau fin – le même qui nous servait en cours de dessin –, nous avions appris à prélever délicatement les paillettes destinées à teinter la cire et à les déposer sur nos paupières. En fin de journée, nous n'avions plus qu'à nous débarbouiller au gant de toilette, chez moi, où ma mère était toujours absente.

Pour nous trois, le temps des enquêtes, des courses poursuites, des « haut les mains ! » et des attaques coordonnées était révolu, et les habitants de l'immeuble pouvaient enfin vaquer paisiblement à leurs occupations, sans craindre d'être espionnés, soupçonnés et encerclés. Les seuls suspects qui nous intéressaient désormais étaient ceux de sexe masculin, âgés de treize à quinze ans.

Le principal problème auquel je me trouvai confrontée lors de mon entrée dans la préadolescence fut d'ordre capillaire. J'avais des cheveux naturellement crépus, qui semblaient inspirer une certaine répugnance à ma mère. « Une tête à poux », disait-elle en fronçant les sourcils. Comme elle refusait de me coiffer, et encore plus de m'emmener chez un coiffeur spécialisé en cheveux afro, elle avait résolu le problème en me faisant adopter une coupe très courte et masculine. De temps en temps, elle me confiait donc un billet de dix francs, et j'allais chez monsieur Abdul, le coiffeur-barbier pour hommes au bout de la rue. Quand il me voyait arriver, il faisait un petit « tssss » tristement réprobateur, tant il se sentait désolé de devoir soumettre cette gamine maigrichonne à la tondeuse.

Parfois, ma mère passait en coup de vent dans son échoppe pour lui demander de faire « encore plus court ». Je crois que, si elle avait pu me faire raser complètement le crâne, elle en aurait été ravie, tant elle avait décidé que l'on « ne pouvait rien faire avec une chevelure pareille. » Monsieur Abdul se contentait de hocher la tête, puis il réglait le sabot de sa tondeuse sur 3, comme il en avait l'habitude. Jamais plus. Je dois à l'empathie naturelle de ce brave homme de n'avoir jamais été complètement tondue.

Inutile de dire que cela ne facilita pas mon entrée dans le monde de la séduction. Je ne plaisais ni aux garçons blancs ni aux garçons noirs du quartier, et pas non plus aux maghrébins. Trop blanche pour les uns, trop noire pour les autres... tous s'entendant sur le fait que j'étais de toute façon bien trop grande et trop maigre.

Quand j'ai eu quinze ans, nous sommes parties de la cité. Après tous ses efforts et ses cours du soir, ma mère avait enfin une opportunité professionnelle : on lui proposait un poste d'assistante dans un service Achats. Plus de rayons à ranger, d'inventaires nocturnes à faire, de fournisseurs à recevoir dans le froid des entrepôts. À la place : un bureau, un ordinateur, un siège confortable et un salaire plus élevé. Le poste était directement au siège des hypermarchés Leclerc, à Ivry-sur-Seine. Ma mère n'avait aucune attache à Villeurbanne, donc elle n'hésita pas un instant. Quant à moi, on ne me demanda pas mon avis, et je fus traitée exactement comme les meubles du déménagement : avec le minimum de précautions pour que j'arrive en bon état.

J'avais quinze ans... Jusque-là, j'avais toujours tout partagé avec mes amies et avec leurs familles. Pas un instant, je n'avais imaginé traverser les années à venir, l'adolescence et les premières amours sans elles et leur présence rassurante. Pourtant, le temps était venu de me confronter à quelque chose de bien plus effrayant que tous les méchants et les ennemis imaginaires de nos aventures : la solitude.

Chapitre 12

Après sa sieste, Vincent tourne comme un lion en cage. Je sais qu'il attend un appel de FilmaMax, que son *Singe en hiver* le préoccupe et que c'est sa manière de gérer son stress. Il a envie de parler. Il continue à me poser mille et une questions sur tout, sur ma vie, mon parcours, mon travail, et comme il semble manifester une curiosité sincère, je me prête de bonne grâce à ses interrogations.

J'ai observé son fonctionnement : je sais qu'il ne fait jamais semblant, et si je l'ai vu être odieux et bâiller ouvertement aux discours de Julien ou de Cécilia, je l'ai aussi vu avoir de longues discussions sur le cycle des saisons avec le jardinier qui vient entretenir les extérieurs de la maison. Je devine toujours qu'il est très intéressé par un sujet à sa manière bien à lui d'incliner légèrement la tête sur le côté pour mieux écouter, tout en se caressant le menton.

Alors je lui raconte un peu mon enfance, la cité, mes jeux avec mes Drôles de Dames, l'affection inconditionnelle de madame Benarbia, mes vendredis soir chez les Mendel, etc. Je ne raconte que les bons moments et passe volontairement le reste sous silence. Et puis, comme il m'écoute avec une attention qui me paraît sincère, j'enchaîne sur mes années étudiantes à Paris, les années 1980, la new wave, le Malibu Coco que l'on buvait en soirée et qui m'aidait à vaincre ma timidité, les paquets de cigarettes noirs, avec le logo doré John Player Special, les yeux charbonneux, les jupes courtes en skaï, les guêpières en dentelle noires que l'on portait sous un perfecto.

Il rit. Il dit qu'il n'aurait jamais cru cela, qu'il m'imaginait bien plus classique et sage.

C'est vrai qu'en matière de look, cela fait quelques années que je me limite aux jeans sombres bien coupés et aux chemisiers unis, plus ou moins légers selon la saison. Ma mère détestait les gens négligés, les tenues décontractées et encore plus l'excentricité. Les rares moments où j'avais son approbation étaient ceux où elle inspectait ma tenue d'écolière. C'est donc tout naturellement et sans y penser qu'après mes années de « rébellion vestimentaire », je suis revenue petit à petit à une discrète sobriété, qui convient bien à mon métier.

Lui aussi me parle un peu de sa jeunesse. On ne vient pas du même milieu, il a une dizaine d'années de moins que moi, alors on se lance dans une étude comparative de nos soirées respectives. Il me raconte que, parfois, après une nuit de fête avec ses amis, ils filaient à Deauville pour manger des huîtres et boire du vin blanc en regardant la mer. C'est une sacrée différence entre nous, parce que moi, après une nuit de fête, je rentrais dans ma chambre d'étudiante, au Blanc-Mesnil, et je mangeais des raviolis, directement dans la boîte de conserve, avant de repartir à la fac. Dans mon souvenir, j'avais une vue imprenable sur le RER B.

La terrasse résonne de nos rires, et je crois que c'est la première fois depuis notre arrivée qu'il y a une vraie gaîté dans cette maison. Et puis, soudain, sans prévenir, il se souvient qu'il a un truc à faire. Il se lève et il part, me laissant toute seule et vaguement déçue. Mais pas question de m'en formaliser : après tout, je suis désormais en vacances et j'ai bien l'intention d'en profiter. Je me préoccuperai de mon avenir à la rentrée.

Pour l'instant, j'ai envie de terminer l'après-midi au bord de l'océan. La plage est accessible de la maison par un petit sentier côtier, mais aucun des occupants de la villa ne l'a emprunté depuis le début des vacances. Ce petit groupe d'enfants gâtés a réussi le tour de force de passer une semaine entière dans un endroit sublime, sans presque jamais quitter le confort de la terrasse, se contentant de jeter un œil blasé sur la vue.

Avant de partir, je rassemble mes affaires, maillot et serviettes de bain, lunettes et gros roman, puis, prise d'une soudaine inspiration, j'ôte mon jean, je donne un petit coup de ciseau juste au-dessus du genou et je tire. Je taille franchement, je sens le tissu épais qui cède, j'entends le craquement des fibres qui se déchirent et je m'imagine que c'est ma vie qui s'allège un peu. Je m'éloigne de la maison le pas léger, pleine d'une fragile assurance, dans mon nouveau bermuda déchiré.

Lorsque je rentre de la plage, la nuit commence à tomber, et je monte directement dans ma chambre. J'ai vu que la voiture était garée sur son emplacement, j'en déduis que Vincent est de retour, mais je décide de l'ignorer. Je suis un tout petit peu vexée qu'il soit parti si brusquement après avoir partagé un moment de complicité avec moi. Je l'entends faire des allers-retours entre la cuisine et la terrasse, et j'imagine qu'il est parti faire le plein de whisky ou de bières. J'espère juste qu'il n'a pas ramené des compagnons de beuverie à la maison.

Tout à coup, j'entends sa voix qui m'appelle depuis le petit jardin à l'arrière de la maison. Je suis assez tentée de faire celle qui n'entend pas, mais je me souviens tout de même que je suis encore officiellement l'assistante de Charlotte, et non une simple invitée, et que je ne suis pas censée bouder parce que son ex m'a plantée comme une vieille chaussette plus tôt dans l'après-midi. Je prends donc mon air le plus professionnel et détaché possible pour rejoindre, sans hâte, l'arrière de la maison.

J'en ai le souffle coupé.

Le long de la terrasse, Vincent a aménagé un chemin lumineux, avec des bougies qu'il a placées dans des verres. Au bout du petit jardin, face à l'océan, il a dressé une table, sur laquelle trônent un plateau de fruits de mer et un seau à champagne. Il a aussi installé entre les deux gros pins une jolie guirlande lumineuse, dont les pampilles volent doucement dans le vent. Je ne suis pas certaine d'avoir compris à quoi rime toute cette mise en scène que je contemple, ébahie. Ses yeux malicieux se posent sur moi : « Eh bien, Kadija, vous m'avez raconté vos moments délicieux de jeunesse. À moi de vous faire vivre les miens. Je n'ai pas fait ça depuis des années, mais vous allez voir, champagne, huîtres, musique et océan, c'est un mélange épatant. »

Je me sens gênée comme jamais. J'ai le sentiment que ce moment n'est pas pour moi et me sens parfaitement incongrue dans cette jolie mise en scène. Tout semble conçu pour accueillir une belle jeune femme raffinée en robe de soie et au chignon négligé. Charlotte serait sublime dans ce décor ; moi, j'ai cinquante ans, je porte un bermuda déchiré, j'ai encore du sable entre les orteils, et pour tout dire, je me sens un peu ridicule et pas à ma place.

Mais Vincent ne veut rien entendre. Il sourit, plaisante d'un ton badin et, pas un instant, il n'envisage qu'on puisse lui refuser son moment d'insouciance et d'amusement. « Allez, Kadija, soyez cool. Vous n'allez pas me laisser manger mes huîtres tout seul et boire mon champagne comme un idiot. FilmaMax a appelé tout à l'heure : le *Singe en hiver* est en bonne voie, il paraît que Omar Sy est enthousiaste... Bref, demain, je fais un aller-retour à Paris pour valider quelques points. Et puis, tous les emmerdeurs sont partis de la maison, ce qui nous fait donc deux *très* bonnes nouvelles à fêter. »

Alors, je cède. Après tout, si ça lui fait plaisir de dîner et de boire un verre face à l'océan avec une future chômeuse ex-assistante de son ex, pourquoi pas. Nous portons donc un toast à ce merveilleux paysage, à l'alliance épatante du champagne et de l'océan, et à la réincarnation improbable de Jean Gabin en Kad Merad. Vincent est très fier d'avoir ouvert les huîtres seul : « Je ne me suis même pas ouvert la main. Vous vous rendez compte, Kadija, que je suis presque en train de devenir un manuel ! Encore une semaine, et je pars à la pêche. »

Je ris de bon cœur en contemplant ses longues mains oisives et soignées. Je repense aux larges mains de monsieur Benarbia, abîmées, rêches et sèches. Les cals sous les paumes, les ongles striés et coupés courts, les petites peaux arrachées autour, les veines apparentes, les callosités. Des mains de travailleur...

Vincent dit que ce serait un bon sujet de film, une histoire conceptuelle de gens vus à travers leurs mains. Des mains d'ouvriers, de paysans, de médecins... Il me demande ce que j'en pense, et pendant qu'il nous ressert un verre de champagne, je lui dis que je n'aime pas trop le cinéma conceptuel. J'aime les vraies histoires, les héros, les héroïnes, les gentils, les méchants, pas les concepts. J'aimais les films de mon enfance, les comédies de Louis de Funès, de Pierre Richard, que l'on regardait parfois le dimanche soir chez les Benarbia. Et puis, plus tard, j'ai aimé *La Boum* : grâce à Sophie Marceau, je me suis inventé des faux souvenirs de soirée, de slow et de premiers baisers, parce que, dans la réalité, j'étais bien trop timide et transparente pour être invitée ou même oser croiser le regard d'un garçon.

Ensuite, j'ai aimé *37°2 le matin*. Comme toutes les jeunes filles des années 1980, j'ai voulu être Béatrice Dalle, si belle, si sensuelle, si sûre d'elle, rock, déjantée et fragile, et j'ai souhaité un amoureux comme le Zorg du film, sexy, drôle, touchant et éperdu. J'ai rêvé de vivre une histoire au romantisme échevelé et torride.

Je raconte tout cela à Vincent. Il me regarde bizarrement et doit me prendre pour une vieille midinette attardée. Quoi qu'il en soit, nous portons un toast au cinéma de notre jeunesse, en priant pour que personne n'ait jamais l'idée de faire un remake de *37°2 le matin*.

Je ne vois pas le temps passer. La bouteille de champagne est presque vide, Vincent en ouvre une autre. Je ne devrais pas tant boire, mais j'ai juste quelques pas à faire pour rentrer me coucher, et je me laisse aller petit à petit à la douceur de cette soirée d'été. Si Marion et Lucas me voyaient ! J'ai enlevé mes chaussures pour mieux sentir la fraîcheur de la pelouse sous mes pieds. Vincent, aussi, est pieds nus. Il a déboutonné sa chemise blanche et en laisse flotter les pans au vent. Son torse est un peu trop maigre et parsemé de rares poils. Il est assez loin des canons de beauté masculins actuels et n'est pas ce qu'on appelle un « bel homme ».

Pourtant, il dégage une séduction magnétique, un charme désinvolte redoutable. Il me fait un peu penser à Jacques Dutronc, avec des yeux bleus et le cigare en moins. Je lui dis et, immédiatement après, je regrette mon audace. Mais ça le fait rire.

J'ai l'impression que tout le fait rire, ce soir. Il chantonne *Il est cinq heures, Paris s'éveille*, tout en nous resservant du champagne. La nuit tombe doucement, il y a un petit vent frais et léger qui fait tinter doucement les breloques lumineuses pendues aux arbres. De loin, on pourrait presque penser à une grande réception d'été dans cette magnifique propriété du Cap Ferret, sauf qu'il n'y a pas d'autres invités qu'un metteur en scène alcoolique et une quinquagénaire en préménopause un peu éméchée.

Tout à coup, Vincent décide que « la soirée manque de musique, bordel !! » Je vais chercher l'enceinte portative, pendant qu'il farfouille dans son téléphone, à la recherche d'une ambiance musicale inspirante. Une fois l'enceinte connectée, les notes de *Freedom* de George Michael s'élèvent dans la nuit. Vincent rit et dit : « Ah, voilà de la musique, bordel !! »

Je vois ses yeux bleus malicieux pétiller à la lueur des bougies, et nous convenons tout deux que ce sont sûrement la chanson et le chanteur les plus sexy du monde. On boit encore du champagne. Il me raconte que, quand il était jeune, il s'était teint une petite mèche de cheveux en châtain à l'eau oxygénée pour mieux ressembler à son idole, mais qu'il avait toujours prétendu que cette décoloration était due au soleil. Je lui dis que, moi aussi, plus jeune, j'ai fait des expériences capillaires hasardeuses, en essayant de teindre mes cheveux afro en orange pour ressembler à Cindy Lauper dans *Girls just want to have fun*. C'est à la suite de cette expérience que j'ai bien failli devenir chauve et préféré prendre Grace Jones comme modèle pour ma coiffure.

Vincent fixe mes cheveux noirs et crépus, simplement attachés en queue de cheval, d'un air pensif. Je commence à avoir quelques mèches grises, que je devrais camoufler. Une fois de plus, je me sens gênée et mal à l'aise, comme prise en faute. Je lui dis :

« Je sais, j'ai de plus en plus de cheveux gris. À la rentrée, j'irai chez le coiffeur me faire faire une teinture.

Il esquisse le geste de toucher mes mèches.

— Non, c'est bien, dit-il avec douceur. Être vrai, c'est bien aussi. Ça change.

Dans l'enceinte jaillit la voix de Bryan Ferry, le chanteur de Roxy Music.

— Après le mec le plus sexy du monde, le mec le plus élégant du monde... Décidément, j'ai de la concurrence, ironise Vincent.

Il me tend la main et me lance d'un ton cérémonieux :

— Vous dansez, Kadija ? »

J'ai beau avoir beaucoup bu et être dans état légèrement euphorique, j'ai très moyennement envie de me retrouver demain transie de honte, à l'idée d'avoir dansé un slow sous les étoiles avec l'ex de mon employeur, après une discussion philosophico-capillaire. Je réponds avec fermeté que c'est tout à fait hors de question !

Je ne sais plus à quel moment de *More than this* ou à combien de coupes de champagne je me retrouve exactement dans la posture que je redoutais. Vincent danse à l'ancienne, sa main gauche sur ma taille, sa main droite emprisonnant la mienne, à hauteur d'épaule. Il est suffisamment grand pour moi, juste à la bonne hauteur pour danser. Ma tête pourrait reposer au creux de son épaule si je n'avais pas gardé le sens des convenances. Quand j'étais ado, j'ai certainement dû rêver cette scène, mais je ne pense pas avoir visualisé un bermuda en jean déchiré comme tenue de bal. Cette idée me fait rire, et immédiatement, Vincent veut savoir ce qui me met en joie. Il convient que ma tenue est incongrue, même pour une cendrillon vieillissante, mais il me fait remarquer que ce n'est pas moins surréaliste qu'Omar Sy en Jean-Paul Belmondo ! Cette comparaison déclenche en nous un fou rire incontrôlable. Pas de doute, je suis officiellement une lamentable poivrote et je vacille légèrement.

D'un coup, Vincent arrête de rire. Sa main remonte vers mon visage et, très lentement, en dessine le contour. Je ne respire plus. Je me dis que l'alcool m'a brouillé le cerveau. Que mes neurones dysfonctionnent au point de ne plus être capable d'interpréter correctement un geste parfaitement anodin.

La main de Vincent continue de se promener sur mon visage, et je continue à ne pas respirer. Je me demande combien de temps je peux tenir ainsi, en apnée, d'autant que mon cœur bat à cent à l'heure. Je vais faire un malaise. Je vais devoir être emmenée à l'hôpital et je n'ai plus de mutuelle. Charlotte ne voudra jamais me rembourser les frais d'hospitalisation, je vais devoir faire un emprunt... Et pendant que ces pensées se bousculent dans ma tête, Vincent se penche très doucement et m'embrasse. Ce n'est pas un long baiser de cinéma. Cela n'a rien de torride ou de sensuel. Cela n'a rien d'amical, non plus, bien sûr. C'est un baiser d'une douceur infinie, d'une tendresse qui me bouleverse.

Je n'ai toujours pas respiré. C'est décidé, je ne respirerai plus jamais. Ça n'a aucune importance. Plus rien ne compte que la dévastatrice douceur de ce baiser.

Je n'ai plus le choix, il faut tout de même que je respire. Que je reprenne mon souffle. Que j'arrête de tanguer.

« Ça va, Kadija ? » me demande Vincent, d'une voix un peu inquiète. Je ne réponds pas. Les dernières notes de *More than this* retentissent. Qu'est-ce que je pourrais bien dire ? Que j'ai cinquante ans et qu'on ne m'a jamais embrassée ainsi ? Que je n'ai jamais dansé un slow pieds nus sous les étoiles en compagnie des plus beaux yeux bleus du monde ? Que je me suis sentie, l'espace d'un baiser, tellement enveloppée d'une douceur surréaliste que j'en ai mal au ventre ?

Vincent me prend la main et me guide vers la pelouse : « venez », dit-il simplement. Nous nous asseyons par terre. Je dois avoir l'air d'une pauvre folle, parfaitement hébétée et en état de choc, parce qu'un homme vient de m'embrasser. J'ai affreusement honte de ma gêne.

« J'aime bien cet émoi », dit-il avant de m'embrasser à nouveau. Cette fois, j'étais mieux préparée. Cette fois, impossible de plaider le geste malencontreux, le hasard des lèvres qui se rencontrent. Cette fois, je suis certaine que c'est un baiser intentionnel. Sa main glisse dans mon cou. J'ai quinze ans. Je suis tendue et nerveuse et, en même temps, je préférerais mourir à cet instant précis plutôt que quitter l'irrésistible et douce tiédeur de ces lèvres. C'est comme si je n'avais jamais embrassé personne. Je n'ose même pas ouvrir les lèvres, tellement ce baiser chaste me bouleverse déjà. S'il met la langue, je suis sûre que je vais m'évanouir. Il ne manquerait plus que ça !

Quand j'ouvre les yeux, allongée dans l'herbe, je vois son visage inquiet au-dessus de moi. « Ça va, Kadija ?? me demande-t-il pour la deuxième fois de la soirée. Vous m'avez fait une peur bleue ! Ce n'est pas l'effet que j'ai l'habitude de faire aux femmes, vous savez. Ça m'est arrivé d'avoir quelques succès, mais aucune ne s'est jamais évanouie sous mes baisers », plaisante-t-il doucement.

Je suis en train de vivre le moment le plus embarrassant de ma vie. Je me sens littéralement morte de honte. Plus exactement, je viens de mourir de honte une première fois, et je suis en train de ressusciter, juste pour bien être certaine que je n'ai pas manqué une seconde de mon humiliation. Qu'est-ce qui m'a pris de tomber dans les pommes comme une pucelle ? Je me redresse le plus dignement possible. Je ne sais pas quoi dire. Il me regarde, la tête légèrement inclinée sur le côté, tout en se caressant le menton.

Chapitre 13

Du plus loin que je me souvienne, l'amour a toujours été une source de tracas pour moi. Je parle bien d'amour, et non de séduction, parce que, passée la longue et ingrate période de la puberté, celle-ci ne fut plus vraiment un problème. À partir de dix-huit ans, avec mon teint café au lait, mes grands yeux noirs et ma haute silhouette longiligne, j'étais devenue suffisamment jolie pour attirer l'attention des hommes et je combattais ma timidité naturelle en incarnant de bonne grâce tous les clichés de la jolie black sexy et peu farouche : lionne, gazelle, panthère ou tigresse. Mon désir de plaire et d'être aimée était tel que jamais je ne me formalisais de ce bestiaire exotique.

L'amour, en revanche, était un problème qui remontait à mes toutes jeunes années.

À La Valoise, j'étais secrètement amoureuse de Mourad, le frère cadet de Faouzia. Tout me plaisait en lui : ses faux airs de petit dur, ses cheveux frisés, son teint doré, ses grands yeux noirs bordés d'une frange de cils, plus longs et plus recourbés que ceux d'une fille. Même Noémie, la sœur de Myriam, n'avait pas un regard aussi intense, elle qui avait pourtant le droit de se mettre du crayon et du Rimmel.

À l'école, le mode opératoire pour faire connaître son intérêt à une personne du sexe opposé était toujours le même : on pliait en quatre un papier sur lequel on écrivait « Est-ce que tu veux sortir avec moi ? » et on se débrouillait pour faire passer le message de mains en mains, jusqu'à ce qu'il atterrisse sur le bureau de l'heureux élu. Seulement, Mourad et moi n'étions pas dans la même classe : il était un peu plus âgé et, de toute façon, j'étais bien trop timide pour me déclarer directement.

Je décidai donc de ruser et de conserver la stratégie des petits papiers, mais en la rendant anonyme. Je comptais d'abord susciter sa curiosité, l'intéresser, avant de lui révéler l'auteur des mots doux et la nature de mes sentiments. Je profitais des dîners et des après-midi chez les Benarbia pour glisser discrètement au fond de son cartable ou de ses poches des petits mots romantiques et mystérieux : « Quelqu'un vous aime », « Une inconnue pense à vous » ou encore « Mon cœur bat pour toi. »

Mourad avait bien des rêves dans la vie : acheter un walkman pour écouter Michael Jackson, avoir le droit d'aller voir *Poltergeist* au cinéma et, surtout, posséder un jour une console Atari 2600 pour jouer à Pac-Man. Malheureusement, trouver l'amour ne faisait pas partie de ses projets.

Je continuais, malgré tout, mes envois, guettant le moindre changement de comportement de sa part indiquant qu'il aurait au moins lu ces messages mystérieux et qu'il était intrigué. L'amour se nourrit de patience.

L'année suivante, je décidai de passer à la vitesse supérieure : si les petits mots doux et les dessins ne suscitaient pas son attention, peut-être serait-il plus sensible à la poésie ? Je me mis à lui composer des textes pleins d'une candide ferveur :

« Tu es beau comme Albator,
Et presque aussi fort.
Tu n'as pas les yeux bleus,
Mais moi, je trouve ça mieux. »

Je continuai mon petit manège pendant quelques mois, sans remarquer de modifications notables dans son attitude : il continuait à jouer, à chahuter avec Saïd et Majid, à se bagarrer avec les frères Guezzal, sans sembler perturbé. S'il lisait mes poèmes, rien n'indiquait que ceux-ci le troublaient.

C'est lors d'un simple goûter chez les Benarbia que les choses se précipitèrent. Les garçons jouaient au foot dans la cour, pendant que nous nous gavions de Treets devant la télévision. Je profitai de ce que Myriam et Faouzia se disputaient le choix de regarder *Candy* ou *Capitaine Caverne* pour m'éclipser, afin de glisser l'un de mes petits poèmes dans le cartable que Mourad avait jeté en travers du couloir.

Malheureusement, ce jour-là, un coup franc mal cadré obligea mon amour secret à remonter plus tôt que d'habitude dans l'appartement familial, afin de soigner son nez qui dégoulinait de sang. Il me prit sur le fait.

« Hé ! Mais qu'est-ce que tu fous dans mon sac ?

Pétrifiée, je contemplai mon Albator au nez ensanglanté, qui m'arracha des mains le papier que je comptais introduire au milieu de ses cahiers.

— Ah, mais je te tiens ! C'est TOI qui fous des merdes de bouts de papier dans mon sac et dans mes poches tout le temps ?

« *Des merdes de bouts de papier.* » Mes poèmes. Mon *cœur.* Je restai interdite, incapable de prononcer un mot. Dans le salon, indifférentes au drame qui se jouait, Myriam et Faouzia continuaient de se chamailler, pendant que Mourad m'interrogeait :

— Bon, allez, ok, bien joué, vas-y, dis-moi qui c'est ?

Je continuai à le regarder sans comprendre.

— Allez, j'te dis, vas-y, balance! C'est qui qui t'a demandé de me faire ces blagues nazes ? C'est Majid pour se foutre de moi ? Olivier ? C'est les Guezzal ? C'est bon, maintenant, tu peux me le dire, je t'ai gaulée, de toute façon. »

Ainsi, pour Mourad, ces petits mots et ces poèmes naïfs ne pouvaient être qu'une mauvaise plaisanterie de ses copains, un piège tendu par les perfides frères Guezzal pour le ridiculiser. Pas un instant, il ne lui vint à l'esprit que la petite fille timide et maigrichonne qui se tenait embarrassée devant lui pouvait être l'auteure sincère des billets doux. Pour lui, j'étais juste l'une « des petites » qui jouait avec sa sœur. J'étais transparente, je n'étais pas crédible un seul instant en amoureuse. D'ailleurs, quand elle fut mise au courant, Faouzia elle-même me félicita avec beaucoup d'enthousiasme : pour sa part, elle était engagée dans un projet ambitieux, qui consistait à glisser ses crottes de nez dans les poches du blouson en jean de Majid.

Mourad ne voulut jamais en démordre : il avait été l'objet d'une machination et, au cours des jours suivants, il échafauda même l'hypothèse que les frères Guezzal pouvaient m'avoir soudoyée pour glisser les petits papiers dans ses affaires. Il en conçut ainsi une vague admiration pour mes prétendus talents de négociatrice.

> « Ils t'ont filé combien pour me piéger ? Allez, dis-moi... En tout cas, *toi*, on te voit jamais, on t'entend pas, mais t'es la plus maline. Tu s'ras bonne en affaires quand tu s'ras grande. T'auras des sous. Tu verras, un jour. »

Il n'avait pas tout à fait tort, car effectivement, de toute la petite bande de la cité de La Valoise, je suis sûrement l'une de celles qui a le mieux « réussi ». Peut-être me suis-je effectivement montrée « douée » en affaires dans ma vie.

Bien plus qu'en amour.

Chapitre 14

Je me réveille avec les premiers rayons du soleil qui me chatouillent les pieds, le sourire aux lèvres. Exactement le même sourire qu'on a quand on a fait un songe très agréable. Alors, pour ne pas perdre mon rêve, mon premier réflexe est de replonger sous la couette et de fermer les yeux, pour tenter d'y retourner. C'est là que je me rends compte que je ne suis pas sous une couette, mais sous un drap de bain, et que je ne suis même pas dans mon lit, mais sur un matelas posé à même le sol, dans le jardin. Tout aussi déroutant, je réalise que je me suis affalée tout habillée. Ma bouche pâteuse me rappelle aussi que je ne me suis sûrement pas brossé les dents.

Lentement, les évènements de la nuit me reviennent à l'esprit. La soirée, les lumières, le champagne, le baiser, la suite... Vincent décidant subitement qu'il faisait trop chaud pour dormir à l'intérieur, et nous deux, hilares et le pas mal assuré, traînant un matelas sur la terrasse.

Je m'extirpe laborieusement du lit improvisé avec une petite grimace : si la veille, j'avais quinze ans, ce matin, un léger mal de dos et quelques élancements douloureux à la tête me ramènent vite à la réalité. Je me lève et marche pieds nus en direction du jardin en clignant des yeux sous l'effet de la luminosité. La fraîcheur de l'herbe sous mes pieds achève de me réveiller. Je sens mon cœur faire un bond dans ma poitrine, comme un enfant qui découvre ses cadeaux le matin de Noël : non, je n'ai pas rêvé. Si les bougies sont toutes éteintes, les lumières de la guirlande accrochée entre les deux vieux pins continuent de se balancer au gré du vent et de briller avec insolence, comme un pied de nez au soleil de la matinée. Sur la table, un tas de coquilles d'huîtres vides, des demi-citrons recouverts de moucherons et des tranches de pain rassis témoignent du festin de la veille, tandis qu'au sol, la rosée du matin givre joliment les bouteilles vides de champagne.

Ce spectacle qui, en temps normal, n'aurait suscité que désapprobation de ma part me ravit. Je m'avance et m'assieds sur la chaise, à l'endroit même où nous avions commencé notre dîner improvisé, et tout me revient : la musique, la danse sous les étoiles, les fous rires, les baisers… et la suite de la soirée.

Comme deux collégiens, nous nous étions assis par terre, adossés à l'un des arbres, et nous étions blottis l'un contre l'autre. Nous avions passé une partie de la soirée à parler, à nous raconter nos vies. Enfin, dans mon souvenir, Vincent m'avait posé mille et une questions, et j'avais répondu. Chaque détail avait semblé l'intéresser ou l'amuser. Il m'avait souvent interrompue pour me prendre le visage dans ses mains, pour me caresser les cheveux, pour m'embrasser. Nos deux corps avaient obstinément refusé de se décoller.

À un moment, j'avais eu envie de faire pipi et je me souviens que j'avais retardé au maximum ce moment, tellement j'avais eu peur de m'absenter ne serait-ce que quelques minutes. À mon retour, Vincent n'avait pas bougé. Il fumait tranquillement, toujours assis par terre, adossé à l'arbre. Je l'avais observé et trouvé follement élégant, libre et un peu absent.

Moi, je m'étais sentie un peu bête, à revenir vers lui en courant, essoufflée, avec tant d'impatience. Il avait levé les yeux vers moi et ouvert les bras avec un large sourire. J'avais immédiatement retrouvé mes repères, calée contre lui, ma tête dans le creux de son cou, mes jambes emmêlées aux siennes… jusqu'à ce que nous décidions de dormir dehors, à la belle étoile.

Je ne saurais pas dire si nous avons eu chaud ou froid, si nous étions bien installés ou si le sol était dur ; je ne saurais pas vraiment expliquer ce que nous avons fait ou dit cette nuit-là. Quoi qu'il en soit, nous n'avons rien fait d'autre que d'être ensemble, serrés l'un contre l'autre. Il a respiré mes cheveux, j'ai embrassé ses mains. Nous n'avons pas couché ensemble. D'abord, d'un point de vue « technique », j'ai bien senti que l'alcool à haute dose n'était pas le meilleur allié d'une nuit torride. Mais cela n'avait aucune importance. Je crois que, de toute façon, de mon côté comme du sien, nous avons suffisamment vécu pour ne pas mesurer l'intensité et la magie d'un moment à l'aune d'une performance sexuelle.

Durant la période après mon adolescence terne et avant mon mariage avec Philippe, j'ai profité sans états d'âme d'une vie étudiante festive et légère, durant laquelle être *délurée* était la norme. C'était le tout début des « années sida », et la menace était encore trop floue pour qu'on la prenne vraiment au sérieux. J'étais une jeune fille de mon époque, où il était mal vu d'être « coincée », où les filles étaient sexy et *libérées,* par conformisme. Ce que Lucas appellerait aujourd'hui « une grosse chaudasse ».

De son côté, Vincent avait toujours été ce qu'on appelle un séducteur ou un homme à femmes. Ce que Marion nommerait aujourd'hui « un gros queutard ». Voilà peut-être aussi pourquoi ni Vincent ni moi, malgré les doses excessives d'alcool que nous avions absorbées cette nuit-là, n'avons rien tenté : nous étions trop occupés à être étonnés de vivre un moment qui nous apparaissait totalement inédit.

Accroché à un arbre, je trouve un petit mot de la main de Vincent : « Kadi, je pars à Paris pour voir les gens de FilmaMax, mon taxi m'attend pour me conduire à la gare, je vous laisse dormir. Je suis de retour dans quelques jours. Profitez de la maison, vous êtes ici chez vous. PS : vous ronflez un peu, c'est charmant, on dirait un chaton. »

Comme une ado, je décroche le petit mot et le serre contre mon cœur en souriant. Tout de suite après, je me sens un peu mortifiée, parce qu'il a écrit que j'avais ronflé. Je tente d'oublier cette petite humiliation, je me concentre sur le « vous êtes ici chez vous » et décide de profiter de mes vacances. Pour essayer de conjurer mon mal de tête, j'allume ma première cigarette, je rentre me faire un café et le bois, lentement, face à l'océan. Ensuite, je me déshabille entièrement et plonge tête la première dans la piscine. L'eau fraîche me saisit, et je pousse un petit cri, qui résonne dans le silence. Je fais quelques longueurs, m'allonge sur le bois chaud de la terrasse et m'allume une autre cigarette. Je reste là un long moment, à fumer et à rêvasser, toute seule, à poil au bord de la piscine, un sourire idiot aux lèvres.

Le lendemain, je suis prise d'une envie de bouger, de voir des gens. J'ai l'impression d'avoir le cœur qui déborde de joie, d'euphorie, et il me semble qu'il faut que je déverse tout ce bonheur inattendu, sous peine d'une explosion cardiaque imminente. Alors je prends la voiture de location et pars au marché.

C'est l'un de ces marchés à la fois couvert et extérieur, comme il en existe dans beaucoup de villes. Il y a du bruit, des couleurs, c'est joyeux et animé, et je me sens parfaitement bien et légère dans cet environnement.

À l'intérieur, devant les stands de pêcheurs, ça s'apostrophe, ça s'invective joyeusement, et en un éclair, les sourires et la joie exubérante des vendeurs à la criée me ramènent au marché de la place Grandclément de mon enfance. Ils font le show, ils crient, ils hurlent pour attirer l'attention sur leur arrivage exceptionnel de bars et d'éperlans.

Il y en a un, un colosse barbu qui doit bien peser 100 kg, qui donne du « ma sœur » ou du « jeune fille » à toutes les femmes, selon son humeur et selon l'âge de sa cliente. Je prends des palourdes et j'ai droit à un aimable « ma jolie » ; je trouve que je m'en sors plutôt bien. À un moment, il se risque même à un audacieux « ma beauté » avec une jolie fille, très sexy dans son minishort en jean et ses compensées à talons. Le patriarche du stand lui fond dessus, mi-sévère, mi-rigolard : « Eh ben, t'es pas marié, toi, dis donc ? » Le colosse devient tout rose et retourne vider ses calamars.

Je m'arrête devant une petite mamie qui est venue avec son antique estafette Peugeot et qui vend des légumes de son potager. Je lui prends des tomates et des poivrons. Elle se plaint que la police municipale l'oblige à installer sa charrette dans un endroit en pente : « Et si le frein de ma charrette, y lâche un jour, hein ? Y z'iont pensé à ça, ces grands couillons ? »

Elle ronchonne parce que les services d'hygiène l'empêchent de vendre directement au cul de son véhicule, comme elle faisait autrefois : « Personne est jamais mort d'avoir bouffé des courgettes sorties de mon estafette ! Y z'ont qu'à aller contrôler plutôt chez Picard et ces machins suédois, ces grands couillons. »

Je pense avec amusement que, dans son esprit, elle associe les surgelés Picard aux magasins Ikea, sans doute à cause du froid. Elle utilise une toute petite balance manuelle, un truc tout rouillé qu'elle tient dans sa vieille main et qui oscille longuement. Je lui demande si je peux prendre en photo sa main et sa balance pour envoyer à Lucas et Marion, qui n'ont certainement jamais rien vu de pareil. Elle acquiesce, puis se ravise, méfiante : « C'est pas pour les couillons des poids et mesures, au moins ? »

Mes pas me portent vers le stand d'un jeune couple qui fait du fromage de brebis. La trentaine. Lui, petite queue de cheval, barbe bien taillée et vieux bleu de travail en guise de pantalon ; elle, blouse blanche et jean Guess. Une parfaite synthèse de modernité et de tradition. Ils me font goûter leur tomme fraîche ; c'est une merveille. Elle me suggère de la servir dans une salade, comme de la feta, en remplaçant les tomates par des nectarines, et le basilic par de l'estragon. Elle me conseille aussi de me connecter à leur compte Instagram pour trouver des idées supplémentaires (Lulubelle aurait adoré).

Je lui promets de le faire, parce que je suis d'excellente humeur, que je me sens légère, euphorique et aussi parce que j'aime bien ces gens : j'aime leur accent, leur bonhomie. Je me sens bien dans ce joyeux petit bourg de province. Je savoure cette ambiance métissée, moitié terroir et moitié touriste, cette atmosphère populaire et joyeuse, cette jeunesse gentille et bosseuse qui *ne nique personne*, ces gens simples et bons vivants. Ici, on ne « compte pas les Noirs et les Blancs », comme dans les discours de Julien, on compte les braves gens, et on ne parle pas de « race », sauf si l'on est vétérinaire ou éleveur. Bref, je me sens bien ici, beaucoup mieux qu'à Paris. Je me verrais bien m'y poser quelque temps et me promets de faire cette salade nectarines/fromage/estragon à Vincent.

Je me sens tellement bien que je fais une chose totalement folle : je m'installe à une terrasse et je déjeune. Je déjeune *vraiment*. Je ne fais pas semblant de manger, je ne picore pas, je ne me gave pas en cachette, je ne m'empiffre pas. Je déjeune d'une salade composée et d'une daurade fraîchement pêchée du matin. J'ai l'impression de revivre : cela fait des années que je n'ai pas eu une vraie et simple *envie* de manger, des années que je n'ai pas avalé quelque chose sans culpabilité, sans calcul et sans une vague impression de dégoût.

Je paye mon repas et vais flâner un peu dans les rues de la ville. Je tombe en arrêt devant une boutique de lingerie. En vitrine, des images de filles au corps parfait qui portent de délicats ensembles en soie, en dentelle. Je n'ai jamais porté des choses pareilles. Jeune étudiante, j'achetais mes dessous en grande surface. Du stretch, de la microfibre, des imprimés flashy et colorés, qui remplaçaient l'élégance par la gaîté et le sexy. Et puis, quand je me suis mariée, quand je suis devenue mère, j'ai privilégié les dessous de bonne qualité, bien coupés et faciles à entretenir, pratiques. Je commandais mes culottes et mes soutiens-gorge par correspondance parce que c'était plus simple. J'ai gardé cette habitude une fois divorcée : du sobre, du pratique.

Tout ce qui se trouve dans cette boutique est l'exact contraire de ce que j'ai toujours porté : des entrelacements subtils et compliqués, des transparences poétiques, des tissus soyeux, chatoyants, des dentelles délicates... Le prix est inversement proportionnel à la légèreté des matériaux. En poussant la porte, j'ai l'impression de rentrer dans une soirée privée et je retiens mon souffle, intimidée. Et si la vendeuse me refusait l'accès à sa boutique ? Et si elle voyait en moi Kadi, la petite métisse maigrichonne de la cité de La Valoise à Villeurbanne, avec ses genoux écorchés et son visage barbouillé des makrouts de madame Mendel ?

Une heure plus tard, je ressors en serrant contre moi un paquet dans lequel une vendeuse aux mains délicatement manucurées a déposé avec précaution deux ensembles sublimes, en soie et en dentelle. Je bascule définitivement dans un autre monde en complétant mes emplettes avec trois petites robes à fleurs. Le genre de robe que l'on porte la démarche légère et le sourire aux lèvres. Dans la boutique, je m'entraîne à virevolter, et la vendeuse m'assure que cela va très bien avec ma silhouette longiligne et ma peau café au lait.

Comme je n'ai pas pris de dessert tout à l'heure au restaurant, je m'arrête devant un glacier ambulant et j'hésite longuement devant les parfums proposés. Finalement, je repars avec un empilage audacieux de trois boules : chocolat, mangue, coco. Tout en marchant, je me demande si le bonheur, finalement, ne ressemblerait pas à cela : quelqu'un qui vous enlace un jour avec tendresse, qui danse avec vous sous les étoiles et chuchote votre nom, qui vous embrasse dans le cou, une robe à fleurs légère, des dessous en dentelle et trois boules de glace qu'il faut lécher très vite avant qu'elles ne coulent sur la main...

En fin de journée, je rentre enfin à la maison, je range mes courses dans le frigo. Si Vincent rentre demain, je nous ferai une omelette aux poivrons, des pâtes aux palourdes, et on mangera des abricots au bord de la piscine. *On mangera.* Je n'en reviens pas de penser cela. Je range soigneusement mes jolis dessous dans le tiroir de la commode, comme un trésor précieux, et je m'installe sur la terrasse avec mes cigarettes, pour rêver en attendant les étoiles...

Chapitre 15

C'est quand je suis partie de mon quartier de Villeurbanne que j'ai commencé à avoir des problèmes avec la nourriture. Mes amies me manquaient terriblement. Leurs mères, qui avaient été pour moi des mamans de substitution, me manquaient. Les goûters de madame Benarbia me manquaient, ses bananes écrasées au sucre, ses baguettes de pain avec trois carrés de chocolat, le pain d'épices Prosper, youpla boum de la piscine, le couscous et la chakchouka des vendredis soir chez les Mendel me manquaient. Cette overdose de sucre et de gras ne faisait pas que remplir mon ventre de calories : tout cela me remplissait d'amour et d'attention.

Une fois à Paris, j'ai commencé à tenter de combler ce vide par tous les moyens et je me suis mise à grignoter tout le temps. Ma mère, qui m'élevait un peu comme un petit animal que l'on se doit de conserver en bonne santé, ne tarda pas à remarquer que je m'empiffrais et que je prenais du poids. Un jour qu'elle me fixait dans mon pantalon de velours et mon sous-pull qui me boudinaient, elle eut cette phrase sans appel : « Tu ne vas pas devenir grosse, en plus !!! » J'étais déjà sage, silencieuse, discrète et bonne élève pour lui plaire. J'étais déjà presque transparente, je devins maigre pour ne pas la contrarier.

À la puberté, je pris du poids, des seins, des fesses et je sentis que tout cela l'exaspérait. Elle me commanda des sous-vêtements sur le catalogue des *3 Suisses* et m'acheta des serviettes hygiéniques tous les mois, qu'elle posait devant moi d'un air de reproche. Je me remis à alterner des périodes où je mangeais et grignotais en cachette, et des périodes où je n'avalais rien. Comme nous ne prenions que très rarement nos repas ensemble, il m'était facile de gérer ces périodes de quasi jeûne.

Devenue une jeune adulte, j'étais experte en l'art de dissimuler mes troubles. Je picorais, je chipotais : il y avait toujours moyen de prétendre « n'avoir pas très faim. »

Pour financer mes études, j'avais trouvé un job de télémarketing dans une boîte. Mon travail consistait à importuner les gens au téléphone pour leur proposer des choses dont ils n'avaient pas besoin. J'ai vendu des abonnements à des salles de sport, des diagnostics d'isolation des combles, des paniers gourmands italiens, de la maintenance téléphonique ; j'ai proposé des rendez-vous avec des conseillers, des experts, des techniciens. J'étais bosseuse, tenace. Au téléphone, j'avais une certaine assurance que je n'avais pas dans la vie : je savais trouver les mots et avais une voix grave et posée, qui faisait merveille.

J'ai eu mon diplôme, trouvé du travail dans la production audiovisuelle et voyagé quelques années à travers le monde.

À vingt-trois ans, je devenais enfin le genre de femme dont je rêvais. Pas vraiment une Drôle de Dame — mes héroïnes originelles étaient passées de mode, remplacées par les yeux clairs de Cameron Diaz et le charme exotique de Lucy Liu, qui incarnaient désormais les *Charlie's Angels*. Tout était plus chic en anglais. Mon nouveau modèle était plutôt Amanda, la redoutable femme d'affaires blonde de *Melrose Place*. Je me levais tôt tous les matins pour me lisser les cheveux, consciente que ma crinière crépue était peu compatible avec mon idéal californien et, si le monde me faisait toujours aussi peur, je comptais bien sur mes tailleurs épaulés de businesswoman pour m'aider à l'affronter.

C'est à cette période que j'ai rencontré Philippe, mon futur mari. Après quelques années folles de fastes sexuels et d'errements sentimentaux, il fut le premier et le seul à tout de suite envisager « du sérieux » avec moi. La tranquille certitude avec laquelle il aborda notre relation me bouleversa. À aucun moment, il ne tergiversa, n'hésita ou ne sembla douter. Pour lui, les choses étaient limpides : je lui plaisais, nous évoluions dans un même milieu professionnel, nous avions des goûts en commun, des caractères compatibles, il m'aimait, je l'aimais, nous avions bien profité de notre jeunesse, nous avions l'âge de fonder une famille, il n'y avait pas d'hésitation à avoir. Pour la première fois de ma vie, j'eus la délicieuse impression d'avoir trouvé ma place, pas une « petite place » de consolation, pas un strapontin : une « vraie première place » aux côtés d'un homme qui m'ouvrait grand son cœur et des bras musclés dans lesquels je me lovais avec bonheur. À partir de maintenant, je décidai de tout faire pour être une épouse parfaite, à tout point de vue.

Philippe ne se montra jamais très perspicace ou très attentif en ce qui me concernait. Lors de certains « évènements », dîners professionnels ou repas de famille avec ma belle-famille, j'étais capable de manger avec un bon appétit, et souvent, les gens s'amusaient de mon bon coup de fourchette : « Mais où est-ce qu'elle met tout ça, ta femme, Philippe ? » Mon mari souriait, heureux et content d'avoir une épouse à la silhouette impeccable malgré deux grossesses rapprochées. Moi, je répondais juste : « J'ai de la chance, c'est tout. » Et puis, je m'éclipsais aux toilettes.

Chapitre 16

Alors que je somnole sur la terrasse, je suis tirée de mon demi-sommeil par un bruit de moteur et des portières qui claquent. Je jette un œil à mon téléphone : il est 5 h 30, et le jour se lève à peine. Je sens immédiatement mon cœur bondir dans ma poitrine à l'idée de retrouver Vincent. Dans la seconde qui suit, je panique un peu, parce que je ne suis pas prête, je n'ai pas eu le temps de faire ma teinture pour cacher mes cheveux blancs et, si j'ai investi dans des jolies robes et des dessous chics, je suis pour l'instant simplement vêtue d'un ample et vieux T-shirt et d'une culotte en coton. Et puis, je me dis qu'il m'a aimée l'autre soir, sans apprêt, naturelle et simple, et j'arrête de me poser des questions : je dévale les escaliers pieds nus et je fais irruption dans la cour, comme une gamine.

Je m'arrête net : ce n'est pas un taxi qui est stationné devant la maison, mais un gros 4x4 Cayenne noir. Au volant, un type à la barbe bien taillée manœuvre pour garer l'imposant véhicule en marche arrière, tandis qu'à l'extérieur du véhicule, Vincent et deux superbes jeunes femmes blondes font de grands gestes désordonnés et inutiles, pour guider le véhicule. Vincent et l'une des filles tiennent chacun dans leur main une bouteille de champagne. Tous sont manifestement en état d'ébriété, sauf le chauffeur qui a juste l'air fatigué. Quand il me voit, Vincent, hilare, me fait signe d'approcher.

« Aaaaah, Kadija, vous tombez bien ! Nous venons de nous taper quatre heures de route, et tout ce dont nous avons besoin, c'est des coupes ! Ras le bol de boire du champagne à la bouteille ! Kadija, ma perle, vous savez sûrement s'il y a des coupes ou des flûtes dans cette baraque ? demande-t-il d'une voix éméchée.

Comme je ne réponds pas, il reprend la parole :

— Ah, mais oui, je manque à tous mes devoirs, je n'ai pas fait les présentations. Alors, voilà : lui, le type patibulaire qui nous regarde avec sévérité, c'est Giulio. Il travaille pour FilmaMax. Il est là pour surveiller qu'on ne fasse pas trop de bêtises. C'est une sorte de nounou… de chaperon… de garde du corps. Ça y est, Kadija, nous avons signé : le tournage du remake de *Un singe en hiver* se fera en début d'année prochaine, et on a un peu commencé à fêter cette grande nouvelle…

Il dit cela en titubant légèrement et, pour ne pas tomber, il se raccroche à l'une des filles qui le rattrape en gloussant. Il reprend, d'une voix pâteuse :

— Bon, je continue les présentations. Alors, elle, c'est Krista, et elle, c'est Léna.

Les filles gloussent de plus belle.

— Ah zut ! Ok, je me suis trompé, je recommence : donc voici Léna, et voici Krista, deux jeunes mannequins/

aspirantes actrices. Elles viennent de… de… ah… je sais plus… ah si, de Moldavie. Figurez-vous que je fêtais gentiment mon contrat au Silencio et que je suis tombé sur ces deux jeunes beautés qui s'intéressent *beaucoup* au cinéma. Je leur ai proposé de venir passer quelque temps ici, histoire de… euh… discuter de leur carrière. Et comme la production est un peu du genre rabat-joie, ils ont insisté pour que Giulio nous accompagne.

Il poursuit en chuchotant d'une voix avinée :

— De vous à moi, ils ont peur que je boive trop !

Puis il éclate d'un grand rire en attrapant les deux filles par la taille. Et là, devant moi, il en embrasse une goulûment, à pleine bouche, tout en lui pelotant voluptueusement les fesses.

— Et moi ? » proteste la deuxième, hilare.

Je n'attends pas d'en voir plus, je fais demi-tour et remonte en courant dans ma chambre. Je ne réfléchis pas. Je pars. Je prends mes affaires, mes robes à fleurs, ma lingerie chic en soie et en dentelle, avec mes stupides culottes à 110 € et mes ridicules soutiens-gorge à 220 €. 660 € de dessous. Un demi-SMIC. Des trucs que je ne pourrais même jamais revendre sur Le Bon Coin, parce que même bradés, personne ne voudrait des culottes et des soutifs en soie jamais portés d'une vieille bonne femme ridicule.

Je mets tout dans le coffre de la voiture de location et roule en direction de la gare. Je conduis vite, et la route est presque déserte à cette heure-ci ; les gens dorment encore. Je roule fenêtres ouvertes, mes joues me brûlent, et je ne sais même pas si c'est à cause des larmes qui sont instantanément séchées par le vent ou de ma peine. Alors je pleure. Mais vraiment. Ce ne sont pas les beaux et poignants sanglots cinématographiques que Charlotte répétait devant son miroir. Ce ne sont pas des sanglots contenus ou des larmes silencieuses. Je pleure sans retenue et sans filtre, avec des grosses larmes que, bientôt, même le vent n'arrivera plus à sécher. Je pleure de rage, d'humiliation, de désespoir. Moi qui chuchote et marche sur la pointe des pieds depuis tant d'années, je pleure fort, en faisant du bruit, en hurlant.

Le guichet de la gare n'est pas encore ouvert quand j'arrive. Je vais aux toilettes et croise mon reflet dans le miroir. J'y vois une femme échevelée, hagarde, aux yeux rouges. J'ai tellement honte. J'essaye de remettre un peu d'ordre dans mes cheveux, mais mes mains tremblent. Je me passe de l'eau sur le visage avant de m'apercevoir qu'il n'y a rien pour me sécher. Il me revient en tête la voix de Cécilia : « Il ne faut *jamais* laisser l'eau ou la lotion s'évaporer sur la peau : ça déshydrate, et ensuite, on a des ridules. Il faut toujours tapoter doucement pour ne pas bousculer les tissus. » Tu parles ! Je m'essuie rageusement d'un revers de manche. Qu'est-ce que ça peut me faire d'avoir la peau déshydratée ? Une vieille peau que personne ne caresse, de toute façon. Qu'est-ce que j'en ai à foutre de ne pas « bousculer les tissus » ? Des tissus qui ne sont jamais serrés et enlacés. Une vieille peau et un vieux cœur sec et mort, qui ont cru, le temps d'une soirée, être encore en vie. Quelle bêtise, quelle idiote !

En attendant l'ouverture du guichet, je m'assieds sur un banc. J'ai fini de pleurer, mais mon corps est encore parcouru de spasmes et de hoquets. Comme s'il restait des résidus de peine et de colère à évacuer. Ça me fait penser aux gros chagrins de l'enfance, quand on ne peut pas s'arrêter de sangloter et de hoqueter, quand on a le visage barbouillé de morve et qu'on n'arrive même plus à respirer et à parler.

Alors, comme autrefois, je pense à Elle et je prends mon téléphone. Cela n'a pas été très difficile de la retrouver : quelques recherches sur Internet ont suffi.

Malgré l'heure matinale, elle décroche tout de suite. C'est la même voix, juste un peu plus grave. Je ne sais pas comment commencer, alors je dis juste : « C'est moi. » Il y a un petit silence, et je songe qu'elle ne va pas se souvenir de moi, qu'elle va raccrocher, qu'il faudrait que je me présente, que mon stupide « c'est moi » est bien prétentieux, que décidément je fais tout de travers, que je suis pathétique, nulle, que je mérite bien de me retrouver ainsi... Elle dit juste : « Kadi ? C'est toi ?? » Et stupidement, je me remets à pleurer, en silence.

La patience n'a jamais été son fort, alors, avec son autorité naturelle, elle reprend les choses en main : « T'es blessée ? Tu peux parler ? Putain, mais t'es où ?? »

Je ne pense pas avoir été très claire dans mes réponses, mais j'ai tout de même dû lui balbutier que je n'étais pas blessée, que j'étais dans la Gironde et que j'étais juste paumée et triste. De nous trois, Faouzia a toujours été celle qui décide et qui tranche. Elle dit : « Eh ben, viens, alors. T'es à la gare, tu prends un billet et tu rappliques. J'ai même pas changé d'adresse, juste de numéro, j'habite au 14, maintenant, 6e étage. Tu connais l'chemin, hein ? » Puis elle ajoute « Allez, j't'attends, grouille », et elle raccroche.

C'était aussi simple que cela. Comme quand nous communiquions d'un étage à un autre avec notre téléphone-ficelle et que nous avions des difficultés avec notre système. Il y avait toujours un moment où, agacée, elle posait le pot de yaourt, se penchait par-dessus la rambarde et criait rageusement : « Allez, on s'en fout, viens ! »

Quand l'une des Drôles de Dames était en péril et lançait un appel à l'aide, elle savait qu'elle pouvait compter sur ses deux acolytes pour lui venir en aide. Alors j'attends que le guichet ouvre et prends un billet pour Lyon.

Je crois que c'est l'année du bac que j'ai définitivement stoppé les contacts avec Myriam et Faouzia. L'obligation de me concentrer sur mes études me fournissait un excellent prétexte pour achever de rompre des liens que, de toute façon, j'avais déjà largement contribué à distendre par mes silences de plus en plus répétés.

Je me souviens que lorsque nous avions quitté Villeurbanne, en 1986, pour « monter à Paris », une insondable tristesse m'avait envahie. Mes deux amies semblaient penser que tout cela n'était pas définitif, que nous resterions en contact, qu'il suffisait de s'écrire, de se téléphoner pour rester liées. Que peut-être il me serait même possible de revenir pour les vacances, et qu'un jour, enfin, nous nous retrouverions pour mener nos vies d'adultes toutes les trois.

En apparence, je faisais semblant d'y croire, je donnais le change. Après tout, n'y avait-il pas écrit « Amies pour la vie » au stylo-bille, sur la toile kaki de nos besaces d'écolières ? Mais au fond de moi, j'étais dévastée. J'avais l'intuition qu'elles penseraient à moi *tout le temps*, puis *souvent*, puis *de temps en temps* et, un jour, *presque plus* du tout. J'étais persuadée que nos liens ne résisteraient pas au temps, à la distance. Elles poursuivraient leur existence auprès de leurs familles aimantes et unies, entourées de grands frères chahuteurs et protecteurs, de grande sœur complice et douce, de pères rassurants et de mères bienveillantes et gaies, et moi, je reprendrais la mienne dans un nouveau quartier, un nouvel appartement vide et triste.

J'étais tellement certaine d'être oubliée un jour ou l'autre que je décidai d'anticiper les choses. C'est ainsi que je répondis très peu aux courriers de Myriam, pourtant nombreux. Elle m'envoyait des lettres improbables et poétiques, cachées dans des enveloppes de couleurs qui, quand on les ouvrait, déversaient sur la table des paillettes argentées et des dizaines de petites silhouettes en carton, dessinées et découpées à la main. Il y avait des rockers, un chien, des oiseaux, un rouge à lèvres, des cœurs et des fleurs pour me raconter son quotidien, à la manière poétique et décalée qui lui ressemblait tant.

Fidèle à son style plus direct, Faouzia m'envoyait de temps en temps quelques messages codés, écrits à l'encre invisible, ou des textes à trous, dans lesquels il fallait trouver les lettres manquantes. Je les décryptais toujours, mais j'y répondais plus rarement, et de manière laconique.

Comment mes amies auraient-elles pu comprendre que je n'attendais pas de courriers une ou deux fois par mois, mais que je rêvais de choses inavouables et impossibles : j'aurais voulu que Mourad, Majid et Saïd fassent irruption à Paris pour m'enlever et me ramener au sein de la cité, dans les bras réconfortants de madame Benarbia. J'aurais adoré que Myriam débarque avec sa grande sœur Noémie en disant : « Eh, il y a une erreur, cette fille est de *notre* famille, nous venons la chercher. »

Plus je grandissais, plus je comprenais que tout ceci n'arriverait pas, et plus je m'entraînais à la solitude.

Chapitre 17

Dans le train, j'envoie un texto à Charlotte, juste pour l'informer que j'ai quitté le Cap Ferret, que j'ai rendu la voiture de location et prendre de ses nouvelles. Après tout, elle avait bien dit : « On restera toujours en contact, Kadi. Toujours. »

J'arrive à la gare de la Part-Dieu en fin d'après-midi et retrouve vite mes automatismes. Tout a changé, et rien n'a vraiment changé. Le métro est plus joli, moins orange et plus silencieux ; je reconnais le même « biiiip » pour annoncer l'ouverture et la fermeture des portes, et sans trop savoir pourquoi, ce son familier me rassure.

Je mets du temps pour arriver dans le quartier, la rue a été débaptisée, mais les immeubles sont toujours là. Tout au plus ont-ils dû être rénovés et repeints, mais déjà, sous les couleurs vives et faussement joyeuses, la misère et la saleté refont surface. La cité me semble plus petite. Ce qui m'apparaissait une ville, un univers quand j'étais enfant, est tout à coup bien moins impressionnant que dans mon souvenir : six barres d'immeubles, repeintes en couleurs vives pour donner l'illusion de la gaîté.

Je trouve facilement le numéro 14. Devant le hall, des jeunes en capuche me dévisagent avec ostentation. J'ai envie de leur dire que je connaissais bien Saïd, Mourad et Majid, qui ont longtemps régné sur la rue, puis je me souviens qu'ils doivent être presque des vieux messieurs aujourd'hui pour les jeunes du quartier. Alors je fais semblant de ne pas remarquer les mines hostiles des encapuchés, et je m'engage dans l'escalier pour ne pas avoir à attendre l'ascenseur sous leurs regards.

Je reste un moment indécise devant la porte. Je n'ose pas appuyer sur la sonnette. Je me dis que Faouzia ne vit peut-être pas toute seule, que je ne veux pas la déranger. Et puis, je me souviens de nos habitudes de détectives, notamment que nous frappions toujours à la porte en utilisant les codes de l'alphabet morse du *Journal de Mickey*.

Bien entendu, en réalité, nous ne réussissions jamais à mémoriser ces combinaisons compliquées, mais nous avions décidé d'un commun accord que plusieurs sons longs et brefs enchaînés au hasard constituaient un mode de communication acceptable, du moment que nous avions l'air convaincu d'en percevoir le sens. L'important était surtout que nos messages paraissent mystérieux et impossibles à décrypter aux yeux du reste du monde. Alors, je frappe deux coups brefs, un coup long et trois autres coups brefs.

Elle ouvre immédiatement, comme quand elle m'attendait derrière la porte pour ne pas réveiller son père qui, parfois, selon les chantiers, travaillait la nuit et dormait le jour. Je sens mon cœur bondir dans ma poitrine en voyant son large sourire et ses dents du bonheur. Les bras de Jill Munroe, la plus charismatique des Drôles de Dames, se referment sur moi.

Je reste un long moment serrée contre elle, ma tête dans son cou. C'est elle qui brise le silence, elle dit en riant : « Bon, ça va, maintenant, tu m'étouffes ; allez, viens, on rentre. »

Elle me guide dans la cuisine, me désigne une chaise d'un signe de tête et, sans me demander mon avis, me sert un café. Puis elle fait un truc marrant, qu'elle faisait quand elle était enfant : elle retourne sa propre chaise et s'assied à califourchon, les mains et le menton reposant sur le haut du dossier, dans une posture d'attention extrême. Je me souviens qu'elle adorait s'asseoir comme ça, parce qu'elle avait vu cette position dans un film américain et qu'elle trouvait ça classe. Sa mère protestait, en disant que c'était une pose de garçon, ce qui était exactement le genre d'argument susceptible de conforter Faouzia. Parfois, Mourad disait d'un ton moqueur « on voit ta culotteeee », mais mon amie s'en fichait comme de son premier sous-pull. Avait-on jamais vu une Drôle de Dame se préoccuper de sa culotte ?

Elle me regarde avec intensité et me dit juste : « Bon, alors... Où t'étais pendant toutes ces années ? Qu'est-ce que t'as foutu ? Allez, vas-y, raconte. »

Je ne sais pas vraiment par où commencer. Alors, comme quand nous étions petites et que nous faisions des puzzles, elle m'aide. Elle me pose des questions, à sa manière : directe, précise, factuelle. Elle m'écoute sans émettre le moindre jugement. À peine hausse-t-elle un sourcil de temps en temps.

Grâce à son aide, j'ai l'impression que les pièces de ma vie se remettent en place et se reconstituent progressivement. Les études, l'ascension professionnelle, le mariage, les deux enfants, le divorce, le changement de vie, ce nouveau boulot, cette vie calme, sans aspérités et sans relief, et soudain, cette minitornade : les yeux bleus qui me fixaient avec tant d'intensité et d'intérêt, le sourire amusé, les doigts entrelacés aux miens, les lumières qui dansaient dans le jardin, la vue sur l'océan, la musique de Bryan Ferry, la danse pieds nus, les baisers et la nuit, enlacée sur un matelas à la belle étoile... Cette nuit où j'ai senti battre mon cœur pour la première fois depuis tant d'années et où j'ai cru sentir qu'il battait à l'unisson avec celui d'un homme. Cet espoir fou de se sentir vivante à nouveau et puis, cette nouvelle déception, la fuite, la gare, le train...

Quand je termine mon récit, il fait nuit depuis longtemps. Faouzia nous a cuisiné des pâtes, que je la laisse manger seule, prétextant avoir mangé un sandwich à la gare. Ensuite, comme si tout cela était évident, comme si nous nous étions quittées la veille, elle dit : « Je vais te montrer ta chambre. » Elle m'explique qu'elle vit seule avec Lila, sa fille, et que celle-ci, étudiante dans une école de commerce, est en Irlande, où elle participe à un programme d'échange dans le cadre de son master, ce qui lui permet de m'héberger sans soucis autant que j'aurai besoin. Sur son portable, elle me montre les photos d'une jeune fille brune et rieuse. Je reconnais les mèches bouclées, le regard déterminé et le large sourire, avec les dents du bonheur. Faouzia me dit avec fierté :

> « Ma fille, c'est ma vie. Elle et moi, on est très proches, tu verras, de vraies ados. On s'envoie au moins dix messages par jour, et on ne passe pas une journée sans s'appeler. Et toi, avec tes enfants, ça se passe bien ?

Je ne sais pas quoi répondre, alors je déroule les banalités habituelles :

> — Ça va. Lucas vit encore chez son père, c'était plus simple. Il fait une école d'ingénieur. Il est très doué, mais il a toujours été un garçon peu expansif. Je ne communique pas beaucoup avec lui. Il a ses études,

ses copains… Il est gentil, mais si je ne prends pas de ses nouvelles, il n'en donne pas. Ils sont comme ça, les jeunes, maintenant. Je crois qu'ils ont plus d'intérêt pour leurs écrans et leur connexion Internet que pour leurs parents.

Quant à Marion, elle a son studio à Paris et est en fac de sociologie. Elle cohabite avec un type qui s'appelle David. Je crois qu'il est infirmier. Un gars très gentil, mais un peu bizarre… Enfin, bref, son père et moi, on la voit très peu. Je crois que je ne suis pas assez "déconstruite" ou radicale pour elle, et que Philippe est trop "patriarcal" ou trop "mâle blanc". Elle est très indépendante… sauf financièrement, bien sûr. C'est une jeune fille d'aujourd'hui, tu sais… très… engagée… sur plein de sujets de société : les droits des femmes, le décolonialisme, les minorités sexuelles, les droits des animaux. Je crois que les liens familiaux, c'est le seul sujet sur lequel elle ne soit pas "très engagée"…

Faouzia a l'air un peu surprise, mais elle ne pose pas d'autres questions. Sous ses dehors un peu bourrus et rentre-dedans, je crois qu'elle sent que le sujet est sensible. Je m'assieds sur le lit de la jeune fille. J'ai, à mon tour, mille questions à poser à Faouzia sur elle, sur sa vie, sa fille, etc., mais elle me dit :

— Pas ce soir. Chaque chose en son temps. Je te raconterai tout. Je pars bosser très tôt, le matin. Je te laisse dormir. Il y aura un double des clés sur la table si tu veux faire un tour dans le quartier. Bon, avant midi, c'est mieux, parce que les dealers font la grasse matinée, et tu s'ras plus tranquille pour faire du tourisme. Ça a changé, mais tu devrais retrouver l'chemin, ajoute-t-elle, moqueuse. Je rentrerai pas tard, on aura l'temps de parler. »

Elle me laisse, je me déshabille et me couche dans le lit de jeune fille. Je regarde mon portable, Charlotte ne m'a pas répondu. Je pense à Marion et à Lucas, je leur envoie un message pour leur dire qu'ils me manquent, puis je reste dans l'obscurité, les yeux grands ouverts.

Chapitre 18

La fatigue aidant, je me suis endormie épuisée au petit matin et me réveille très tard ; je mets un moment à me souvenir de l'endroit où je suis. Je cligne des yeux en regardant la chambre de jeune fille, le bureau bien rangé, les livres, les pinceaux de maquillage. Je me demande si la chambre de Marion ressemble à cela et, l'espace d'un instant, je me sens triste de n'avoir jamais été conviée à visiter son appartement.

Mais ma militante de fille m'a fait comprendre que cela aurait été « trop intrusif » de voir débarquer sa mère chez elle, dans son espace personnel, et que cela lui aurait demandé de « faire face à une demande émotionnelle qu'elle n'était pas en mesure d'assumer. Tu comprends, m'avait-elle dit, même papa, qui paye mon loyer, ne vient pas : ça ferait vraiment trop contrôlant et oppressif. »

Je vais me faire un café, j'allume une cigarette, prends une douche et pars faire un tour dans mon ancien quartier. Je n'aime pas ce que j'y découvre. J'ai gardé la mémoire d'une cité certes pas très belle, mais joyeuse, animée et vivante. Tout m'apparaît plus sombre et triste que dans mon souvenir, un peu comme si un brouillard gris s'était abattu sur les habitants.

Je croise beaucoup de jeunes hommes, qui me dévisagent avec une curiosité insistante qui me met mal à l'aise. Je suis pourtant simplement vêtue d'un jean, d'un T-shirt à manches courtes et de tennis aux pieds, mais j'ai la désagréable impression de traverser l'esplanade toute nue. Je me dirige vers la zone commerciale ; la supérette Shopi de mon enfance a disparu, ainsi que le marchand de journaux et la grande quincaillerie, qui nous faisait l'effet d'une caverne d'Ali Baba. Je trouve tout de même une boucherie et une épicerie où faire mes courses pour le dîner du soir.

Je continue ma balade et m'arrête pour observer avec amusement les gamins jouer au skatepark. Dans cette jungle urbaine grouillante, où se croisent des skates, des trottinettes, des vélos, des tricycles, je retrouve un peu de la gaîté et de l'insouciance des enfants de ma génération. Je repère même quelques petits audacieux qui se contentent de dévaler les pentes bétonnées en courant, sans prêter attention aux autres marmots équipés d'engins à roulettes.

Lorsque j'étais enfant, il n'y avait pas ce genre d'installations dans la cité, mais les gosses organisaient des courses en chariot. Les plus grands se débrouillaient pour « emprunter » des caddys sur le parking de Mammouth. Il fallait beaucoup d'audace pour réussir, car les vigiles de la grande surface veillaient. Une fois capturé le précieux trophée, on mettait l'un des « petits » dans le chariot, un « grand » plus costaud derrière poussait, et la course commençait. L'équipage Majid/Mourad était souvent vainqueur, parce que Majid était le plus jeune et le plus léger de la bande, et que Mourad avait le goût de la compétition et courait vite. Les gagnants étaient désignés dans des cris, des rires et des hurlements de joie, et l'on recommençait, jusqu'à épuisement.

L'espace d'un instant, je crois reconnaître les bouilles rigolardes de Mourad, Saïd, Majid et les frères Guezzal, et je me dis que, quelle que soit l'époque, les engins qui roulent ont toujours ce pouvoir de rendre les hommes heureux. Je pense aussi à Philippe et au joli coupé Alfa Romeo qu'il s'est acheté juste après notre divorce.

Après ce spectacle, j'essaye de retrouver la boutique du coiffeur-barbier, monsieur Abdul, celui qui agaçait tant ma mère par son refus obstiné de me couper les cheveux très courts. Savait-il, ce brave homme, à quel point son entêtement bienveillant avait été important pour moi ? Je suis déçue en constatant que la petite échoppe a été remplacée par un magasin de réparation de téléphones portables.

J'ai envie de m'attabler à une table pour boire un café et fumer une cigarette, mais je me ravise en constatant qu'aucune silhouette féminine n'est visible aux terrasses des bars. Je ne me sens ni l'envie ni le courage d'affronter les regards curieux ou insistants. Un peu dépitée de ma couardise, je préfère rentrer.

Dans le hall de l'immeuble, je constate le retour des jeunes gens de la veille et j'ai droit au même regard soupçonneux. Je m'en veux de baisser les yeux. J'ai beau avoir grandi ici, je ne suis décidément pas très à l'aise.

Je commence à m'occuper du dîner et attends le retour de Faouzia. Pour la faire sourire, j'ai préparé de la purée, parce que, gamines, nous adorions imiter la femme de cette pub entêtante, celle qui dansait et tournoyait en chantant

« Quand je fais de la purée Mouslineeeeee, je suis sûre que tout l'monde en reprend. »

En un clin d'œil, je me revois dans la cuisine de ses parents, devant mon assiette, moitié steak haché, moitié purée ; je creusais un trou au-dessus du dôme de pommes de terre pour recueillir le jus et traçais des sillons pour que le liquide s'écoule. Selon les jours, je faisais un tas plus ou moins haut, des sillons plus ou moins nombreux et profonds, et j'observais la descente du liquide brun. Madame Benarbia était persuadée que mes expériences indiquaient un talent de bâtisseuse précoce. Elle m'imaginait architecte ou ingénieure, et pour elle, une chose était sûre : mes constructions avec de la purée déshydratée n'étaient que les prémices d'un futur grand destin.

Ce souvenir m'attendrit, et c'est toute heureuse que j'entends tourner la clé dans la serrure. Je me précipite dans le couloir pour accueillir mon amie, et en la voyant, mon sourire reste figé sur mon visage.

Chapitre 19

Je reste interdite en découvrant Faouzia. Ses cheveux sont soigneusement dissimulés sous un hijab noir. Je n'en reviens pas de voir mon amie ainsi voilée. Dans mon souvenir, les Benarbia n'étaient pas une famille très religieuse. Bien sûr, on ne mangeait pas de porc chez eux, mais cela s'arrêtait là. À l'école, il y avait quelques filles qui se faisaient des tatouages au henné sur les mains pendant le ramadan, mais Faouzia n'en faisait pas partie.

Elle voit mon étonnement et hausse les épaules : « Pffff, c'est rien, ça, fais pas gaffe. » Et d'un geste désinvolte, elle déroule le tissu qu'elle laisse choir sur une chaise. Elle vient me claquer deux bises sonores sur la joue, puis elle s'écrie « mmmmmmh, ça sent bon ! » en rentrant dans la cuisine. Elle soulève la casserole et sourit : « Ouais, de la purée, comme quand on était p'tites ! » Puis elle esquisse quelques pas de danse en chantonnant « Quand je faiiiiis de la purée Mouslineeee... »

Cela m'amuse de constater qu'elle et moi avons toujours nos souvenirs d'enfance chevillés au corps. Je fais cuire les steaks, déglace la poêle avec du beurre et sers Faouzia généreusement. Moi, je me réserve une toute petite portion en prétextant que j'ai déjà grignoté. Je m'assieds en face d'elle et la regarde d'un air interrogateur. J'ai parlé hier toute la soirée ; maintenant, c'est à elle de raconter son histoire. J'attends qu'elle se décide. Elle prend son temps. Elle découpe son steak en silence, je sens qu'elle cherche par où commencer. Finalement, elle me demande :

« T'as été faire un tour dans l'quartier ?

Comme j'acquiesce en silence, elle hoche la tête.

— T'as dû le voir, alors, les choses ont bien changé ici... Pas en bien. C'est une longue histoire.

Je lui réponds juste que j'ai tout mon temps. Elle semble réfléchir, puis, tranquillement, tout en faisant un petit tas avec sa purée, elle commence son récit :

— Après le bac, j'ai abandonné les études, ça m'gonflait trop. J'ai bossé un peu à droite et à gauche, comme vendeuse, hôtesse, serveuse. J'ai toujours été débrouillarde, comme mes frangins, et j'ai toujours trouvé du boulot. En parallèle, le soir, je m'étais inscrite au cours de self-défense de la MJC, parce que ça m'permettait d'faire du sport, de me défouler, que l'adhésion ne coûtait presque rien et qu'on n'avait pas besoin d'équipements spéciaux pour s'entraîner : un vieux survêtement suffisait. Comme y avait pas de sessions réservées, les quelques filles du club, on s'entraînait avec les mecs. Les animateurs surveillaient, on se chambrait, y avait une bonne ambiance.

C'est là que j'ai rencontré Karim. Il était pas d'ici, mais de Vaulx-en-Velin. J'crois qu'il venait juste pour voir ses potes. Il pratiquait aucune activité, mais il était tout l'temps fourré au foyer, à traîner et à jouer au baby-foot. Je l'croisais souvent, et il me souriait. Il avait l'air gentil, pas du tout frimeur, contrairement à la plupart des gars de son âge. Il était pas très grand, mais sec et fin ; il ressemblait un peu à Rachid Taha, le chanteur de Carte de Séjour. Il avait le même regard profond et la même belle voix, un peu cassée.

On est sortis ensemble et, quand c'est devenu sérieux entre nous, on s'est mariés, parce que mes parents et mes frangins n'auraient pas trop apprécié que j'aie « une aventure ». Maman disait toujours : « Il faut être sirieuse, ma fille. »

Lui, d'son côté, il avait eu une enfance de merde, avec un père violent, une mère qui l'avait abandonné. Balloté de foyer en foyer, il avait pris pas mal de coups. Il en gardait des séquelles : il boitait un peu, parce qu'il avait eu le bassin fracturé et pas soigné. Il était juste en demande d'amour et de stabilité. Alors, à l'âge où les filles sortent en boîte, font la fête et s'font draguer, moi, j'me suis engagée pour la vie, sans droit de rétractation, parce que ça se faisait comme ça, chez nous.

À partir du moment où on a échangé notre premier baiser, tout le monde a considéré que l'affaire était pliée, et j'me suis retrouvée en un rien de temps en robe blanche de chez Tati, maquillée comme une bagnole volée au milieu des "youyous" festifs. T'imagines le tableau ? Tu m'imagines, *moi*, en putain de mariée ?

Nous rions toutes les deux à cette évocation.

— Tu vois, Kadi, reprend-elle, à peine le temps de vivre et d'avoir le cœur qui bat, j'étais une épouse. Maman est morte juste un an après mon mariage. Une saloperie de cancer foudroyant. Tu sais, elle était d'une autre génération, elle était déjà super gênée d'aller chez l'toubib, de se déshabiller, alors, t'imagines, un gynéco, des palpations des seins, un frottis vaginal... Elle aurait sûrement préféré crever que d'affronter ça. Et effectivement, ben, elle est morte. Elle dont toute la vie avait été remplie par la maternité et qui ne vivait que pour ses mioches, elle est morte trahie par son putain d'utérus. Mais bon, au moins, elle est partie soulagée et heureuse de savoir sa fille “casée”. Elle disait : “L'important, ci que mi enfants soient hireux, ci tout ce qui compte.”

— Et tu l'étais ?

Elle marque un temps d'arrêt, et un sourire illumine son visage.

— Oui, on était heureux, Karim et moi. On s'aimait, tout simplement. Son regard d'enfant triste, perdu, sa façon de marcher un peu tordue... C'est con, mais ça m'donnait envie de chialer et ça m'bouleversait. J'avais peut-être grandi dans la misère, mais j'avais toujours vécu dans le bonheur, l'amour, j'connaissais rien au malheur. Alors j'lui prenais la main, je l'embrassais sur la joue, et tout à coup, son visage s'illuminait. Je m'sentais comme un soleil, j'avais ce pouvoir dingue, par ma seule présence et mon amour, de l'réchauffer, d'effacer ses maux et ça... tu sais... ça me remplissait le cœur. J'étais tellement fière quand tout l'monde disait que mon mec avait l'air épanoui, heureux depuis qu'il m'avait rencontrée.

Tout lui plaisait dans notre vie commune. On faisait les courses ensemble, à Mammouth, et il aimait ça, pousser le chariot, acheter des trucs “d’adultes”, des légumes, des œufs, de la lessive, ce genre de conneries, quoi. Même faire le ménage, ça l’rebutait pas, au contraire. Je m’marrais de l’voir se battre avec l’aspirateur, lire le mode d’emploi d’la machine à laver, trier les couleurs et le blanc. Tous ces p’tits trucs nazes qui représentaient les signes d’un bonheur tout nouveau pour lui.

De mon côté, je m’appliquais à être une bonne épouse, surtout en cuisine, même si j’étais nulle. J’étais pourtant pleine de bonne volonté, tu sais... J’improvisais des bouillons gras où y avait des morceaux de poule qui flottaient, je balançais du cumin, de la cannelle et j’appelais ça un tajine. Ou alors j’faisais des bricks à l’œuf qui avaient la texture et le goût d’une éponge pleine de flotte. J’inventais des charlottes au chocolat que j’apportais avec fierté sur la table, et ça finissait toujours par ressembler, au démoulage, à une vieille méduse échouée. À chaque fois, Karim s’extasiait sur mes talents de cuisinière : tout était délicieux du moment qu’on mangeait ensemble.

Les week-ends, souvent, on faisait rien. On n’avait pas de bagnole à l’époque, pas d’argent pour sortir ou aller au resto. Alors on s’posait sur le canapé et on matait des séries américaines. On n’avait pas les mêmes goûts. Moi, tu sais Kadi, j’avais pas changé : mon truc, c’était toujours les enquêtes policières, les mystères à résoudre et les combats. Alors j’regardais *Rick Hunter*, *Les dessous de Palm Beach* et aussi *Xena, la guerrière*. Te marre pas, s’il te plaît !

Elle s’interrompt pour se resservir un peu et regarde mon assiette avec inquiétude :

— Tu manges pas ? T’es sûre ?

Je lui fais signe que tout va bien, elle n'insiste pas et reprend son monologue :

— Bon, donc, on regardait la télé. Karim, de son côté, avait des goûts plus tranquilles. Il aimait les séries avec des bandes de jeunes, *Friends*, *Le Prince de Bel-Air* ou des séries familiales, comme *Madame est servie*. Je t'raconte ça pour que tu comprennes un truc que moi, j'étais trop jeune pour piger : c'qui lui plaisait dans ces séries, c'est qu'elles parlaient toutes de vies cool, de gens qui s'aiment, d'appartenance. Tu comprends ?

Je hoche la tête. Oui, je comprends parfaitement.

— Alors on bouffait des chips, blottis sur le canapé. Je le regardais du coin de l'œil et voyais qu'il avait l'air bien, apaisé et heureux comme un gamin. C'était une époque pleine de promesses, où tout allait bien, même si on était fauchés.

Karim avait trouvé un job d'intérim dans une usine d'emboutissage. Il était rev'nu un soir tout heureux, parce que le contremaître lui avait dit : “Tu fais du bon boulot, toi ; c'est bien, mon gars.” Je crois que c'était la première fois qu'on lui faisait un compliment, qu'on trouvait qu'il était bon en quelque chose, et cette simple petite phrase de rien du tout l'avait chamboulé. Alors il rêvait à un vrai contrat, à un boulot stable, et peut-être un jour à être chef s'il continuait à bosser dur.

Il adorait ma famille, qui lui rendait bien. La mort de maman l'avait rendu très triste. Il avait beaucoup de respect pour mon père, un *homme bien*. Il admirait son calme, sa gentillesse. Il était aussi super complice avec mes frangins. Surtout avec Mourad, qui avait son âge et qui était en révolte. Karim essayait tout l'temps de l'apaiser. Il lui vantait les mérites du mariage, d'une vie rangée… Enfin, tous ces trucs à la con, tu vois.

C'était une période où les quartiers commençaient à chauffer : des Minguettes à Villeurbanne, en passant par Vaulx-en-Velin, il y avait partout des émeutes, des voitures qui cramaient, les jeunes qui commençaient à gueuler, les flics qui perdaient le contrôle… Mais nous, on était un peu étrangers à ça, on s'en foutait. On vivait dans notre bulle d'amour, avec des parois bien opaques ; on voyait même pas ce qui s'passait "dehors". On s'sentait protégés de tout. Du moins, c'est ce que j'croyais.

Faouzia prend le temps de saucer son assiette et de boire un verre d'eau, avant de reprendre son récit.

— Ça peut paraître con, mais j'crois que tous nos problèmes ont démarré à partir d'une discussion idiote avec mes frangins à propos des séries qu'on regardait.

À l'époque, on allait dîner tous les samedis soir chez papa, en famille. À un moment, j'ai fait une allusion au fait que Karim était fan de *Madame est servie*. Mourad et Saïd ont passé la soirée à rigoler, à faire des blagues ; ils se sont tapé des barres de rire. Même papa s'y est mis et l'a appelé Tony Micelli. Sur l'coup, j'ai trouvé ça marrant, et j'étais pas assez subtile pour comprendre à quel point nos vannes blessaient mon mec. Il a rien dit, mais à partir de là, j'l'ai senti devenir distant.

Le week-end, il avait de plus en plus souvent envie de prendre l'air et de moins en moins souvent envie de rester avec moi à regarder la télé. À peu près à la même période, le vieux contremaître de l'usine d'emboutissage est parti à la retraite, remplacé par un nouveau, plus jeune, qui a tout d'suite pris Karim en grippe. Des surnoms à la con, des plaisanteries racistes soi-disant "pour rigoler", des plannings changés au dernier moment, des contrôles qualité toujours sur son poste à lui, etc. Bref, ce sale connard a tout fait pour déstabiliser Karim, et le pire, c'est qu'ça a marché. Lui qui manquait déjà de confiance en lui, tu parles : plus on lui disait qu'il était mauvais, plus il le devenait. Plus on lui disait qu'il avait pas d'humour et qu'il comprenait pas les plaisanteries, plus il se renfermait. À la fin, son contrat a pas été renouvelé, et il s'est retrouvé à son point de départ, à galérer et à faire la queue devant les agences d'intérim comme un con.

De mon côté, je commençais à m'en sortir plutôt pas mal question boulot ; j'étais maline, débrouillarde et bosseuse. Au sens propre comme au figuré, je m'épanouissais. J'avais pris un peu de poids ; il faut dire que j'avais arrêté le self-défense à la demande de Karim.

— Et tu avais accepté ?

— Il disait en rigolant qu'il aimait pas l'idée d'avoir une femme qui fasse un sport de combat et qu'il avait la trouille que j'le batte. Moi, pour être tranquille, j'avais cédé à sa demande, en partie parce que j'avais plus le temps d'aller aux entraînements avec mon boulot et aussi parce que j'espérais qu'en évitant de le contrarier, le temps de notre complicité reviendrait. Avec le recul, c'était une connerie, d'autant plus que j'adorais mes séances de sport.

C'est à cette période qu'il a commencé à picoler. Pas beaucoup, mais régulièrement. Des packs de bières. Le premier prix de chez Lidl par packs de douze.

Un samedi soir, alors qu'on dînait en famille, chez papa, pendant le repas, je sais plus lequel de mes frangins a plaisanté sur l'fait que je devais être un peu plus costaude que Karim et qu'à la maison, j'devais porter la culotte. Majid a raconté que quand on était mioches, j'voulais toujours me mesurer à lui et que, souvent, je gagnais. Et puis ce con de Mourad a parié que j'étais capable de foutre à terre mon mec. Karim a fait semblant d'être terrorisé. On a tous bien rigolé ; c'était cool, comme soirée.

Sur l'chemin du retour, Karim s'est montré très silencieux. Il desserrait pas les mâchoires : impossible de lui tirer une parole. J'ai senti une tension, j'ai pensé qu'il était préoccupé, qu'il m'en voulait encore à cause de l'histoire de *Madame est servie*, qu'il flippait à cause de la thune, de ses droits au chômage qui prenaient fin.

À peine on avait refermé la porte de notre appart qu'il m'a empoignée par le bras et qu'il m'a plaquée contre le mur. Il m'a décroché une gifle, assez forte, et il a dit : "T'avises plus jamais de m'humilier comme ça !" Ça a été si rapide que, sur le moment, j'ai été incapable de réagir. Je suis restée là, pétrifiée, avec la marque de sa main sur ma joue. Puis il s'est barré, il est parti dans la chambre.

Quand je l'ai rejoint, il chialait à chaudes larmes, assis sur l'bord du lit. J'étais sous le choc, mais en même temps, ça m'a bouleversée de le voir comme ça. Alors j'me suis posée à côté de lui et je l'ai entouré de mes bras. Il était inconsolable : les larmes coulaient à flot, comme un gosse. Il a fini par me dire qu'il se sentait nul, faible, que j'l'écrasais, qu'il se sentait disparaître en ma présence, qu'il se vidait peu à peu de son énergie, d'sa force. Tu vas trouver ça con, Kadi, mais du coup, la gifle, dans mon esprit, c'est devenu un truc secondaire. C'était lui, la victime, et moi, le bourreau. J'ai passé une partie d'la nuit à le consoler.

Faouzia marque un temps d'arrêt. Elle se lève pour remplir la carafe d'eau, et je sens à sa manière de respirer qu'elle fait un effort pour reprendre le cours de son histoire.

— Après l'épisode de la baffe, les choses se sont calmées pendant quelques mois. On en a plus reparlé et on a repris notre vie d'couple normale. J'en étais presque à me dire que cette petite crise nous avait fait du bien et qu'elle avait permis de crever un abcès. Et puis, un soir, je suis rentrée du boulot, heureuse, parce que j'venais d'apprendre que j'allais toucher une prime. C'était ma première prime, je me sentais trop fière et j'ai été directement lui annoncer.

Il était sur le canapé, il avait pas bougé son cul de la journée. Quand je lui ai dit la nouvelle, il a pas réagi du tout, il a continué à regarder la télé. J'étais vexée, alors je m'suis plantée devant l'écran et je lui ai demandé, d'un ton de défi, s'il m'avait entendue et s'il avait quelque chose à dire. Il s'est levé d'un bond, et une pluie de coups de poing s'est abattue sur moi. Il me frappait partout où il pouvait m'atteindre, j'ai juste eu le réflexe de m'protéger la tête. Pendant qu'il me frappait, il gueulait : “Qu'est-ce que tu veux que j'te dise ? Hein ? Qu'est-ce que tu veux que j'te dise ?!”

Quand l'orage est passé, une fois de plus, il est parti dans la chambre, et je l'ai entendu chialer. Cette fois, je l'ai pas rejoint. J'me suis assise sur le canapé. J'me souviens que mes jambes tremblaient. Je comprenais rien à la scène qui venait de se dérouler. Je suis restée dans le salon, hébétée.

Le lendemain, j'ai été bosser comme si de rien n'était, et quand je suis rentrée le soir, il m'avait acheté des fleurs, il avait préparé le dîner. Il m'a dit qu'il était à bout, qu'il se sentait mal, qu'il en pouvait plus, qu'il traversait une période très difficile. Il m'a dit aussi que j'étais son phare, qu'il tenait que parce que j'étais à ses côtés, que j'étais son bien le plus précieux.

Je savais pas quoi répondre, j'étais paumée. Il m'a dit : "Aide-moi, j'ai besoin de toi, m'abandonne pas, toi aussi." Une fois de plus, ça m'a brisé le cœur. Moi qui avais grandi entourée de l'amour de mes parents, moi qui avais toujours été protégée par mes frangins, moi qu'avais jamais connu un seul instant la solitude et le rejet, comment j'pouvais lui refuser mon aide et mon soutien ? Je me suis sentie investie d'une mission et j'ai promis de jamais l'abandonner.

Je la regarde, j'ai le cœur serré. Je ne sais pas comment lui témoigner mon émotion. Alors je tends ma main par-dessus la table et la pose sur la sienne. Elle m'adresse un petit sourire qui me foudroie et reprend son récit.

— Quelques mois après, je suis tombée enceinte. Karim était fou de joie. C'est aussi une période pendant laquelle il avait retrouvé du boulot. Il buvait pas une goutte d'alcool, ma grossesse se passait bien, et on était à nouveau heureux. Lila est née au mois d'avril. L'été a été particulièrement difficile, cette année-là. Y a eu une canicule, et la chaleur à l'intérieur de notre appart était intenable. Lila dormait pas, et moi, j'étais crevée. De son côté, une fois de plus, le contrat de Karim n'avait pas été renouvelé. On a commencé à se disputer de plus en plus souvent. La plupart de nos engueulades se terminaient par des tentatives de gifles ou des coups de poing. Moi, ça m'impressionnait pas : j'étais vive, j'avais des bons réflexes, j'esquivais à chaque fois. Le pire, tu sais, Kadi, c'est que, si j'avais voulu, si j'm'étais défendue, je pense que je l'aurais étalé sans problème.

Elle lève les yeux sur moi, et l'espace d'un instant, je retrouve ma Faouzia telle que je l'ai toujours connue : combattive, farouche, avec une lueur de défi et de détermination dans le regard. J'ose un timide :

— Pourquoi tu ne le faisais pas, alors ?

— Je sais pas... Ça aurait été encore plus la merde, je pense. Et puis, c'était l'père de ma fille : je voulais à tout prix éviter l'escalade. Tu t'rends compte, si on s'était mis à se battre comme des tarés dans l'appartement ? À chaque coup, je pensais qu'à une seule chose, Kadi, j'te jure : *il faut pas réveiller Lila*. C'était tout c'qui comptait, surtout pas troubler le sommeil de ma petite. Et puis, bien sûr, je pensais à faire gaffe de pas avoir de marque, mais ça, c'était facile, j'avais l'expérience des années de bagarre avec mes frangins, j'avais fait du self-défense à la MJC. Bref, je savais assez bien me démerder pour parer les attaques. Techniquement, je m'voyais pas comme une femme battue, j'étais juste sur mes gardes.

La vie a continué ainsi. On alternait les épisodes de crises, avec des moments où tout roulait à peu près. Dans les périodes d'accalmie, Karim était adorable, il me remerciait d'être toujours là à ses côtés. Il m'assurait que j'étais sa raison de vivre. Il me disait qu'il sentait que ça allait mieux, que ses démons s'éloignaient grâce à mon aide et à ma présence. Moi, j'avais tellement envie d'y croire. Je pouvais pas me résoudre à m'dire qu'on avait traversé tout ça pour finalement aboutir à un échec. Et puis, j'ai été élevée avec l'idée que dans la vie, il fallait s'accrocher, se battre, ne pas abandonner. Alors, je m'accrochais à mon couple : c'était ma mission, mon combat. Je voulais sauver mon mec, je voulais être celle qui l'aiderait.

Le problème, c'est que, si j'me sentais responsable de son mieux-être quand tout allait bien, je me sentais aussi coupable de son mal-être pendant ses périodes de crises. Dans son esprit à lui, ça faisait aucun doute : c'est moi qui lui faisais "péter les plombs". C'est mon attitude qui le rendait fou. Il répétait : "Tu vois c'que tu m'fais faire ? Tu te rends compte de c'que tu m'fais faire ?" Puis il s'effondrait et se mettait à chialer.

Alors moi, tout le temps, je ressassais, je cherchais ce que j'avais bien pu dire pour le foutre en rogne. Je m'repassais les scènes en boucle, toujours convaincue qu'en modifiant mon attitude, je pourrais agir sur la sienne.

Tout ce bordel a duré cinq ans après la naissance de Lila. Karim a toujours été un bon père. Il adorait la petite. Je l'ai jamais vu élever la voix en sa présence, encore moins lever la main sur elle, et la gamine, de son côté, ben, forcément, elle idolâtrait son père. J'crois même qu'elle a su dire *papa* avant *maman*. Et puis, c'est avec lui qu'elle a fait ses premiers pas. Il faut dire qu'il passait beaucoup de temps avec elle, pendant que moi, j'bossais. Il répétait tout l'temps que la chose la plus précieuse au monde pour un humain, c'était d'avoir une enfance heureuse et qu'il fallait tout faire pour offrir ça à notre fille. Et lui, il avait eu une enfance tellement sordide, tellement triste... Comment j'aurais pu le contredire ?

La voix de Faouzia devient un murmure. La nuit est tombée depuis longtemps, sans qu'on ait pensé à allumer. J'ai tellement de mal à l'imaginer victime et tellement peur d'entendre la suite que j'en ai du mal à respirer. Je vais à la fenêtre, m'allume une cigarette et attends la suite de son récit.

— Karim picolait de plus en plus, et les crises se multipliaient. J'étais dans une sorte de léthargie : j'bossais, j'rentrais, je m'occupais de Lila, et soit on passait une soirée cool, soit c'était la merde. J'crois que j'avais fini par penser que tout ça était une forme de routine... un truc normal. Quand j'arrivais le soir, je savais jamais à quoi m'attendre, mais je devinais son humeur au ton de sa voix, à son regard, à sa façon de serrer les poings ou à une simple petite contraction de sa mâchoire.

Un soir, alors que j'venais de coucher ma fille, une énième embrouille a éclaté. J'étais crevée, inquiète, mes réflexes étaient sans doute émoussés, et cette fois-ci, j'ai pas su esquiver le coup. J'ai reçu son poing en plein dans la gueule, ma lèvre supérieure a éclaté, et j'me suis retrouvée à saigner. C'était la première fois qu'il réussissait à m'atteindre au visage. J'ai senti une de mes dents bouger, je me suis dit qu'elle devait être cassée. J'ai flippé, j'ai pensé que j'allais être défigurée, que je pourrais pas cacher ça à Lila le lendemain matin, à la tronche des collègues au boulot. Alors, j'ai juste crié : "Ça suffit, arrête ! Je veux plus supporter ça !"

C'était la première fois que j'disais stop. Jusqu'ici, j'avais toujours été persuadée que les choses finiraient par s'arranger, si j'tenais le coup, s'il faisait des efforts, si... Mais là, avec ma lèvre ouverte et le sang qui gouttait sur ma chemise, tout à coup, j'ai pigé que j'm'étais plantée, que rien s'arrangerait jamais. J'ai eu tellement honte d'être ce genre de pauvre fille faible, naïve, trop honte d'avoir laissé s'installer cette situation merdique.

Alors, j'ai redit avec plus de détermination : "Ça suffit, j'te dis. J'vais partir. C'est fini. J'en peux plus."

Ça l'a rendu dingue. Il s'est mis à gueuler, à arpenter la cuisine, et il a fini par empoigner un couteau. À partir de là, c'est comme si mon cerveau s'était dissocié de mon corps. J'ai eu l'impression de flotter dans les airs, j'étais là et j'étais plus là. Une partie de moi était clouée au sol, terrifiée, et une autre partie regardait cette femme à la lèvre éclatée et aux genoux tremblants, ce type maigre et hagard qui brandissait un couteau et qui avait l'air d'hésiter sur l'usage à en faire. En pointant la lame sous son cou, il a gueulé : "J'fais quoi, maintenant ? Hein ? J'fais quoi ? J'me tue ?" Puis il a dirigé la lame vers moi : "Ou alors c'est toi que j'tue, c'est ça que tu veux ? Tu veux me forcer à te crever, c'est ça ?"

J'ai eu peur, tellement peur, Kadi, si tu savais... J'm'en suis pissée dessus. Je suis revenue à la réalité, en sentant un liquide chaud couler le long de mon pantalon. J'ai baissé la tête, j'ai vu une petite flaque qui se formait à mes pieds. J'ai regardé les yeux fous de mon mec, qui commençaient à se remplir de larmes, sa main qui tremblait... Il a lâché le couteau. Ça a fait un bruit métallique en tombant sur le sol, puis il s'est effondré, en sanglots.

J'ai pas hésité : j'ai été dans la chambre de Lila, je l'ai enveloppée dans sa couverture – elle s'est à peine réveillée quand je l'ai prise dans mes bras –, et je me suis barrée. J'ai descendu les escaliers en courant et j'me suis retrouvée dans la rue. Je voulais pas aller chez mon père comme ça, j'avais la trouille que la vue de sa fille avec le visage en sang, ça l'achève. Je pouvais pas aller non plus chez un de mes frangins : j'avais trop peur de leur réaction et qu'ils deviennent dingues à leur tour. Alors j'ai marché avec ma fille dans les bras.

Sa voix se brise sur ses derniers mots. Sa main qui joue machinalement avec un morceau de pain tremble un peu.

— Tu as fait quoi, ensuite ?

— Ensuite ? Ben, j'me suis rendue chez la seule personne au monde capable de m'accueillir.

— Myriam ?

— Oui. C'est elle qui m'a ouvert la porte. Il était un peu plus de 23 h. Je m'souviens qu'elle était spectaculaire, avec une robe de chambre rouge foncée et un turban dans les cheveux. On aurait dit une sorte de madame Irma. Elle m'a posé aucune question, m'a pas demandé ce qui se passait. Elle m'a regardée, a dit "oh mon dieu !" et m'a fait rentrer.

Benjamin, son mari, est arrivé tout de suite, l'air inquiet. Myriam lui a collé d'office Lila dans les bras, en lui donnant l'ordre d'aller la coucher dans leur lit. De toute façon, la petite s'était rendormie. Puis Myriam m'a dévisagée, avec ma lèvre qui commençait à enfler, ma chemise tachée de sang, mon pantalon trempé de pisse, mes mains qui tremblaient. Je devais avoir l'air d'une folle. Elle a tout géré ensuite. Elle m'a prise par les épaules, m'a guidée vers la cuisine, m'a servi un thé bien chaud et très sucré. J'lui ai raconté ma situation en quelques mots. Elle a fait aucun commentaire. Elle m'a juste serré dans ses bras, puis elle a froncé le nez, parce que j'étais dégueu.

Alors elle a dit en souriant : "Ah non, ça va pas être possible. Viens, je te fais couler un bain, et je t'apporte un pyjama." Je me souviens de tout, même de l'odeur des sels de bain à la vanille qu'elle a versés dans l'eau chaude et de la serviette bleue, un peu usée mais toute douce, qu'elle m'a passée.

Cette nuit-là, j'ai dormi dans le lit de Myriam et de Benjamin, recroquevillée contre ma fille qui ronflait paisiblement. Myriam s'est occupée de mes habits : elle a lavé mon linge et l'a mis à sécher. Elle est retournée voir si nous dormions avant de rejoindre son mari, qui somnolait dans un fauteuil au salon. Le lendemain, elle s'est levée la première, elle a préparé le petit déjeuner de son mari, les biberons des jumeaux qui avaient juste un an, à l'époque. Elle a appelé sa mère pour lui demander de passer garder les enfants. Elle a plié mon linge et a enfilé une de ses tenues bizarres. Ensuite, elle a attendu que je me réveille.

Quand j'ai ouvert les yeux, elle était là, sur une chaise, et elle me regardait en souriant. Je m'souviens qu'elle portait plusieurs jupons colorés superposés, pleins de colliers et de bracelets, et que ça lui donnait un air de gitane… sauf qu'elle avait des pantoufles Homer Simpson aux pieds.

J'ai souri presque malgré moi à l'évocation de ma Myriam ainsi accoutrée. Faouzia a hoché la tête :

— Moi aussi, ça m'a fait marrer de la voir comme ça, sauf que ça m'a rappelé que ma lèvre fendue me faisait mal. Ensuite, Lila s'est réveillée, et Myriam l'a prise dans ses bras, tout en lui parlant gentiment : “Bonjour, ma puce, tu as bien dormi ? Aujourd'hui, ça va être une journée très spéciale : tu vas rester ici ce matin, avec mamie Hanna qui va venir vous garder, toi et les jumeaux. Tu aimes les bébés ? Oui ? Alors, ce sera toi qui vas devoir faire la petite maman pour les jumeaux, parce que moi, j'ai des choses à faire à l'extérieur avec ta maman. Tu comprends ? Et je compte sur toi pour être très sage avec mamie."

Ensuite, pendant que je buvais mon café et que je m'habillais, Hanna est arrivée pour garder les enfants. Je pense que Myriam lui avait fait la leçon au téléphone, parce qu'elle n'a fait aucun commentaire : elle m'a juste embrassée sur le front et m'a dit comme d'habitude : "Bonjour ma petite." Puis elle a pris les jumeaux et Lila, et s'est installée sur le canapé avec eux devant *Debout les Zouzous*, et voilà.

Myriam s'est tournée vers moi et m'a dit : "T'es prête ? On y va." J'ai même pas demandé où on allait, je me sentais incapable de prendre la moindre initiative. J'étais partie sans manteau, sans veste, alors, sans me demander mon avis, elle m'a mis sur les épaules une grande cape, le genre de truc qu'on porte dans les films pour aller à l'opéra. Quant à elle, elle a enfilé un vieux blouson d'aviateur, des Nike et m'a entraînée dans la rue. Avec le recul, on a dû faire sensation au commissariat. Moi, toujours un peu hébétée, avec ma longue cape de princesse et ma tronche abîmée ; Myriam, avec sa tenue d'Esmeralda, son blouson de cuir et ses baskets. C'est peut-être pour ça qu'on n'a pas été très bien reçues... Ils nous ont sûrement prises pour des folles. J'aurais sans doute dû venir tout de suite, j'aurais pas dû attendre, me changer, effacer les traces. Mais franchement, quand t'as jamais vécu ça, tu l'connais, toi, le mode opératoire, Kadi ?

Je secoue la tête. Personne n'est préparé à cela. Et à l'époque, cela devait être encore plus difficile.

— Ni Myriam ni moi, on s'est doutées que ça serait si difficile d'être prises au sérieux. On a poireauté une heure avant d'être reçues par un jeune type qui avait l'air pressé et qui arrêtait pas de regarder sa montre. Il m'a demandé si j'avais fait faire un certificat médical, si y avait des témoins, si y avait déjà eu des antécédents de violence et si j'avais déjà porté plainte. Comme je répondais non à toutes ces questions, il m'a conseillé de déposer une main courante, ce que j'ai fait, sans bien comprendre l'intérêt du truc.

Comme Myriam s'étonnait qu'on me laisse repartir ainsi, sans protection, sans accompagnant, le type a dit : "Vous savez, le mieux, c'est peut-être de vous réconcilier avec votre mari. Nous, on peut pas intervenir sur tous les différents conjugaux." Alors là, tiens-toi bien, Myriam s'est transformée en tragédienne : elle s'est levée d'un coup, en faisant tinter ses bijoux et ses perles, elle a agité son doigt sous le nez du flic et elle a dit des trucs genre : "Ça ne se passera pas comme ça, c'est absolument scandaleux ! Je vais vous dire, jeune homme, que s'il le faut, j'en référerai à Charles Pasqua lui-même. Vous devrez répondre de votre attitude désinvolte." Puis elle s'est tournée vers moi, m'a dit "Viens, Faouzia, on part", et elle est sortie, droite et fière comme une reine, avec ses jupons multicolores.

Le mec a regardé affolé à droite et à gauche. J'crois qu'il a cru qu'on faisait une caméra cachée pour l'émission *Surprise sur prise* ou un truc comme ça.

Malgré le dramatique de la situation, je ne peux pas m'empêcher de rire à l'évocation de Myriam jouant sa grande scène de Diva dans le bureau étriqué d'un commissariat de quartier, sous l'œil médusé d'un jeune fonctionnaire de police.

— Et après alors, vous avez fait quoi ?

— Ensuite, Myriam m'a accompagnée chez moi. Plus on approchait de l'immeuble, plus je flippais, et plus j'sentais mes jambes se dérober sous moi. En arrivant devant la porte d'entrée, mes mains tremblaient si fort que j'arrivais pas à introduire la clé dans la serrure. Alors, une fois de plus, elle a pris les choses en main.

Elle a ouvert la porte, elle a dit "attends-moi là" et elle est rentrée toute seule dans l'appartement. Elle a crié : "C'est moi, c'est Myriam. Y a quelqu'un ?" Elle a fait le tour de l'appartement. Karim s'était barré. J'osais toujours pas rentrer, alors elle m'a pris la main et m'a guidée à l'intérieur.

J'ai pris une valise et j'y ai entassé mes affaires et celles de Lila. Myriam m'a aidée en remplissant deux grands sacs plastiques. Tout en faisant ça, elle n'arrêtait pas de parler, des jumeaux, de Charles Pasqua à qui elle allait écrire, du magasin de bijoux qu'elle était en train d'ouvrir, du dernier clip de Mylène Farmer. Et puis elle s'est mise à chantonner, dans la cuisine, pendant que je nettoyais machinalement les traces de la dispute, comme une putain de conne de femme d'intérieur. Tout ce bruit m'agaçait et me réconfortait à la fois. Tant que je râlais qu'elle chantait faux, c'est que rien ne me semblait vraiment grave...

Là encore, j'ai souri, car j'imaginais Myriam emporter tous les tourments dans son tourbillon de gaîté et de fantaisie. Et puis, déjà à l'école, elle chantait tout le temps. Faouzia semble émue.

— Elle a été géniale, tu sais... Je sais pas ce que j'aurais foutu sans elle. Lila et moi, on est restées un mois chez elle et son mari. Elle m'a pris un rendez-vous en urgence chez une assistante sociale. C'est encore elle qui a été expliquer ma situation à papa et aux frangins. Moi, j'aurais pas trouvé les mots et j'avais trop peur de leur réaction.

— Et... Karim ?

— Il est jamais revenu. Techniquement, on est toujours mariés, mais je l'ai jamais revu. Il m'a écrit quelques mois plus tard, pour me demander pardon et me demander de lui envoyer des papiers dont il avait besoin. À l'époque, l'adresse était dans un foyer, à Valence. Il a jamais manifesté l'idée de revenir, ni même de voir sa fille. Chaque année, il lui envoie une carte pour son anniversaire et une autre pour Noël. Les cartes viennent presque à chaque fois d'endroits différents : Lille, Nantes, Marseille...

— Tu lui as pardonné ?

Elle prend son temps pour réfléchir.

— Lui pardonner quoi ? C'est pas vraiment à lui que j'en veux, c'est à la vie. À son père qui le frappait, à sa mère qui s'est barrée, aux gens des foyers d'accueil qui l'ont violenté à leur tour, aux services sociaux qui se sont jamais inquiétés de ce petit gars toujours couvert de bleus qui boitait, à l'école qui l'a renvoyé tant de fois sans se préoccuper de son retard de langage, à l'ANPE qui lui a ri au nez quand il a émis le désir de reprendre des études et de passer son bac, aux employeurs qui lui disaient en riant qu'il faisait un travail d'Arabe... Que *moi*, je lui pardonne ou pas, ça n'a aucune importance. *Lui*, il ne se pardonnera pas. Jamais. Il se punira toute sa vie. Il se considère comme maudit. Et tu sais quoi ? Peut-être qu'il a raison. »

Chapitre 20

Quand elle a terminé son récit, je reste silencieuse un long moment. J'ai tant de mal à imaginer ma belle et rebelle Jill Munroe en femme battue. Je me lève et dessers pensivement la table pendant qu'elle se débat avec sa cafetière à piston. Elle finit par obtenir un liquide marronnasse, qu'elle me sert avec un petit sourire ennuyé.

« Désolée, je suis pas très douée.

Je lui adresse un signe de tête encourageant et bois avec stoïcisme ma tasse d'eau chaude, dans laquelle surnage un peu de café. Elle se rassied et poursuit son histoire.

— Après ça, je m'suis retrouvée seule, avec une gamine à élever, un boulot pas compatible question horaires avec la vie d'une mère célibataire et pas de logement. Je pouvais pas continuer à squatter chez Myriam. Je suis donc retournée chez mon père.

Il vivait seul depuis la mort de maman et le départ de Majid. Lila et moi, on a donc emménagé chez lui, et comme il avait de bons rapports avec le bailleur social de la cité, il m'a aidée à trouver du boulot. C'était pas prestigieux, bien moins intéressant que mon ancien job de vendeuse, mais ça m'permettait de m'occuper de Lila.

J'ai commencé par m'occuper du ménage au sein de la résidence, je sortais les poubelles tous les matins, j'passais la serpillère dans les allées, je signalais les ampoules cassées et les boîtes aux lettres abîmées... ce genre de machins, tu vois. Et puis, après, ils m'ont confié d'autres trucs : j'ai commencé à faire les états des lieux, les visites des appartements disponibles et à m'occuper aussi de suivre les entreprises qui faisaient les travaux.

Maintenant, je fais pas que le ménage : je gère deux autres résidences à Villeurbanne, je suis devenue cheffe, je supervise les gens qui font le ménage. Elle hausse les épaules en souriant. Bref, je suis une sorte de gardienne de gardiennes.

— Et ça te plaît ?

— Je me plains pas, j'ai appris plein de choses. Tu sais, c'est pas si simple de faire bosser les autres. Au début, j'ai eu vachement de mal, parce que je devais encadrer des gens plus vieux que moi, qui voyaient d'un mauvais œil une jeune femme leur donner des ordres. Et puis, y avait des hommes, aussi. Ça a pas toujours été facile, crois-moi. Maintenant, ils disent tous que je bosse bien et qu'ils peuvent compter sur moi. Quand y a un souci dans la résidence avec les jeunes ou qu'il faut intervenir sur un conflit entre locataires, ils savent que je suis pas du genre à me défiler.

Je souris en l'écoutant. Elle a toujours eu une autorité naturelle et un aplomb déconcertant, et de manière tacite, quand nous jouions ensemble, c'était elle qui prenait les commandes. Comme la Jill Munroe des Drôles de Dames, Faouzia se laissait rarement impressionner. Je finis tout de même par lui poser la question qui me brûle les lèvres :

— Et... le voile ? T'es devenue très religieuse ?

Elle a un petit rire agacé, le même qu'elle avait quand on lui faisait remarquer qu'à nous trois, on ne pourrait pas attraper et menotter un bandit *pour de vrai*. Elle n'a jamais aimé qu'on s'embarrasse de détails.

— Le voile, c'est rien. Fais pas gaffe. J'suis musulmane, j'viens d'une famille musulmane, c'est tout. Même si on pratiquait pas beaucoup, c'est quand même notre culture. Mais c'est pas vraiment pour ça que je le porte.

Elle a un temps d'hésitation, comme si elle cherchait ses mots, puis elle reprend, avec un petit haussement d'épaules.

— Tu sais, je t'ai déjà dit, ça a changé ici. Beaucoup changé, même. L'ambiance, la mentalité, tout ça. C'est devenu difficile pour une femme seule de se faire respecter dans le quartier. Ce sont pas les anciens qui posent problème, mais les jeunes. Maintenant, ils sont durs, ils ne passent rien. Et puis, moi mon job, c'est aussi de faire de la médiation, de leur parler. Faut que j'me fasse respecter.

Avec le voile, c'est plus simple. Tout est plus simple, ici, comme ça. J'suis une femme seule, j'ai pas de mari, mon père est âgé, mes frangins sont partis, alors, le voile, c'est mon *assurance tranquillité*. Et puis, ça va, ça m'dérange pas. C'est un peu comme un uniforme de boulot, tu vois. J'y pense même plus.

Elle se ressert un café. Je plonge le nez dans ma tasse, comme si je n'avais pas terminé le mien, pour éviter un troisième supplice. Je la sens contrariée, agacée, et j'ai peur d'avoir gaffé. Elle reprend, avec un petit air de défi.

— Et puis, c'est notre culture, notre religion, c'est comme ça, *chez nous*, les Arabes.

— “Chez nous ?” T'es née ici, Faouzia. T'es française comme moi.

— Mes parents étaient algériens.

— Ta mère ne portait pas le voile. Et presque aucune femme ne le portait dans le quartier quand on était gamines. Et puis, de toute façon, toi et moi, on est nées ici : on est françaises.

— Toi, peut-être. Moi, je me sens pas comme ça.

— Mais c'est ridicule. C'est pas une question de *se sentir*, c'est une question de fait : on *EST* françaises, Faouzia.

Je vois passer un petit éclair de colère et d'amertume dans ses yeux. Elle s'est levée pour faire la vaisselle. Je sens qu'elle est énervée et qu'elle fait des efforts pour se contenir. Alors, pour l'amadouer, je me lève aussi, et j'entreprends d'essuyer et de ranger au fur et à mesure les verres, les couverts et les assiettes.

Elle reprend la parole :

— Tu te souviens de Mourad ?

— Oui, je me souvenais bien de Mourad...

— Est-ce que tu t'souviens qu'en 83, avec ses potes de Vénissieux, il avait rejoint la Marche des beurs ?

— Tu parles si je me souviens. On parlait que d'ça ! On avait même aperçu sa tête aux infos régionales de FR3 !

— Ouais, maman était trop fière. Elle disait : “Mon fils, il va fire de la politique. Inch allah ! Il sira prisident, un jour !”

Elle s’arrête, les mains plongées dans le bac à vaisselle, attendrie un instant par le souvenir de sa mère. Puis elle retrouve son froncement de sourcils.

— Bref, Mourad a fait une partie de la Marche des beurs, mais ça s’est arrêté là. Y a jamais eu de suite. Il a un peu essayé de s’engager en politique, mais ça a foiré. Il a bossé longtemps en usine, il a fait un peu de syndicalisme et puis, même ça, il a arrêté. Tu te souviens, Kadi, à l’époque, on y croyait vraiment à tout ça. Au milieu des années 80, on avait même le pin’s Touche pas à mon pote. »

Ça aussi, je m’en souviens parfaitement. Sans bien comprendre la signification de la petite main jaune, je la portais surtout pour faire comme mes amies et me rendre intéressante auprès de Mourad. J’avais commencé à la mettre au revers de ma veste en jean, et puis, comme cela n’avait pas l’air de suffire à attirer son attention, je m’étais mise à l’arborer de manière de plus en plus visible et ostentatoire. Mes deux amies avaient beau se moquer de moi et m’assurer que cela ne s’accrochait pas au beau milieu de la poitrine, je m’obstinais.

Je n’ai jamais réussi à attirer l’attention de Mourad, et mon engagement politique et militant s’est arrêté peu après mes quatorze ans, quand ma mère, excédée que j’abîme mes sous-pulls avec « mes pin’s idiots », a jeté la petite main jaune à la poubelle.

« Ben tu vois, SOS Racisme, Touche pas à mon pote, la Marche des beurs, tout ce bordel, Kadi, ça a servi à rien. À rien. Juste à vendre des places de concert et à faire émerger des étudiants socialos plus malins qu'les autres. Eux, ils ont peut-être pris l'ascenseur social et, aujourd'hui, ils sont députés ou journalistes à Paris. Mais nous, *les Arabes des quartiers*, l'ascenseur, on est jamais monté dedans ; ils nous l'ont jamais renvoyé. Et nous, on est resté coincés en bas de l'escalier comme des cons. Et on les regarde, ces enfoirés.

— Mais tu peux pas dire ça, Faouzia. Moi, je l'ai pris, cet ascenseur. J'ai été à l'école publique, comme toi, et quand j'ai eu de bonnes notes ou que j'ai été punie, ça a toujours été en fonction de mon travail, pas en fonction de ma couleur de peau. Jamais une institutrice ou un prof ne m'a demandé mon origine ou ma religion. Et quand j'ai poursuivi mes études, ça a été pareil. Je ne me suis jamais sentie une citoyenne de seconde zone.

Tu sais, quand j'ai accouché de Marion, il y a eu quelques problèmes à la naissance, elle a dû rester en couveuse quelque temps. À aucun moment, pas une seule seconde, je ne me suis sentie moins bien traitée à cause de mes origines prétendues ou de ma couleur de peau. Mon bébé et moi, on a été soignés, accompagnés, et Marion a été tirée d'affaire. On ne m'a jamais demandé un centime pour les soins que nous avons reçus. J'ai été prise en charge comme n'importe quelle femme. J'ai la peau foncée et je n'ai jamais eu l'impression de vivre dans une société d'apartheid : j'ai toujours eu les mêmes droits que tout le monde !

Faouzia hausse les épaules. Je sais que mon discours ne l'a pas convaincue. Comme on a fini la vaisselle, nous revenons nous asseoir de part et d'autre de sa petite table de cuisine. Elle reprend, sur un ton amer :

— Ben tu vois, moi, le premier *vrai* job que j'ai eu, j'étais trop fière, j'étais hôtesse d'accueil dans un club de golf. C'était un peu loin de la cité ; tous les matins, j'avais deux heures de bus et de car pour arriver au golf, mais j'étais hyper motivée. Et puis, tout de suite, j'ai adoré cette ambiance feutrée, tout ce vert, tout cet espace, la nature, l'calme : ça m'changeait tellement du bordel de la cité ! La responsable était sympa ; quand y avait pas beaucoup de monde, elle me laissait m'entraîner sur le practice. En peu de temps, grâce à la complicité d'un prof, j'suis devenue assez bonne et capable de faire un parcours sans rougir. Tu t'rends comptes, Kadi, moi, la beurette sortie de sa cité, sur un parcours de golf ? J'étais douée, j'te jure !

Je vois à ses yeux brillants et à son air fier qu'elle dit vrai, et j'imagine sans peine mon amie, vive, sportive et adroite, damer le pion aux joueurs plus expérimentés. Elle poursuit son récit :

— Petit à petit, j'ai progressé, je me suis plus occupée uniquement de l'accueil : je faisais les abonnements des nouveaux membres, je supervisais l'organisation des tournois... Bref, je suis vite devenue indispensable. Pour être honnête, j'aimais bien la compagnie de ces gens riches et bien éduqués. À leur contact, j'avais l'impression de m'élever, de progresser à tous les niveaux ; c'était cool.

J'ai tellement voulu être comme eux que je m'suis mise à copier leurs manières, leur façon de parler, leur look. J'ai même porté mon pull *négligemment jeté sur les épaules*, comme les p'tits bourges de l'époque. T'imagines comme maman était fière, chaque matin, en me voyant partir ? Elle disait : “Ouh là, comme ti es chic !

Ti fais la dame, maintenant." Et elle houspillait Mourad et Majid, qui se moquaient de moi : "Tisez-vous ! Votre sœur, li va divenir une vraie femme d'affire."

J'te jure, ma Kadi, la fierté de maman, c'est un truc qui me portait. J'avais des ailes, je volais, chaque matin, en courant prendre mon car de 6 h 20 à Perrache.

Une fois de plus, je souris en imaginant madame Benarbia, ses mains jointes d'admiration, son sourire tendre et son joli accent.

— Un jour, tu vois, il a été question de créer un poste de responsable commercial, afin de faire de la prospection auprès des comités d'entreprise de la région. Normalement, c'est moi qui aurais dû l'avoir, ce poste, en fonction de mes résultats. Mais figure-toi que c'est une autre fille, moins expérimentée et moins performante, qui a été embauchée. Une p'tite blonde au carré impeccable.

Un soir que je rangeais des papiers dans le bureau, j'suis tombée par hasard sur mon dossier d'embauche et j'ai pas pu m'empêcher de l'ouvrir pour regarder. Y avait mon CV, ma photo, la photocopie de mon contrat de travail. Plus une note manuscrite, au crayon à papier, sur un post-it : "Excellent profil, vive et intelligente. À surveiller compte tenu de sa nationalité douteuse." *Nationalité douteuse*, crache-t-elle dans souffle. J'ai pris ça comme une gifle. C'est tout ce qu'ils retenaient de moi, ces connards. C'est tout ce que j'étais. Alors, peut-être que pour toi, Kadi, je suis une Française comme tout le monde. Mais j'te jure que dans ma vie, c'est loin d'avoir été vrai.

— Je suis désolée. C'est dégueulasse. Et tu as fait quoi ?

— Qu'est-ce que tu voulais que j'fasse ?

Elle arpente la cuisine à grands pas ; sa colère est palpable.

— J'avais dix-huit ans, c'était mon premier job, j'avais jamais entendu parler des syndicats, de l'inspection du travail. J'allais pas leur faire un procès à moi toute seule ! J'ai rien dit. J'ai fermé ma gueule. Et puis, maman aurait été trop déçue, mes frères s'en seraient mêlés. Bref, j'ai terminé mon contrat et je me suis barrée.

— C'est terrible. Mais c'est quelque chose qui peut arriver à tout le monde, de tomber sur des sales cons racistes.

— Ah ouais ? Ben moi, tu vois, ça m'est arrivé à chaque fois que j'ai bossé. À chaque fois, on m'a *toujours* renvoyée à mes origines. J'étais vendeuse dans un magasin de sport au moment des attentats du World Trade Center. À partir du 11 septembre, tout le monde s'est mis à me regarder bizarrement. Des collègues me demandaient si j'mangeais du porc, si j'faisais le ramadan, et des tas de trucs comme ça. À croire que c'est moi qui avais piloté ces putains d'avions !

— Ouais, mais bon, moi aussi, j'ai eu droit à des questions idiotes, des interrogations, des remarques. Tu ne peux pas savoir le nombre de fois où on me demande d'où je viens, où on me parle de l'Afrique, où on me félicite pour mon *excellent français*. Je mise plus sur la curiosité maladroite que sur du racisme ou de l'hostilité.

— Ah ouais ? Et ben, je vais te dire leur "curiosité maladroite", j'y ai eu droit à chaque attentat. Et j'en ai ma claque de devoir à chaque fois me "désolidariser" de gens avec qui je partage rien et dont j'ai absolument rien à foutre !

— Je comprends. Mais il me semble que si une vague d'attentats sans précédent avait frappé la France et que ces attentats étaient le fait d'une communauté… euhhh… je sais pas, moi, tiens, disons, des Corses, ou des Bretons séparatistes, ou bien encore des bouddhistes, ben, tous les regards se tourneraient vers eux. Peut-être même que toi aussi, Faouzia, tu le ferais. C'est humain. C'est désagréable, mais c'est humain.

— Peut-être. Seulement, c'est pas les Bretons ni les bouddhistes qu'on montre du doigt. On me l'a tellement renvoyé à la gueule, que j'étais une Arabe, que j'le suis devenue. Et si j'porte un voile, c'est aussi une manière de l'assumer, de le revendiquer. Ça emmerde les gens ? Tant mieux ! Tu sais quoi ? Je les emmerde aussi. »

Un silence s'installe. Son discours m'attriste, je ne partage pas cette volonté de s'autostigmatiser et de se mettre à l'écart toute seule, même si je comprends sa colère. Je n'ai pas vécu la même chose, nos histoires sont différentes. Pour autant, cela n'efface ni son expérience ni la mienne. Nous vivons juste dans un pays imparfait, que moi, je m'évertue à aimer malgré ses défauts, et dont elle, elle n'aura pas réussi à se faire aimer, malgré ses qualités.

Je n'arrive pas à me départir d'une profonde sensation de gâchis. Comme je n'ai pas envie que nous nous disputions, je préfère faire diversion et aborde un autre sujet qui me brûle les lèvres depuis mon retour :

« Et Myriam alors ? Donne-moi des nouvelles. Comment va notre Kelly Garrett ?

Faouzia me dévisage longuement et se rassied.

— C'est vrai que t'es partie depuis si longtemps…

Je baisse les yeux, parce que j'ai bien mérité cette pique. Elle hoche la tête :

— Là, aussi c'est un peu long à raconter… et ça va pas te plaire », dit-elle.

Chapitre 21

Cela a débuté il y a huit ou neuf ans, paraît-il. Myriam, mariée, heureuse, avec deux grands jumeaux et une fille de trois ans, dans sa jolie boutique de bijoux fantaisie du quartier des Gratte-ciel, a commencé à ressentir des douleurs, un peu partout dans le corps, puis une immense fatigue. Au début, elle ne s'est pas inquiétée, elle a mis cela sur le compte d'une méchante grippe et elle a passé quinze jours au lit. Ensuite, elle a repris le travail, sans séquelles particulières, avec juste quelques migraines.

Environ trois ou quatre mois après, les symptômes sont revenus, assortis de tremblements incontrôlables de sa jambe droite. Myriam s'évertuait à mettre cela sur le compte de la fatigue et, comme à son habitude, a entrepris une cure de vitamines et de magnésium. Benjamin, son mari, s'est inquiété, a exigé qu'elle fasse des examens poussés. Le diagnostic est tombé à l'IRM : Myriam souffrait d'un début de sclérose en plaques.

C'est une maladie terrible, qui avance masquée. En dehors des crises, tout semble aller pour le mieux. Elle a continué à tenir sa petite boutique de bijoux fantaisie comme si de rien n'était, pendant quelques années. Simplement, de temps en temps, sur la jolie devanture rose, était placardé un panneau « Fermé pour raisons de santé ».

Un jour, elle a rouvert la boutique, appuyée sur une canne. Sa démarche devenait par trop incertaine, et sa jambe gauche se dérobait fréquemment sous son poids. La canne devait être provisoire, et Myriam a prétendu que ça lui donnait l'air « intéressant et romanesque ». Quand il est apparu que cet accessoire ferait dorénavant partie de sa vie, comme d'habitude, elle s'est arrangée pour mettre un peu de fantaisie dans son quotidien et elle a peint des petites étoiles argentées le long du bâton de bois sombre qui, désormais, accompagnerait chacun de ses pas hésitants.

Un autre jour, elle n'a plus pu travailler, parce que ses gestes devenaient trop difficiles. Disposer joliment les bijoux sur les présentoirs, attacher les colliers au cou des clientes, faire des paquets cadeaux, autant de choses que, par périodes, ses mains hésitantes et tremblantes avaient de plus en plus de mal à faire. Alors, elle a vendu sa boutique. En revanche, elle ne s'est jamais résignée à se séparer de son stock de bijoux. Elle dit en riant que ses breloques constitueront le seul héritage d'Iris. Elle les porte tous les jours et, à chaque séjour qu'elle passe à l'hôpital, elle négocie pied à pied avec le personnel pour qu'on la laisse conserver ses colliers et ses bracelets. Je souris malgré moi.

> « Tu te souviens ? C'était déjà toute une histoire pour l'empêcher de porter ses paillettes, ses costumes de fée et son diadème pour aller à l'école.

— Ben ouais, j'm'en souviens. Elle a pas vraiment changé, tu sais. Je veux dire, bien sûr, elle est malade et elle en bave. Mais au-delà des crises, elle est restée la fille complètement perchée qu'on a toujours connue. Elle chante tout le temps, ça me rend dingue.

— J'aimerais tellement la revoir. Elle est toujours dans le coin ? Tu peux nous organiser ça, Faouzia ?

— Ben oui, sans problème, elle est restée dans la région. Avec Benjamin, son mari, ils avaient acheté un appartement ici, juste à côté de La Valoise, rue du 4 août. C'était très sympa, chez eux : Myriam a toujours été douée pour la décoration. D'un vieux T3 dans un HLM, elle avait fait un truc improbable, entre le palais des *Mille et Une Nuits*, le château de conte de fées et la boîte de nuit des années 80 : t'aurais adoré. Ils sont restés ici jusqu'au début des années 2000.

— Oh, j'imagine sans peine. Je me souviens qu'elle rendait folle sa mère, avec sa manie de coller des paillettes ou de la peinture dorée partout, sur tous les meubles. Pourquoi ils sont partis ?

Mon amie se rembrunit et détourne le regard.

— Des conneries. Des trucs du quartier. Je l'appelle demain matin, et on ira la voir si elle est en forme », répond-elle un peu trop précipitamment.

Chapitre 22

Au téléphone, il paraît qu'elle a juste dit : « Oh, c'est épatant ! Oui, venez. » Elle n'a fait aucune remarque sur le fait que j'étais restée tant d'années sans donner de nouvelles. Elle n'a pas posé de questions. Elle n'a pas cherché à savoir pourquoi je réapparaissais ainsi, d'un coup, après avoir négligé d'entretenir les liens qui, pourtant, nous unissaient. Elle a juste dit « Venez. »

Alors, Faouzia a commencé son travail encore un peu plus tôt que d'habitude, et l'après-midi, on est venues. Elle habite désormais dans un quartier sans âme, une banlieue de l'ouest lyonnais, plus récente, moins populaire, mais moins vivante. En contemplant les barres d'immeubles beiges, les espaces verts bien entretenus, je ne peux m'empêcher de me faire la réflexion que ce lieu ressemble bien peu à la fantasque Myriam de mon souvenir.

Faouzia balaie du regard l'entrée de l'immeuble d'un air professionnel et appréciateur : « Ouais... À chaque fois que j'viens, j'me dis que ça doit être quand même bien moins le bordel à entretenir, des halls pareils. C'est sûr que sans dealers, sans squatters, et quand personne pisse dans les escaliers, c'est plus facile », poursuit-elle avec une pointe d'amertume.

S'il y a une chose qui ne change pas, en revanche, c'est bien les éternelles pannes d'ascenseurs, et c'est à pied et transpirantes que nous entreprenons l'ascension des derniers mètres qui nous séparent de Kelly Garrett, la dernière et la plus séduisante des Drôles de Dames.

Un homme à la haute silhouette mince vient nous ouvrir, la cinquantaine bien avancée, d'épais cheveux gris en bataille, l'œil pétillant derrière ses petites lunettes de myope. Il embrasse Faouzia et me regarde avec amusement : « Alors, voilà la troisième », dit-il.

Il nous guide le long d'un grand couloir, éclairé par une guirlande lumineuse accrochée au plafond et décoré d'une multitude de photos de famille. J'y reconnais sans peine Hanna et Adam, les grands-parents, un portrait de Myriam et Benjamin enlacés en costume de mariés, les silhouettes dégingandées et les mines malicieuses des deux jumeaux. Mon attention est attirée par une petite fille, portrait craché de Myriam à son âge. Je pourrais presque confondre la mère et la fille, s'il n'y avait les cheveux, plus courts, et le sweat-shirt Harry Potter.

Une fois dans le salon, je ne remarque pas tout de suite le lit médicalisé qui prend presque toute la place, le déambulateur et les médicaments. Je vois d'abord son sourire, immense et radieux, sa magnifique et longue chevelure auburn, et l'éclat de la multitude de colliers en verroterie, magnifiquement étalés sur son opulent décolleté. Myriam a de toute évidence appris à assumer avec panache les avantages de la nature qui l'agaçaient quand elle était jeune.

« Viens là, toi ! » dit-elle en m'ouvrant les bras et, comme deux jours auparavant, sur le palier de Faouzia, je me retrouve à me blottir dans les bras accueillants de mon enfance. C'est un phénomène que j'ai déjà eu l'occasion d'observer : parfois, le temps n'existe plus. L'espace d'un instant, notre corps et notre cœur font un prodigieux bond en arrière. Nous nous retrouvons toutes les trois, à rire, à parler en même temps, comme quand nous complotions sous la cage d'escalier.

C'est Benjamin, le mari de Myriam qui toussote discrètement :

« Bon, je vous sers du café, mesdames, et je vous laisse. Normalement, il doit rester des gâteaux.

Pleine d'espoir, je dis :

— Des makrouts ?

Myriam éclate de rire.

— Non, je n'en ai pas fait aujourd'hui, mais j'ai récupéré la recette de maman, tu sais !

— Comment va-t-elle ? Comment vont tes parents ?

— Maman va bien : elle n'habite pas très loin d'ici. Elle a un peu de mal à marcher, maintenant. Un peu comme moi, soupire-t-elle. Papa est mort en 2012. Juste avant l'affaire Merah et la tuerie des enfants de l'école de Toulouse. Maman n'arrêtait pas de répéter que c'était mieux qu'il n'ait pas vu ça, que ça l'aurait tué. Pour elle, mieux valait mourir d'un cancer que de chagrin et de colère.

Un silence s'installe. Benjamin en profite pour revenir dans le salon nous saluer. Il se penche pour embrasser sa femme, remonter ses coussins et lui demander si elle n'a besoin de rien.

— Non, non, c'est bon, mon chéri, je vais très bien, je n'ai besoin de rien. Tu peux nous laisser, maintenant.

Il me semble percevoir une légère nuance d'exaspération dans sa voix. Quand son mari tourne les talons, j'ai même l'impression qu'elle lève très brièvement les yeux au ciel, avant de se reprendre et de me saisir les mains.

— Bon, et toi, alors ? Raconte-moi tout. Je veux tout savoir. »

Une fois de plus, je me retrouve à déballer mon histoire, mais pas de la même façon. Autant Faouzia m'avait questionnée et forcée à exprimer clairement les faits, autant Myriam se contente de me laisser dérouler les choses, tout en m'écoutant avec une grande attention.

En fin d'après-midi, nous sommes interrompues par le retour d'Iris, qui rentre du collège. C'est une jolie gamine, d'une douzaine d'années, qui ressemble beaucoup à sa mère, bien qu'elle paraisse plus réservée et timide. Elle nous salue avec curiosité, puis vient se blottir dans les bras de Myriam, qui proteste en riant : « C'est bon, ma puce, laisse-nous maintenant, j'aimerais bien discuter seule avec mes amies. » La fillette quitte le salon à regret, et sa mère la suit des yeux avec une tendresse mêlée d'une pointe d'agacement : « Pffff, les filles, c'est collant, parfois », dit-elle dans un soupir, tout en m'invitant à reprendre le cours de mon récit.

Lorsque j'ai terminé, je me rends compte qu'il est déjà tard. J'ai beaucoup parlé et je ne suis pas sûre d'avoir bien exprimé tout ce que j'aurais voulu raconter. Je dis juste :

« Voilà... C'est un peu confus, peut-être. Ce qui me fait le plus de peine, ce qui me mine, c'est... je ne sais pas... un sentiment d'accumulation, de ne jamais réussir à comprendre pourquoi... pourquoi les choses arrivent

> ou n'arrivent pas dans ma vie. Pourquoi, à chaque fois, il y a un truc qui fait que je ne suis pas aimée, ou pas suffisamment, ou pas comme je le voudrais. Je voudrais juste une réponse, une fois. Après, peut-être que je serai tranquille. » Et je conclus par un simple : « Et voilà... je suis venue. »

Myriam se contente de me serrer dans ses bras, en me disant : « Tu as bien fait. » Alors, comme au temps des Fantômettes ou des Drôles de Dames, Faouzia nous rejoint dans notre étreinte, et je me sens bizarrement traversée de sentiments contraires, à la fois heureuse, triste, mal à l'aise et soulagée. Mais surtout, je me sens honteuse de ne jamais leur avoir donné de nouvelles et de revenir étaler ainsi devant elles mon spleen et mon mal-être de vieille midinette en préménopause.

Chapitre 23

Le lendemain, Faouzia et moi recevons chacune un texto de Myriam, émaillé de smileys souriants et de cœurs : « Les filles, j'ai réfléchi à l'histoire de Kadi, je n'en ai presque pas dormi de la nuit. J'ai une idée. Une idée géniale, bien sûr ! On dîne ensemble à la pizzeria en bas de chez moi, ce soir ? Je réserve pour 20 h, venez me chercher à 19 h. L'ascenseur est en panne, le temps que je descende, on y sera juste ! Je vous aime. À ce soir. »

À l'heure convenue, nous nous présentons à la porte de chez Myriam. Cette fois-ci, ce n'est pas son mari Benjamin qui vient nous ouvrir, mais un beau jeune homme d'une vingtaine d'années. Je reconnais immédiatement la même tignasse indisciplinée et le même regard myope que son père. C'est quand il nous salue que je retrouve aussi l'ADN de Myriam dans ce large sourire et ces intonations chaleureuses. Dans l'embrasure de la porte, une seconde grande silhouette un peu dégingandée, en chaussettes et en T-shirt Star Wars, s'incruste également et nous tend la main :

« Bonjour, je suis Ethan, le frère aîné de... euh... cette chose, dit-il en désignant son frère d'un geste faussement dédaigneux.

— Euh... *aîné* ? De juste quatre minutes, ouais. J'appelle pas ça aîné, moi. Je savais juste qu'étant supérieur en tout point à ta misérable personne, je pouvais avoir la classe d'attendre patiemment mon tour.

— C'est ça. Disons que tu es de la race des suiveurs, et que moi, je suis un explorateur.

— Ouais... Un peu comme un bulldozer qui sert juste à défricher le passage pour laisser passer le convoi exceptionnel ! Grâce à quoi je suis né avec la tronche beaucoup moins déformée que toi.

— Le fait est que moi, tout s'est remis dans l'ordre, contrairement à toi qui dois manifestement avoir des lésions irréversibles dans ce qui te sert de cerveau.

— Ça suffit, les garçons, maintenant ! La voix de Myriam retentit derrière ses fils. Je crois qu'on a compris l'idée générale. Voilà, ma Kadi, tu as donc fait connaissance avec Ethan et Erwan, mes jumeaux, et grâce à leurs passionnantes explications obstétricales, tu sais déjà *qui* est né le premier, *qui* a eu besoin d'une petite aide de la ventouse pour sortir, etc. Maintenant qu'on a bien évoqué mon accouchement et à moins que vous souhaitiez que je vous relate mon épisiotomie, je crois qu'on peut y aller. »

Myriam se tient debout, appuyée sur deux béquilles qu'elle a décorées d'étoiles argentées. Iris est à ses côtés, petite sentinelle muette et attentive, qui nous contemple de ses grands yeux curieux. Mon amie a revêtu une longue robe en satin rose pâle et posé un fin diadème sur ses cheveux frisés, relevés en chignon. Dans un geste d'une infinie douceur, Erwan, à moins que ce ne soit Ethan, met sur ses épaules un grand châle brodé de motifs ethniques. Ainsi vêtue, elle ressemble encore et toujours aux princesses de notre enfance.

« Je t'aide à descendre, maman ? demande Erwan, à moins que ce ne soit Ethan, d'un air un peu inquiet.

— Pas la peine, répond sa mère gaiment, l'ascenseur est peut-être en panne, mais moi, j'ai mes Drôles de Dames, mes fesses rebondies, et je me débrouille.

Elle tend ses béquilles à Faouzia et me confie son diadème en me disant :

— J'ai peur qu'il tombe. Tu me le rendras en bas. Et elle entreprend de descendre les escaliers, marche par marche, sur les fesses.

C'est un spectacle étonnant ; je ne sais pas s'il faut rire, s'émouvoir ou pleurer. Faouzia semble avoir opté pour s'en amuser, mais elle doit avoir plus l'habitude que moi :

— Si tu t'habillais pas en Reine des Neiges, aussi, ce serait peut-être plus simple pour progresser, non ?

— Si tu comprenais quelque chose à l'élégance, tu saurais qu'une dame ne sort pas dîner habillée comme pour faire son marché ou son ménage, rétorque-t-elle en jetant un œil sévère sur le pantalon molletonné et sur le sweat à capuche de mon amie.

— Ben, c'est quoi le problème avec ma tenue ? bougonne Faouzia.

— On va faire du jogging, là ? Non !

— Ok, mais on va pas au Festival de Cannes, non plus. »

Les deux femmes se chamaillent ainsi tout le temps que dure la descente. En levant les yeux, je vois les quatre têtes inquiètes de Benjamin et de ses enfants, penchés par-dessus la rambarde et qui surveillent avec attention la progression de Myriam. Quand ils s'aperçoivent que je les ai repérés, ils se retirent précipitamment. Je trouve ça si joliment touchant, cette surveillance discrète et attentive, que je détourne vite le regard pour ne pas les gêner.

Nous mettons quelque temps avant d'arriver à la pizzeria, ce qui me permet d'allumer une cigarette. Myriam avance seule, à son rythme, en s'aidant de ses béquilles. Tout en marchant, elle m'explique que sa maladie progresse par paliers, qu'elle sort d'une période difficile, d'où le lit médicalisé dans le salon, mais qu'elle se remet petit à petit et qu'entre deux crises, elle fait tout pour vivre le plus normalement possible, « normalement » étant un concept tout relatif, quand il s'agit de Myriam, qui fait une entrée théâtrale dans la pizzeria, avec sa robe de satin, sa verroterie et son diadème.

Le serveur, incrédule, la dévisage, avant de se précipiter à notre rencontre. Peut-être qu'il hésite entre l'hypothèse de l'émission TV en caméra cachée et celle d'une authentique princesse égarée dans la jungle urbaine. Dans le doute, il rivalise de courbettes et de sourires. La princesse égarée commande une Napolitaine avec un supplément d'anchois, et Faouzia une Quatre saisons. Quant à moi, je feinte en prétendant n'avoir pas très faim.

« T'es pas malade, au moins ? s'inquiète soudain Faouzia.

— Eh oh, c'est moi, la mère juive, dans l'histoire, je vous rappelle ! s'esclaffe Myriam.

Pour les rassurer, je commande un plateau d'antipasti pour nous trois, ce qui me permettra de faire semblant de picorer le temps que les pizzas arrivent. Les filles me pressent de questions sur ma vie avec une star et veulent tout savoir, à propos de Charlotte et de ma carrière dans son ombre :

— C'est un pur hasard. Après mes études, j'ai travaillé en tant que consultante dans une société de production. Je m'occupais de faire des audits d'optimisation budgétaire et de la réduction des coûts sur les différents projets en cours. J'étais ce qu'on appelle un *cost-killer*.

Je marque un temps d'arrêt, parce que je sens que le terme anglais fait forte impression sur mes amies, surtout sur Faouzia qui me considère avec un intérêt soudain. Elle doit me voir comme une sorte de Lara Croft, bardée d'armes.

— Euh... calmez-vous les filles. En fait, mon job consistait beaucoup à fureter partout, sur les tournages, afin de traquer la moindre dépense superflue, et à faire des rapports et des préconisations d'économies. Rien de bien palpitant ou héroïque, mais c'est un poste où il fallait observer, réfléchir et analyser : ça me convenait bien.

— Et Charlotte, alors, tu l'as rencontrée comme ça ?

— Oui. Elle avait un second rôle dans un film américain. Elle était stressée, pas très à l'aise en anglais, et je devais être la seule autre Française sur le tournage. On a sympathisé et, entre les prises de vue, je lui faisais travailler son accent ; ça m'amusait. À la fin du tournage, elle m'a demandé de l'aider à préparer une interview en anglais. J'ai trouvé ça intéressant et je me suis prise au jeu. Je lui ai rédigé des réponses toutes prêtes, je l'ai aidée à les mémoriser, et elle a décrété que je lui étais indispensable. Moi, je venais de divorcer, j'avais envie de changer d'air et de vie, ça m'a semblé une bonne idée de tenter l'aventure. »

La conversation roule encore sur mon travail, sur les anecdotes, les stars, et je réponds avec plaisir à leurs questions. Cécilia, surtout, les intrigue, parce qu'elle est de notre génération et que c'est fascinant d'observer à quel point le temps peut être clément pour certaines personnes. Je les fais rire en leur racontant les coulisses de Cannes, les robes et les bijoux prêtés, les négociations avec les couturiers, les joailliers, les problèmes d'assurance, les petites rivalités entre actrices. Bref, je fais mon intéressante.

Je m'éclipse un instant pour aller fumer à l'extérieur. J'ai bien aimé vivre dans l'ombre de quelqu'un de lumineux : mon travail correspondait à ma nature effacée, discrète mais compétente. Et puis, ce style de vie un peu décousu me convenait. Dans le milieu un peu foutraque et superficiel où j'évoluais, qui aurait prêté attention aux comportements légèrement borderline d'une assistante ? Je pouvais bien manger un jour sur deux, être insomniaque et fumer deux paquets de cigarettes par jour, du moment que j'étais là quand il le fallait, active et efficace, tout allait bien.

À mon retour, nous parlons du passé, nos aventures, nos souvenirs. Nous avons tant de choses à rattraper, et j'ai envie d'avoir des nouvelles de tout le monde. Noémie, la grande sœur de Myriam, celle qui nous amenait à la bibliothèque, est devenue institutrice.

> « Elle vit dans le sud, du côté de Nice, maintenant, m'explique Myriam, et depuis que Papa est mort, elle fait tout pour que maman la rejoigne et s'installe là-bas aussi. Je pense que ça va se faire un jour ou l'autre, même si ça me brise le cœur d'être éloignée d'elles deux, poursuit mon amie en piochant des légumes grillés dans le plateau d'antipasti. Maman y sera mieux : elle n'a jamais beaucoup aimé cette résidence où nous

vivons. Elle trouve ça froid et impersonnel ; je la comprends. Elle a gardé la nostalgie de La Valoise. C'était pas très beau, mais c'était chez elle.

— Pourquoi vous en êtes partis, alors ?

Le silence qui suit ma question me donne l'impression que j'ai abordé un sujet difficile. Faouzia baisse la tête et entreprend de décomposer sa bruschetta en séparant tous les éléments : les poivrons, le parmesan, les câpres, les courgettes.

— Ça devenait… difficile, répond finalement Myriam. Les choses avaient commencé à changer petit à petit, tu sais, quelques années après ton départ. Il y avait ces histoires de guerre, de Palestine. Des jeunes qui n'avaient jamais mis un pied là-bas, qui n'auraient même pas su situer Israël ou la bande de Gaza, mais subitement, ils se sont mis à devenir tendus… agressifs. C'est comme si avoir un ennemi les aidait à vivre mieux, comme s'ils avaient besoin d'une cause à défendre, tout à coup.

— Mais quel rapport avec vous ? Je veux dire : la Palestine, la guerre ? Ton père était l'homme le plus gentil et le plus doux du monde. Et ta sœur, ta mère et ta grand-mère, elles étaient loin de tout ça aussi !

— Oui, mais voilà : nous sommes juifs. Ça a commencé par des remarques, des regards. Un jour, papa a retrouvé sa voiture avec les pneus crevés, et la semaine suivante, des gamins avaient tagué le capot avec des "Vive la Palestine". Il n'a rien dit, ça n'était même pas de la vraie peinture, juste un truc qui est parti au Lavomatic en frottant bien. Mais on est devenu plus discrets. Quand on faisait shabbat, on avait pris l'habitude de fermer les volets.

Un jour, papa a arrêté définitivement de porter sa kippa, qu'il mettait déjà peu. Il a dit que c'était un soulagement pour lui, qu'il n'avait pas besoin d'exprimer sa foi de cette manière, mais je ne te parle pas de la colère de Ruth ! Ensuite, j'ai rencontré Benjamin, on s'est mariés et on a acheté un appartement dans le quartier. Ça me permettait de rester près de mes parents qui vieillissaient, et eux, de leur côté, ils étaient heureux de s'occuper des jumeaux pendant qu'on travaillait.

Au début des années 2000, quelqu'un a écrit "juifs" sur notre boîte aux lettres. Maman en a pleuré quand elle l'a su. Benjamin et moi, on a eu beau lui dire que c'était des gosses, des petits cons incultes qui s'amusaient, le mal était fait.

Et puis, il y a eu des soucis avec les garçons, à la cantine. Les mauvaises blagues d'un gamin qui s'amusait à faire des croix gammées dans son assiette, avec des petits pois, des carottes râpées. Apparemment, ça n'était pas la première fois ; les jumeaux n'avaient rien osé dire. C'est une employée de la cantine qui l'a signalé. Ça a fait toute une histoire. La directrice a dit qu'on accordait trop d'importance à un ado en pleine crise identitaire. On a laissé couler, parce que mes fils ne voulaient pas faire de vagues et que le gosse était plus paumé que méchant.

Je regarde Faouzia, le visage fermé et le regard toujours obstinément rivé sur sa bruschetta, qu'elle continue à massacrer sans pitié.

— Le déclic, poursuit Myriam, ça a été quand Nathan, un des petits copains d'Iris, dont les parents étaient nos voisins, s'est fait agresser à la sortie de l'école. Rien de grave, mais quand même. Il est revenu avec le visage en sang. On a cru que son nez était cassé. Ça a fait toute une histoire dans la cité, parce que tout le monde savait très bien que Nathan était un petit bagarreur, mais on savait très bien aussi qu'on l'avait traité de "sale feuj" et qu'on lui avait dit que ses parents devaient sûrement être riches et qu'il n'avait rien à faire dans les HLM. Après ça, maman n'a plus rien voulu savoir. Elle a fait des pieds et des mains pour qu'on quitte tous le quartier.

— Mais vous n'avez pas été agressés, vous ?

— Non. Jamais. Mais ce n'est pas possible de vivre dans la peur, tu comprends ? De baisser la tête, de toujours penser à se faire le plus discret possible. Je reconnais que je n'étais pas rassurée quand les jumeaux rentraient avec dix minutes de retard du lycée. Alors, on a préféré quitter le quartier, tout simplement. Comme les parents de Nathan.

Cette histoire a jeté un froid. Je sens que Faouzia est mal à l'aise, qu'elle s'en veut, mais qu'aurait-elle pu faire ? Comment on fait, toute seule, pour s'opposer à l'endoctrinement de toute une jeunesse ? Je préfère changer de sujet :

— Et tes frères, Faouzia ? Ils deviennent quoi ? Je me souviens bien de Mourad et de Majid. Saïd... euh... je l'ai moins vu.

— Moi aussi, je l'ai moins vu, répond mon amie avec un soupir. Saïd a toujours été difficile, le petit caïd de la famille. Il aurait eu besoin d'être élevé avec plus d'autorité, mais tu t'souviens de mes parents... C'est vrai que, quand on était gamines, il avait déjà fait quelques séjours en prison. Ensuite, eh bien, les choses se sont pas vraiment arrangées. En prison, il a fait une formation dans la menuiserie. Il était assez manuel, et je crois que le travail du bois l'intéressait. Mais au final, il aura pas bossé beaucoup. Quelques mois par-ci par-là chez des artisans, mais son goût pour les embrouilles a toujours fini par le rattraper.

Maintenant, il habite du côté de Marseille. Mourad dit qu'ici, il est grillé, qu'il a été indic sur une affaire et que c'est pour ça qu'il remettra jamais les pieds dans la région. On sait pas trop ce qu'il fout là-bas. Quand on l'a au téléphone, il est toujours très vague. "Il se débrouille." "Il est sur des plans." "Il est en affaires." Bref, c'est mon frangin, quoi. Il a pas changé.

Elle s'interrompt, car deux pizzas fumantes viennent d'arriver. Le serveur me regarde d'un œil interrogateur, et je lui fais signe que tout va bien.

— Je vais piquer dans l'assiette de mes amies, ne vous inquiétez pas. Et j'ajoute avec un clin d'œil complice : c'est ça, l'amitié !

— Bon, à part Saïd, reprend Faouzia la bouche pleine, je t'ai déjà un peu parlé de Mourad hier. Quand il a eu terminé sa grande période Marche des beurs, SOS Racisme et tout le bordel, il a vaguement essayé de s'engager un peu en politique. Il faisait partie d'une liste candidate aux élections municipales. Rien de très prestigieux, il était numéro 9 ou 10 sur la liste, mais il y croyait. J'veux dire : à cette époque, il pensait vraiment qu'il pouvait peser sur la vie du quartier, qu'il pouvait changer les choses... toutes ces conneries.

— Waouh ! Et alors ?

— Ben, alors rien, répond mon amie en haussant les épaules et en engloutissant une énorme bouchée de pizza. Il était sur une liste communiste ; le gars s'est servi du nom et de la petite notoriété de Mourad pour racoler les électeurs du quartier. Il avait besoin d'une caution "jeune rebeu" sur sa liste. Et au deuxième tour, y a eu des tractations entre les socialos et les cocos dans toute la région. Je sais plus trop comment ça s'est passé. Les socialos se sont retirés dans une autre ville au profit des cocos, et ici, à Villeurbanne, les cocos ont laissé la place aux socialos. Ça s'fait souvent, i' paraît.

— Et Mourad, alors ?

— Ben rien, je t'ai dit. Il s'est fait baiser. La liste communiste a négocié des trucs et s'est retirée. Mourad a été dégoûté de cette petite cuisine politicienne, alors il les a insultés et a tout laissé tomber. Il avait un CAP mécanique ; il a bossé chez un patron quelque temps et, à la retraite du type, il s'est associé avec un autre gars pour reprendre le garage. Maintenant, il bosse à son compte. Mais faut pas lui dire qu'il est devenu un petit patron capitaliste, ça le rend furieux ! ajoute-t-elle en riant.

— L'important, c'est qu'il soit heureux.

— Heureux... je sais pas. Tu sais, mon frangin a toujours été révolté, en colère. Pire que moi. Avant, il se plaignait qu'il était exploité, que la France était raciste, inégalitaire. Aujourd'hui, il se plaint qu'il est racketté par les taxes et les impôts, que la France est injuste. Je crois qu'il ne sera jamais apaisé et tranquille.

— Et Majid, alors ? dis-je, tout en refusant le morceau de pizza que me tend Myriam.

— Majid ? répond Faouzia avec un sourire. *Monsieur* Majid, tu veux dire ? C'est lui qui s'en sort le mieux. Il est marié, il a deux filles, et il habite dans un chouette lotissement avec un bout de jardin. Il bosse dans l'informatique : il est développeur ou un truc comme ça, j'y connais rien, mais je sais qu'il bosse pour une grosse boîte. Tout va bien pour lui. Papa est très fier, parce qu'il met des chemises ou des polos pour aller travailler. C'est lui qui appelle son fils "*monsieur* Majid".

Je repense avec tendresse au gamin moqueur qui, quand il me surprenait un livre à la main, me lançait "Allez Kadi, c'est bon, *arrête de faire ta Française* !!" et qui, finalement, est devenu un vrai petit "Français moyen".

— Et tu les vois souvent, alors ? Je veux dire, à part Saïd ?

— Oui, Majid, Mourad et moi, on se voit de temps en temps chez papa. Et puis... tu sais, c'est difficile à expliquer, mais... mes frangins ont toujours été là pour moi. Toujours. Je crois que quand j'aurai quatre-vingts ans, que je serai une vieille chose en maison de retraite, y en aura un qui viendra en douce surveiller si personne ne fout d'obstacle devant mon déambulateur.

Cette image nous fait éclater de rire, mais Faouzia reprend avec sérieux :

— À part pendant la période où j'étais avec Karim et où j'ai tout fait pour qu'ils se rendent compte de rien, ils se sont toujours débrouillés pour veiller sur moi, dans l'ombre, d'une manière ou d'une autre. Quand j'ai quitté mon mec et que j'me suis installée chez papa, j'ai cru que Mourad et Majid allaient devenir dingues, à force de chercher Karim. Ils voulaient lui faire payer. Je tremblais qu'ils le trouvent et le tuent. Heureusement, il s'était volatilisé.

Quelque temps après, j'ai organisé notre nouvelle vie à Lila et à moi. Je sais pas comment Majid s'est débrouillé, mais c'est lui qui nous a trouvé tous les trucs dont on avait besoin : machine à laver, cuisinière, un lit pour Lila, etc. Mourad a préparé tout le déménagement, il a fourni les cartons, le camion, et puis, manque de bol, deux jours avant, il s'est fait un lumbago qui l'a cloué au lit. Majid était bon pour tout faire tout seul.

Eh ben figure-toi que le jour J, deux types costauds sortis de nulle part se sont présentés chez papa, à 8 h du matin, le petit doigt sur la couture du pantalon : ils venaient "de la part de Saïd, pour donner un coup de main pour le déménagement !" Il faut savoir que Saïd, à l'époque, il était en prison à Corbas, pour une histoire de stupéfiants... J'ai jamais su comment il s'était débrouillé, mais même en taule, il a continué à jouer les putains d'anges gardiens discrets.

Ça a *toujours* été comme ça. C'est Majid qui a payé les frais de Lila pour son école de commerce, et c'est Mourad qui m'a encouragée et poussée quand j'en ai eu marre de passer la serpillère et quand j'ai voulu évoluer dans mon job. Tu vois, mes frangins, ils ont toujours été mes super héros. »

J'imagine les trois ex petits caïds du quartier, chacun ayant pris des directions différentes, mais toujours présents pour leur sœur. Tout cela me rend à la fois émue et un peu mélancolique. Je me sens dans la peau d'une aveugle à qui l'on décrirait des couleurs. Alors, pour ne pas gâcher l'ambiance, je me tourne vers Myriam :

« Bon, alors, cette idée *géniale*, au fait, c'est quoi ?

— Ah oui, c'est vrai. Alors voilà. J'ai repensé à ce que tu as dit, hier, sur le fait que tu avais juste besoin d'une explication. J'ai souvent lu des trucs là-dessus, dans

Psychologie Magazine. Sur le besoin de sens et de comprendre les choses.

— Et t'as rien lu sur les filles qui mettent des diadèmes pour aller manger des pizzas, dans ton magazine de psycho ? persifle Faouzia en engloutissant une autre bouchée de sa Quatre saisons.

— Non, mais il me semble être tombée une fois sur un article sur les femmes qui se goinfrent et qui ne s'aperçoivent même pas qu'elles ont de la sauce tomate sur leur T-shirt.

— Oups ! Et alors, ça signifie quoi ? demande joyeusement Faouzia, en frottant la tache sur son sein droit d'un geste distrait.

— Névrose obsessionnelle, à tendance psychopathe. Tu finiras toute seule et folle, mangée par les chats de la cité.

— Bof, je finirai sûrement folle, mais avant ça, c'est moi qui boufferai tous les chats de la cité, crois-moi. Bon, alors, cette idée, t'accouches ?

— Eh bien, c'est tout simple. Kadi a besoin de comprendre, de donner du sens à cette histoire pour tourner la page. Alors on va aller chercher ce Vincent et on va le ramener pour qu'il s'explique ! Et voilà ! nous assène-t-elle d'un air triomphant.

À voir ses yeux brillants d'excitation, je me demande si la bouteille de Chianti que nous avons commandée n'était pas de trop. D'autant plus que Faouzia n'y a pas touché.

— Dis donc, ma grande, il n'y aurait pas un souci d'incompatibilité de tes médocs avec l'alcool ? Parce que tu débloques, là !

— Pas du tout, je suis très sérieuse. Il est où, ton type ?

— Mais j'en sais rien ! Sûrement pas chez Charlotte : ils se sont séparés. Et ça m'étonnerait qu'il soit encore au Cap Ferret : le contrat de location se terminait en fin de semaine.

— Eh ben, renseigne-toi. Tu dois bien avoir des contacts ? Des pistes ? Des gens qui pourraient nous filer des indices ? » intervient Faouzia avec un regain d'intérêt.

Je les dévisage comme si elles étaient devenues folles. Ça y est, elles ont dix ans, elles sont redevenues les intrépides détectives de notre enfance. Elles parlent de « retrouver la trace d'un type » et de récupérer des indices. Un peu plus, et elles vont se mettre à relever les empreintes digitales du serveur. Je hausse les épaules sans conviction.

« Je peux essayer d'envoyer un message à quelques personnes, en disant que j'ai besoin de joindre Vincent, mais je ne vois pas trop à quoi ça peut servir.

— Parfait, allez, fais-le ! » me répondent mes deux amies en chœur.

Je trouve cela idiot, mais elles semblent si enthousiastes que je sors mon téléphone et m'exécute en soupirant, pour leur faire plaisir. J'envoie un texto à Giselda, parce que je me dis qu'il a bien dû récupérer ses affaires d'une manière ou d'une autre.

« Génial ! Il n'y a plus qu'à attendre la réponse, dit Faouzia, ravie. En attendant, dis donc, t'as presque rien mangé, ma vieille. T'es sûre que t'es pas malade ? » ajoute-t-elle, soupçonneuse, pendant que Myriam proteste en riant qu'une fois de plus, on lui vole son rôle de mère juive.

Chapitre 24

Le lendemain de notre dîner à la pizzeria, je reçois une réponse de Giselda : « Vincent est en cure de désintoxication, dans un centre spécialisé, dans le Haut-Jura. » Quand j'en parle à Faouzia, elle téléphone immédiatement à Myriam. Je les soupçonne fortement de s'être appelées derrière mon dos, tellement elles mettent peu de temps à se concerter. En raccrochant, Faouzia me regarde d'un air triomphant et me dit simplement :

« C'est bon, on part samedi.

— On part où ? Je dois avoir l'air ahuri, parce qu'elle éclate de rire.

— Ben, on va retrouver ton Vincent. On prend une bagnole : le bled dans le Jura, c'est à moins de trois heures d'ici. On va dans son fichu centre, et tu lui parles. Enfin, *lui*, il te parle. Il t'explique. Et après, tu te sentiras mieux. Tu te souviens, c'est marqué dans le *Psychologie Magazine* de Myriam. Et elle est ravie de faire ce petit voyage.

— Parce que Myriam vient avec nous ?

— Bien sûr ! Tu croyais quoi ? C'est une mission pour les Drôles de Dames, ça... On retrouve le méchant, on le neutralise et on fait disparaître le corps.

— Hein ????

— Rhô, détends-toi, Kadi ! Je rigole. On y va, tu le rencontres, tu discutes avec lui, vous mettez votre histoire au clair, et voilà. Allez... Qu'est-c'que t'as à perdre ? »

Présenté ainsi, c'est vrai que je n'ai plus grand chose à perdre. J'ai déjà dit adieu à mes illusions, à une partie de ma dignité et à mon boulot. Au pire, cela nous fera une escapade, et comme je commence à tourner en rond dans l'appart de Faouzia, cela ne peut pas me faire de mal.

Je proteste encore un peu pour la forme :

« Mais samedi, ça va vous flinguer tout votre week-end à toutes les deux.

Elle écarte cette objection d'un geste de la main.

— T'inquiète, je suis en vacances à la fin de la semaine, et c'est pas une escapade d'un jour qui va me plomber mon emploi du temps. Quant à Myriam, mon petit doigt me dit qu'elle est ravie à l'idée de quitter une journée sa famille Ingalls. Allez, hop, pas de discussion, on y va samedi !

— Et pour la voiture ? Comment on fait ?

— T'inquiète... Je m'occupe de tout. »

Le samedi suivant, médusée, je contemple une rutilante et énorme Mercedes Classe S noire, stationnée devant le hall de l'immeuble de Faouzia :

« Mais.... c'est ça, la voiture qu'on va prendre ? Tu veux qu'on conduise ça ?

— Elle te plaît pas ? demande mon amie, hilare. Bon, elle est de 2017, hein, c'est pas le dernier modèle, mais ça reste une merveille.

— Heu... sûrement... pour tourner dans un film de gangsters ou un clip de rap, elle est parfaite... Quand tu m'as dit que tu t'occupais de la voiture, je voyais un truc plus discret.

— Sans déconner, on n'allait pas partir en mission en Twingo. Et puis, de toute façon, Mourad n'avait que ça à nous filer. *Si Madame veut bien se donner la peine de monte*r, dit-elle d'un ton cérémonieux.

L'intérieur de la berline, tout en cuir crème, avec son tableau de bord qui ressemble à un vaisseau spatial, est aussi impressionnant que l'extérieur.

— Waouh, je crois bien que mon premier studio d'étudiante à Paris n'était pas aussi spacieux ni aussi bien équipé.

— Au moins, Myriam y sera très bien, tu verras : il y a même des sièges massants ! »

Une demi-heure plus tard, nous nous garons au pied de l'immeuble de Myriam ; celle-ci nous attend déjà, entourée de toute sa tribu. Elle porte une longue robe à fleurs, dans les tons rouges et orange. Son décolleté généreux est orné d'une multitude de colliers multicolores. Sur ses épaules, elle a simplement posé un léger manteau de coton violet. Elle agite joyeusement l'une de ses béquilles, et l'espace d'un instant, je vois scintiller dans la lumière du matin les petites étoiles argentées qu'elle a collées tout le long des cannes. Elle a préparé un sac de voyage.

« On ne part qu'un jour, hein ? fait remarquer Faouzia.

— Ma chère, tu apprendras qu'une Dame doit toujours être prête à faire face à toutes les situations. On ne sait jamais, si j'ai envie de me changer là-bas, si on est invitées à une réception, à un dîner, si on est prises en otage, s'il y a des journalistes ou bien une invasion d'extra-terrestres… Bref, mieux vaut être prévoyante. »

Je la regarde s'installer confortablement à l'arrière, jouer avec les boutons des sièges inclinables et allonger ses jambes d'un air ravi. Elle est un improbable mélange d'aristocrate russe et de princesse Disney. Cette voiture est faite pour elle !

Benjamin semble moins convaincu et regarde notre vaisseau amiral d'un air dubitatif :

« Euh, Faouzia, tu as l'habitude de conduire cette voiture ?

— Ouais ! T'inquiète pas, Ben, c'est la voiture la plus confortable et la plus *secure* du monde. C'est Mourad qui a fait la révision. Tout est en règle. Tu veux voir le contrôle technique ? » ajoute-t-elle, moqueuse.

Benjamin devient tout rouge et agite les mains en signe de dénégation, afin de montrer qu'il n'est pas du tout inquiet, bien que son sourire crispé indique plutôt le contraire. Iris ne quitte pas sa mère des yeux, comme si celle-ci partait pour un long voyage et qu'elle voulait à tout prix imprimer son image dans son esprit. De leur côté, les jumeaux plaisantent et tentent de prendre un air dégagé, mais ils ont chacun posé une main sur le toit de la voiture, comme s'ils voulaient la clouer au sol et empêcher l'énorme berline de partir. « On fait tout un tas d'histoires sur les mères juives, mais on devrait parler aussi des maris et des enfants », ironise Faouzia en s'installant au volant.

Finalement, nous sommes enfin prêtes à partir, et la Mercedes démarre dans un silence majestueux. Dans le rétroviseur, je regarde les trois hommes et la petite fille suivre des yeux le véhicule qui s'éloigne. Je connais ce regard... Hanna Mendel, la mère de Myriam, avait le même quand elle nous emmenait à la piscine et que l'on s'aventurait dans le grand bain. Il voulait dire : « Éloignez-vous, puisque c'est ce que vous souhaitez, mais pas trop loin, surtout, et pas trop longtemps. Restez toujours à bonne distance de mes bras et de mon cœur. » À un moment, j'ai même l'impression fugace que la petite Iris va se mettre à courir derrière la voiture... et puis, d'un coup, au détour d'un virage, leurs silhouettes disparaissent.

Faouzia conduit depuis maintenant plus d'une heure. Je joue le rôle du copilote et indique la route en suivant l'itinéraire sur mon téléphone. Confortablement installée à l'arrière, Myriam chantonne. Elle a une voix un peu aiguë, chevrotante par moments, et elle chante plutôt faux, mais elle y met beaucoup d'enthousiasme. Si ses envolées lyriques sont proportionnelles à sa joie, je pense qu'on peut dire qu'elle jubile. Difficile d'en dire autant de Faouzia, qui grimace.

> « Non, mais moi, je peux pas conduire si j'ai l'impression que l'autoradio est bloqué sur Chérie FM, avec un putain de chat malade qui miaule à l'intérieur de la boîte à gants.

— Quel chat malade ? Je suis mezzo-soprano, figure-toi, espèce d'ignare ! Et je ne chevrote pas : ça s'appelle un vibrato, rétorque Myriam avec hauteur.

— Ouais, eh bien, moi, je ne suis pas sourde et je t'assure que là, tout de suite, je préfèrerais le devenir. Ça fait quarante ans que je te dis que tu chantes faux !

— Oui, eh bien, ça fait quarante ans que je m'en fiche. Et puis, c'est très subjectif, comme jugement : tout dépend de la sensibilité de celui qui écoute.

— Comment ça "Tout dépend de la sensibilité ?" Mais n'importe quoi ! Il y a des putains de règles, dans la musique comme partout. Un la, c'est un la ; un ré, c'est un ré. C'est pas une question de sensibilité. C'est comme... je sais pas, moi... C'est comme les maths ou bien l'orthographe.

— L'orthographe et les maths, aussi, c'est une question de sensibilité. Et puis, d'abord, Kadi est très contente de m'entendre, pas vrai, ma Kadi ?

Je préfère prudemment les laisser s'asticoter entre elles. Alors je botte en touche :

— Ouh là, moi, je n'y connais rien ni en maths ni en musique, de toute façon.

— Oui, mais tu dois bien t'y connaître en bruits désagréables, tout de même, insiste Faouzia. Tu es capable de distinguer le son strident d'une vieille sonnette déréglée d'une note de musique.

— Hé... tu sais ce qu'elle te dit, la vieille sonnette déréglée ? » proteste Myriam en riant.

Pour mettre fin à leur chamaillerie, je propose de s'arrêter pour une pause sur une aire de repos. Nous en profitons pour acheter des sandwichs, des chips et de l'eau à la boutique de la station-service, où notre équipage ne passe pas inaperçu. Ce n'est pas tous les jours qu'on voit s'extirper d'une voiture de rock star trois quinquagénaires en goguette.

Amusées, nous contemplons le reflet de nos silhouettes dans la vitrine : celle, petite et nerveuse, de Faouzia, celle plus plantureuse de Myriam, et moi, longue tige qui dépasse mes amies d'une tête.

« Les Dalton ! Enfin... les mamans des Dalton ! lance Faouzia, hilare.

Je rectifie :

— Non. Les Drôles de Dames. »

Sur le parking, les filles insistent pour faire des selfies et se prendre en photo au volant de la voiture. Myriam multiplie les poses de star, tandis que Faouzia, plus sobre, joue les agents secrets. Elles envoient illico leurs clichés à leurs enfants respectifs, assortis de moult smileys et de cœurs. Je remarque que Myriam, immédiatement après ses envois, remet son portable en mode silencieux et le glisse au fond de son sac.

« Comme ça, je suis tranquille. Ça fait du bien de souffler un peu, me dit-elle avec un sourire complice.

— Ben, et toi, Kadi, tu fais pas de photos ? Installe-toi au volant, et je te prends, si tu veux », me demande Faouzia avec gentillesse.

Je m'exécute pour leur faire plaisir, même si je doute fort que des photos de leur mère sur un parking suscitent un grand intérêt chez mes enfants.

Quelques instants après les envois de SMS, le téléphone de Faouzia sonne déjà, et le visage de Lila s'affiche sur son écran. Mon amie se met un peu à l'écart, sur un banc de pique-nique, pour discuter avec sa fille. Je la regarde de loin. Je n'entends pas ce qu'elles se disent mais, à mille et un détails, je devine la complicité et l'amour qui les unissent : le large sourire de Faouzia quand elle fixe l'écran, sa tête penchée quand elle semble écouter sa fille, comme pour mieux capter chaque nuance de sa voix, sa façon de rire aux éclats par moments, quand celle-ci doit lui raconter une anecdote. Toujours connectée, elle revient vers nous et brandit son téléphone, en parlant un peu fort :

« Allez, Lila, dis bonjour à Myriam.

À 1 000 km de distance, les deux femmes se saluent joyeusement. Faouzia tourne maintenant son téléphone dans ma direction.

— Et maintenant, Lila, je te présente ma vieille copine d'enfance, cette vieille lâcheuse de Kadi, qui a cru se débarrasser de nous pendant trente-cinq ans.

Sur l'écran du téléphone s'affiche le visage d'une jeune fille au regard vif et expressif, et à la mine rieuse. Quand elle s'adresse à moi, je reconnais immédiatement les dents du bonheur, les fossettes et le sourire communicatif de Faouzia.

— Enchantée, Kadi ! Maman m'a raconté votre périple. C'est génial, ce que vous faites toutes les trois ! Bon, j'espère juste que vous serez un peu plus raisonnable que ces deux folles, et je compte sur vous pour les surveiller, ok ?

Je promets en riant, parce que, de toute façon, Sabrina Duncan a toujours été la plus fiable des Drôles de Dames. Quand Faouzia raccroche, une expression de tendresse flotte encore sur son visage habituellement sévère. Elle regarde sa montre.

— Bon, allez, on se bouge les fesses si on veut pas arriver trop tard. On a encore une bonne heure de route.

T'es prête, Assurancetourix ? dit-elle en fixant Myriam. Avec un peu de chance, quand tu digères, tu ne chantes pas...

— Alors là, détrompe-toi, ma chère, les chips plus le sandwich thon-mayonnaise m'ont furieusement ravivé les cordes vocales : je vais vous faire un délicieux concert privé ! »

Nous repartons, et je ne tarde pas à me laisse bercer par mes pensées. Je revois le visage plein de tendresse de Faouzia lors de son appel en visio avec sa fille, son sourire comblé, leur complicité et leur amour, perceptibles à des années-lumière de distance et, comme à chaque fois, j'ai un peu honte de ressentir une petite pointe douloureuse au niveau du cœur devant le bonheur des gens qui s'aiment.

Pour chasser mes idées idiotes, j'observe mes amies à la dérobée. Le temps a fait son œuvre, bien entendu, et nous avons toutes les trois vieilli, mais pour autant, elles ont gardé quelque chose de leurs bouilles d'enfance. Myriam s'est un peu empâtée, et les contours de son visage sont moins fermes, mais les années n'ont eu aucune emprise sur la fraîcheur de son teint, sur ses boucles magnifiques ni sur son regard clair, désormais entouré de jolies et fines rides. S'il est vrai que le temps fige sur nos faces les expressions que nous adoptons le plus fréquemment, alors, il est certain qu'elle a dû beaucoup sourire dans sa vie. Mais parce que je l'ai bien observée, je sais aussi que, par moments, la douleur prend le dessus, et qu'un voile de souffrance assombrit subitement sa physionomie.

A contrario, si sa silhouette est restée sportive, le temps a durci les expressions de Faouzia. Entre ses sourcils sont apparus deux petits traits verticaux, et un léger pli amer marque le bas de son visage, signe qu'elle a dû souvent être en colère. Pourtant, je sais que, par moments, un petit miracle se produit : lorsqu'elle sourit, tout son visage est éclaboussé de gaîté et de malice, et en un instant, elle redevient la petite fille joyeuse, aux dents du bonheur et aux jolies fossettes qu'elle a été.

D'ailleurs, plus nous nous éloignons du quartier, plus j'ai l'impression qu'elle change. C'est comme si, kilomètre après kilomètre, elle se dépouillait de quelque chose de gris et de pesant, pour gagner en légèreté et en insouciance. Elle a enlevé sa veste de survêtement, elle est en simple T-shirt et elle conduit, avec son bras nu négligemment accoudé à la portière. Des mèches de cheveux dépassent de son foulard, et elle ne semble guère y prêter d'attention.

Tout à l'heure, sur le parking, j'ai tout de même envoyé une photo de la voiture à Lucas, et sur mon téléphone s'affiche maintenant un message : « Waouh ! Classe ! » C'est le maximum de ce que je pourrai obtenir de mon fils aîné. Je crois que je lui enverrais une photo de moi habillée en pom pom girl sur les genoux de Vladimir Poutine, je recevrais la même réponse. Mon fils est difficile à intéresser, encore plus à impressionner. Mais au moins, il me répond.

Je n'ai rien envoyé à Marion : je n'ai aucune envie de subir une leçon de morale sur les vertus de la décroissance. Je sais que ma fille, qui vit dans un confortable T3 en plein Marais, payé par papa, avec un compte en banque alimenté par maman, déteste les symboles de la bourgeoisie, et ne goûte guère les grosses voitures, trop polluantes, trop capitalistes et trop patriarcales.

Je me laisse gagner par la torpeur de cette fin d'été et ferme les yeux. Je les rouvre aussitôt, parce que Myriam recommence à chantonner et que Faouzia la menace de l'abandonner sur le bord de la route si elle continue. L'avertissement semble faire son effet : Myriam se tait un instant et semble réfléchir. Quand elle reprend la parole, c'est avec une voix doucereuse :

> « Dis-donc, Kadi, est-ce que tu savais qu'un des inconvénients possibles auquel m'expose ma maladie, c'est l'incontinence ? Il paraît qu'une contrariété ou une frustration mal gérée peuvent déclencher une incapacité provisoire à gérer mes émissions de liquide...
>
> — T'irais tout de même pas jusqu'à pisser sur mes sièges en cuir, espèce de tarée ? » s'exclame Faouzia, ulcérée.

Je souris. Elles sont drôles et légères, exactement ce dont j'ai besoin. Je les aime, infiniment, depuis toujours. Je l'avais juste oublié. Et je les aime encore plus d'avoir l'élégance de ne pas me le reprocher.

Nous poursuivons le voyage sous leurs piques et leurs chamailleries, et petit à petit, l'étau qui m'enserrait la poitrine se desserre.

Chapitre 25

L'édifice est perché en haut d'une colline. On y accède par une route bordée de forêts de sapins, à travers lesquels la lumière semble avoir bien du mal à se frayer un chemin. Le centre de cure est une imposante bâtisse sombre et sans grâce, posée au milieu d'une cour de gravier gris. Tout autour, le bâtiment est cerné par les sapins, ce qui confère au lieu une atmosphère sombre et assez peu engageante.

« Eh ben… siffle Myriam en s'extirpant péniblement de la voiture. J'ai déjà vu cet endroit, mais je n'arrive pas à me souvenir si c'était dans *Shining* ou dans *Amityville : La Maison du diable.*

— C'est sûr que si leur stratégie pour arrêter de picoler, c'est de donner envie aux curistes de crever, l'endroit est idéal, ajoute Faouzia, médusée. Bon, Kadi, tu vois les choses comment, maintenant ?

— Euh… je n'en sais trop rien. J'y vais, je demande à lui parler, et après…

— Après, normalement, si tout est cohérent avec le lieu, les portes devraient se refermer sur toi, et les murs devraient se mettre à saigner, poursuit Myriam sur un ton badin.

— Et ton Vincent devrait te poursuivre dans les couloirs avec une hache en hurlant, complète Faouzia avec bonne humeur.

— Bon, les filles, merci pour votre aide et vos encouragements : ça m'aide beaucoup et ça me fait chaud au cœur. Attendez-moi là, j'y vais.

Je me dirige d'un pas faussement décidé vers l'entrée, mais plus je me rapproche, plus je ralentis, malgré moi. Si je ne sentais pas dans mon dos le regard bienveillant et amusé de mes amies, je crois que je ferais demi-tour en courant. Trop tard. Une grosse dame entre deux âges me fixe derrière un bureau vitré.

— Je peux vous aider ? demande-t-elle d'un ton sec, qui traduit l'exact contraire de la sollicitude de sa phrase.

— Euh... oui. Je cherche Vincent Daumas, s'il vous plaît.

Elle chausse ses lunettes et consulte rapidement un registre.

— Oui, il est chez nous, effectivement, mais c'est un primo arrivant.

— Euh... c'est à dire ?

— C'est-à-dire, reprend-t-elle d'un ton sévère, qu'il est là depuis moins de deux semaines, et nos règles sont très claires : *pas* de contacts téléphoniques, *pas* de mails et encore moins de visites avant le premier mois.

— Ah oui, je comprends, mais je n'en ai pas pour longtemps. J'ai fait un long trajet pour le voir et j'ai juste besoin d'échanger avec lui un instant.

— AU-CUN CON-TACT, martèle-t-elle, avant de refermer son registre.

Je lui désigne du regard un couple qui se dirige main dans la main vers la sortie. L'homme, en pantoufles et en robe de chambre, est manifestement un pensionnaire :

— Et eux ?

— Cette personne est en *résidence* chez nous depuis plus d'un mois. Revenez dans trois semaines.

Je comprends qu'il est inutile d'insister. Et puis, je suis déjà tellement mal à l'aise et gênée d'être là que je me vois mal faire un scandale. Résignée, je retrouve mes amies sur le parking pour leur annoncer mon échec. Leur réaction ne se fait pas attendre :

— C'est quoi, ce bordel ? Hors de question ! décrète Faouzia.

— Tu plaisantes ? Tu crois qu'on est venues jusque-là pour rien ? renchérit Myriam qui, entretemps, s'est rassise dans la voiture pour masser ses jambes douloureuses.

— Mais puisque je vous dis que c'est mort. Je me suis fait refouler à l'entrée. Il n'y a pas de visites le premier mois pour les curistes. C'est comme ça.

— Ouh là, mais on va pas se laisser emmerder. Si tu peux pas aller à lui, c'est lui qui va venir à toi ! lance Faouzia.

— Ah oui, et comment, s'il te plaît ?

— Ben, je sais pas... C'est une mission pour les Fantômettes, ça, non ? On n'a qu'à l'enlever ! assène-t-elle d'un air inspiré.

— Mais arrête tes conneries ! On n'a plus dix ans. C'est fini le temps des aventures, des délires, le temps où on se croyait invincibles ! On est des vieilles bonnes femmes de cinquante ans.

T'es coincée dans un quartier pourri, dans une vie pourrie, tu fais des ménages dans les allées, tu t'es fait taper dessus par le seul homme que t'as jamais aimé, et tu portes un voile pour ne pas te faire emmerder par des racailles. Myriam marche avec des béquilles, elle a une maladie qui la tue à petit feu, elle étouffe dans une famille qui la surprotège, mais elle n'ose pas leur dire, et elle tremble à chaque fois que ses fils sortent dans la rue parce qu'ils sont juifs. Et moi ? Regardez-moi, enfin ! Je vis seule, j'ai plus de boulot, mes enfants n'en ont rien à foutre de moi, ma mère a oublié jusqu'à mon existence, ma vie amoureuse est passée du statut de désertique à catastrophique, je fume trois paquets de cigarettes par jour, je n'arrive même pas à manger et à dormir normalement !

On n'est *pas* des super-héroïnes, on ne l'a jamais été et on ne le sera jamais ! La vérité, c'est qu'on ne s'est jamais envolées. *Jamais.* On est restées clouées au sol, et je ne sais même pas pourquoi ! »

Je dis tout ça d'un coup, très vite, sans respirer, et après, je me tais, comme une gamine qui a balancé des horreurs à sa maîtresse d'école et qui, sidérée par sa propre audace, attend la sanction qui va suivre. On reste toutes les trois comme pétrifiées. Moi qui ne dis jamais rien, qui passe ma vie à m'effacer, c'est réussi. Je me sens non seulement nulle, mais aussi méchante, mauvaise, ingrate, mesquine, envers les seules personnes qui ne l'ont jamais été avec moi. Pas un seul instant. J'ai honte et je sens les larmes monter. Fantômette n'aurait jamais pleuré. Sabrina Duncan non plus. Ça me donne encore plus envie de pleurer.

C'est Myriam, la première, qui reprend ses esprits :

« On n'a peut-être jamais tout à fait décollé, mais moi, j'ai quand même un super pouvoir, dit-elle en montrant ses béquilles. Je vais te le chercher, moi, ton Vincent.

— Mais arrête ! Comment tu veux faire ?

— Tsss, fais-moi confiance... Ce n'est pas vraiment une mission pour une Fantômette, mais plutôt pour une Drôle de Dame. Tout est une question d'attitude, il faut avoir l'air suffisamment sûre de soi et rentrer directement dans l'établissement. Personne n'osera venir ennuyer une pauvre handicapée avec des béquilles. Une fois à l'intérieur, je le trouve, je me débrouille pour lui raconter une histoire et le faire sortir. Ensuite, à vous de jouer !

— Ok, si tu te sens d'essayer.

— Bien sûr, que je me sens ! Et crois-moi, je vais te le ramener. Il te doit une explication, et tu l'auras. Bon, alors, je le reconnais comment, ton type ? Je ne sais pas à quoi il ressemble et, bien entendu, dans cet endroit lugubre, il n'y a même pas de réseau, dit-elle en rangeant son téléphone d'un air dépité.

— Il est grand, mince... pas vraiment beau, mais beaucoup d'allure.

Je repense au type en pantoufles que j'ai vu sortir tout à l'heure, et mon visage s'illumine d'un sourire :

— C'est bien simple, de tous les gens que tu croiseras, il sera le plus élégant. Même s'il est en pyjama, ou en jean pourri, tu le reconnaîtras.

— Ok, parfait, j'y vais. »

Myriam se lève et s'extirpe lentement de la voiture. Faouzia esquisse un geste pour l'aider, mais elle refuse d'un signe de la main. Nous la regardons s'éloigner, avec sa démarche légèrement traînante, s'appuyant sur ses béquilles, superbe dans son grand manteau de tsarine. À mi-chemin, elle se retourne et nous lance un petit sourire rassurant.

Chapitre 26

Passé le premier instant de surprise, Faouzia et moi éclatons de rire. Devant nous se tiennent Myriam et un monsieur très digne, d'environ soixante-dix ans, avec des cheveux blancs, et même si son costume marron foncé paraît hors d'âge et tout râpé, il le porte avec beaucoup de classe. Bien que son nez couperosé et le tremblement de ses mains trahissent son statut de curiste, l'air courroucé de son visage n'augure rien de bon.

« Mais enfin ! Qu'est-ce que ça signifie ? Qu'est-ce que vous me voulez ? Et qui êtes-vous, mesdames ?

Je me tourne vers Myriam :

— Mais qu'est-ce que t'as foutu ? C'est pas lui ! C'est pas Vincent !

— Évidemment que je ne suis pas Vincent ! Je suis André, poursuit le vieux monsieur d'un air indigné. Et je voudrais bien savoir pourquoi cette personne est venue me chercher dans la salle de télévision, alors que je m'apprêtais à regarder *Questions pour un champion* et a insisté pour que je la suive dehors !

Myriam, décontenancée, se tourne vers moi et me lance un regard penaud :

— Je suis désolée. Tu m'as dit que je le repérerais tout de suite, qu'il serait le plus élégant. J'ai pensé... »

Le vieux monsieur se redresse, flatté. Il a l'air tout de suite un peu moins fâché. C'est vrai qu'il a plutôt fière allure dans son vieux costume et que sa haute silhouette ne manque pas de panache. Mais tout de même ! Soixante-dix ans au bas mot ! Je foudroie mon amie du regard, tandis que Faouzia tente de réprimer un fou rire incontrôlable.

Je reprends la parole :

« Je suis confuse, monsieur, vraiment confuse. Bon, eh bien, on va vous laisser retourner à votre feuilleton.

— Oh là, pas si vite ! bougonne André. Maintenant que je suis là, vous allez me raconter toute l'histoire. La vie est déjà suffisamment assommante, ici. Pour une fois qu'il se passe quelque chose d'intéressant, je compte bien en être informé. Allez, je vous écoute. Et pas d'entourloupes, s'il vous plaît, jeunes filles, ajoute-t-il en nous dévisageant à tour de rôle d'un air sévère.

En bégayant un peu, j'essaie de résumer mon histoire :

— Eh bien voilà. Il se trouve qu'il y a quelque temps, j'ai eu une... euh... une... une *attirance* disons *forte* pour un monsieur, et... nous avons... enfin... il... nous avons eu une sorte de relation.

— Une *sorte* de relation ? C'est-à-dire ? Soyez plus explicite, jeune fille, on n'y comprend rien, à votre histoire.

— Eh bien...une ébauche de relation. Quelque chose de bref, mais... touchant. Disons que nous avons passé une soirée assez particulière et... je voulais... enfin...

— Ah, oui, “une ébauche de relation”. De mon temps, on appelait ça un flirt. Et alors, que lui voulez-vous, à votre type ?

— Rien, rien de spécial. Je voulais juste savoir s’il avait vécu la même chose que moi, si je me suis fait un film. Je voulais juste comprendre.

Le vieux monsieur, lui, commence visiblement à trouver la situation plus divertissante que *Questions pour un champion* :

— Et donc ? Vous le poursuivez pour lui demander réparation, c’est ça ? De mon temps, quand un gars avait fauté avec une fille, le gars avait intérêt à courir vite s’il ne voulait pas se retrouver la bague au doigt. Souvent, ces histoires, c’était parce que la fille se retrouvait enceinte et que la famille voulait éviter le déshonneur. Quoique, ajoute-t-il en me dévisageant pensivement, sauf votre respect, vous ne me paraissez plus trop dans cette tranche d’âge.

— Mais non, pas du tout ! Je ne suis pas enceinte ! D’ailleurs, on n’a même pas couché ensemble ! Et puis, ça ne vous regarde pas.

Je cherche vainement de l’aide du côté de Faouzia et Myriam, mais celles-ci semblent visiblement bien s’amuser de la situation et n’ont pas l’air décidé à voler à mon secours. Nullement rebuté par ma brimade, le septuagénaire poursuit son interrogatoire :

— Bien, alors, quel genre de relation ? Y a-t-il eu frôlage de main ? Serrage furtif ? Pelotage ? Baisers ? Baisers appuyés ? Déshabillage ? Plus encore ? demande-t-il, plein de gourmandise.

Pour le coup, je commence vraiment à perdre patience.

— Bon, écoutez, monsieur, je vous ai expliqué la situation. Quoi que vous pensiez, je ne suis *pas* enceinte, je ne viens *pas* demander le mariage ni quoi que ce soit d'autre. Et si vous pensez que je suis une psychopathe ou une obsédée sexuelle à la recherche d'un plan cul, vous faites fausse route également.

— D'un "plan cul", dites-vous ? Ah, ça devient intéressant ! Pourrais-je avoir quelques détails ? demande-t-il d'un air égrillard.

— Pas question ! Écoutez, nous sommes vraiment désolées pour cette méprise et nous nous excusons de vous avoir dérangé pour rien, monsieur. Pardon, merci et au revoir.

C'est Faouzia qui reprend les choses en main, avec son autorité habituelle :

— Bon, André. Je peux vous appeler André ? dit-elle en posant sa main sur le vieux monsieur. Je suis certaine que vous connaissez tout le monde, ici. Pourriez-vous nous aider et nous conduire à ce monsieur ?

— Ça dépend, bougonne-t-il. C'est qui, déjà, votre gars ?

— Il s'appelle Vincent. La quarantaine, assez grand, très fin, cheveux châtains en bataille, grand nez busqué et des yeux bleus, très perçants. Ça vous dit quelque chose ?

— Ah... oui, Vincent. Je vois qui c'est. Un type sympathique. Très drôle. Vous n'allez pas lui attirer des ennuis, au moins ? demande-t-il, soudain méfiant.

Le vieil homme nous dévisage, l'une après l'autre. Il semble hésiter et se demander si ces trois quinquagénaires sont susceptibles de représenter un danger quelconque. C'est Myriam qui le sort de son examen :

— Pardonnez-moi, mon cher André, dit-elle en montrant ses béquilles, mais comme vous le voyez, j'ai du mal à rester debout et statique. Mon amie Kadi a juste besoin de parler à cet homme quelques instants. Dans la vie, il y a des parenthèses qu'il vaut mieux refermer correctement. Sinon, ça vous poursuit ensuite. C'est important de bien faire les choses, vous comprenez ? ajoute-t-elle avec douceur. Elle assortit sa phrase d'un regard suppliant, le même qu'elle faisait quand elle voulait nous convaincre de la laisser jouer aux Drôles de Dames déguisée en fée.

Il hoche la tête lentement.

— Oui... bien faire les choses, fermer des parenthèses, faire des choix. Si j'avais su faire ça, moi, je ne serais sûrement pas là aujourd'hui, achève-t-il dans un soupir. Bon, alors, que puis-je faire pour vous, jeunes filles ?

— C'est simple. Conduisez-moi à lui, présentez-moi comme une parente, une amie, ce que vous voulez. De toute façon, on ne se méfie pas d'une femme avec des béquilles. Et puis, je lui demanderai de me raccompagner à ma voiture sur le parking. Vous n'aurez qu'à lui dire que vous êtes trop fatigué pour le faire.

Le vieil homme hésite encore. Le plan lui paraît certainement bancal.

— Hum...vous êtes sûre que je peux vous présenter comme je veux ?

— Certaine, réplique Myriam avec assurance.

— Dans ce cas, parfait. Allons-y, dit-il en lui tendant galamment son bras. On dira que vous êtes mon “plan cul” », poursuit-il avec un clin d’œil et un sourire satisfait.

Chapitre 27

Au bout d'un moment qui nous paraît une éternité, nous voyons apparaître deux silhouettes sur le perron. Myriam s'appuie sur Vincent. Toutes ses soirées d'enfance passées à regarder *Au théâtre ce soir* ont inspiré son jeu d'actrice, et elle interprète avec conviction son rôle de pauvre handicapée qui a besoin d'une main secourable. Vincent est quelqu'un de serviable et de naturellement gentil, qui semble la guider avec beaucoup de prévenance.

Subitement je suis prise de panique. Et s'il le prenait mal ? Et s'il faisait demi-tour en me voyant ? Faouzia a senti mon stress.

« Monte dans la voiture, dit-elle avec autorité. Vous serez mieux pour parler, et avec les vitres teintées, il te verra au dernier moment.

— T'es sûre ? Il va penser qu'on lui rejoue une scène du *Parrain* et il va s'enfuir.

Agacée, mon amie n'écoute pas mes protestations et me pousse à l'arrière de la berline, referme la portière et s'adosse nonchalamment à l'avant de la voiture.

— Bon, eh bien, nous y voilà, dit aimablement Vincent en adressant un signe de tête amical à Faouzia en guise de salut. Je vous laisse avec votre amie.

Au moment où il fait demi-tour, mes Drôles de Dames semblent hésiter.

— Monsieur, monsieur ! l'apostrophe Faouzia. Je crois que vous devriez monter un instant dans la voiture. Quelqu'un veut vous parler.

Vincent la dévisage d'un air étonné, se penche vers les vitres teintées et se redresse, soupçonneux.

— C'est une blague ? Pourquoi voulez-vous que je monte dans cette bagnole ? Qui est à l'intérieur ?

— Ne vous inquiétez pas, rétorque Myriam rassurante. Vous ne risquez rien, nous ne vous voulons aucun mal. C'est juste que… comme vous l'a dit mon amie, il y a une personne qui souhaite s'entretenir avec vous.

— Bon, écoutez, ça suffit, vos histoires. Si vous bossez pour FilmaMax, je vous signale que c'est *vous* qui m'avez imposé cette cure de désintox avant le tournage et que je respecte scrupuleusement ma part du contrat. Alors ne venez pas en plus me faire chier avec des contrôles inopinés, poursuit-il avec force, tout en tournant rageusement les talons et en commençant à s'éloigner.

En un éclair, Faouzia bondit derrière lui et sous nos yeux horrifiés, lui tord violemment le bras, le forçant ainsi à se retourner.

— Aïe ! Mais vous êtes complètement folle, ma parole ! glapit-il en essayant de se dégager.

— On t'a demandé de rentrer dans cette voiture. Rassure-toi, on n'a pas la moindre intention de te faire du mal, on veut juste que tu aies une petite conversation avec quelqu'un que tu connais. Après, tu pourras repartir tranquillement, je t'en donne ma parole.

En réponse, Vincent essaie une nouvelle fois de récupérer son bras, mais Faouzia, intraitable, ne relâche pas sa prise. C'est son moment de gloire ; elle a dû rêver de cette scène toute sa vie.

— Oh, et puis zut ! lance Myriam, agacée. Arrêtez de faire l'enfant, voyons ! Nous ne travaillons pour aucune société de production. Qu'est-ce que vous croyez qu'il va vous arriver ? Regardez-nous : vous pensez vraiment qu'on est venues pour vous dépouiller, vous agresser ou vous violer ? Dans ce cas, allez-y, appelez au secours les infirmières, afin qu'elles constatent que vous vous faites molester par deux quinquagénaires, dont une handicapée, ajoute-t-elle moqueuse. Et puis, bon, vous êtes cinéaste, non ? Cette petite aventure devrait plutôt vous intriguer. »

Curieusement, ce dernier argument semble avoir raison de Vincent, qui renonce à se débattre. Ok, souffle-t-il en haussant les épaules. Faouzia, ravie, lui ouvre la portière et le pousse sans ménagement à l'intérieur de la Mercedes.

Sous l'effet de la surprise, il se fige en me voyant. Je suis sûrement la dernière personne qu'il s'attendait à rencontrer sur le parking de sa cure de désintoxication. Passé le premier moment d'étonnement, finalement, il a l'air de plutôt prendre les choses avec philosophie. Je crois même voir briller dans ses yeux bleus une lueur d'amusement. Ce n'est pas tous les jours qu'un cinéaste se fait littéralement kidnapper par une vraie fausse handicapée et par une femme voilée, adepte de self-défense. J'ai l'impression qu'il a l'air à la fois gêné et content de ce face à face.

> « Ah, Kadija, je suis heureux de vous revoir. Je ne sais pas si c'est bien ou pas, si vous êtes fâchée, furieuse, si vous avez l'intention de me trucider avec l'aide de vos deux épatantes gardes du corps. Si c'est le cas, sachez que votre amie aux magnifiques cheveux auburn est une comédienne hors pair, et que votre autre amie qui a failli me casser le bras m'impressionne beaucoup. Dites-lui que je n'ai pas l'intention de me sauver, si elle promet de ne plus me faire de mal. »

Mes deux Drôles de Dames rosissent de bonheur. Je leur fais signe qu'elles peuvent refermer la portière et nous laisser. Faouzia semble hésiter, en partie parce qu'elle a peur que Vincent ne tente de me faire faux bond, en partie parce que je sens qu'elle adorerait qu'il le fasse, juste pour avoir le plaisir de lui faire une balayette latérale, suivie d'un plaquage ventral.

Pendant qu'elle semble réfléchir, Vincent se cale confortablement au fond du siège. Il fouille dans ses poches, et immédiatement, mes amies tressaillent, comme s'il allait en extirper un revolver. Je crois que tout cela commence à aller un peu trop loin et j'aimerais bien leur rappeler que nous ne sommes pas dans une série américaine et qu'il est inutile de craindre une fusillade. De son côté, Vincent a l'air de commencer vraiment à s'amuser. Il sort de sa poche son paquet de cigarettes, un briquet, et commence à fumer, avec son élégance nonchalante naturelle.

Les filles se décident à claquer la portière et à s'éloigner. C'est à ce moment précis que je réalise l'incongruité de la situation. Je suis terriblement mal à l'aise et me sens si ridicule que j'ai envie de disparaître sous terre. Décidément, je suis une bien piètre Fantômette et je sens les larmes me monter aux yeux, une fois encore.

« Ça va, Kadija ? me demande-t-il avec douceur.

Je ne réponds pas. Je ne peux que hocher la tête, parce que j'ai peur que tout déborde d'un coup. Il poursuit :

— Tout ça, c'est pour quoi ? Vous m'avez fait venir ici pour quoi ? C'est une vengeance ? Un règlement de comptes ? Vous avez prévu de me casser les jambes ? Parce que je vous préviens tout de suite, la sobriété ne me réussit pas. Je risquerais de me blesser tout seul avant même que vous ayez pu porter le premier coup.

Je secoue la tête.

— Non, pas du tout. Non. Je voulais juste... savoir, comprendre. Je suis désolée. C'est stupide.

Aussi étonnant que cela puisse paraître, il n'a pas l'air de trouver cela grotesque. Il semble presque triste, maintenant. Sa voix se fait encore plus douce.

— Comprendre quoi ? Pourquoi je suis un sale type ? Il n'y a rien à comprendre, Kadija. Je suis comme ça. Un tocard. Je l'ai toujours été et le serai toujours. C'est ma nature. Un alcoolo marrant, flamboyant, par moments passionné, délicat, souvent grossier, parfois divertissant... mais au final, toujours irrémédiablement décevant. C'est la seule chose dans laquelle je suis constant : je suis un type décevant. C'est ainsi, Kadija. Je sais faire des films, raconter des histoires, faire de belles images, je sais dépenser de l'argent, faire le malin, séduire des filles, mais en fin de compte, mon vrai talent, ce que je fais le mieux, depuis toujours et avec une application remarquable, ce pour quoi je suis le plus doué, c'est de rater ma vie et de décevoir les gens.

— Alors, tout ça, les baisers, la danse, notre soirée, notre nuit, c'était un mensonge ?

Il s'anime et me prend la main.

— Pas du tout. J'étais sincère. Il faut me croire, Kadija. J'étais sincère. Le temps d'une soirée. Je crois même avoir rarement été aussi sincère dans ma vie. Le temps d'une soirée, Kadija. Je ne suis pas capable de donner plus, mais ce que j'ai donné, je l'ai donné vraiment. De tout mon cœur, de tout mon être. Vous pouvez me détester pour ça, me mépriser, mais c'est la vérité.

Vous avez lu *Docteur Jekyll et Mister Hyde* ? Je suis comme ça... La plupart du temps, je pense et j'agis en fonction de l'afflux d'alcool dans mon sang et en fonction de l'afflux de sang dans ma bite. Je n'en suis pas fier, mais c'est ainsi. Et parfois, à de rares moments, je pense et j'agis en fonction de mon cœur. C'est un moment comme celui-là que nous avons partagé, Kadija. Et je peux vous dire que je ne l'oublierai jamais. Même si Mister Hyde finit toujours par reprendre le dessus.

Je ne sais pas quoi dire. Je voudrais le détester, le haïr. Je le regarde. Il a encore maigri en cure de désintoxication. Il semble fragile. Il est pâle, nerveux. Un signe de ma part, et Faouzia le sort de la voiture et l'étale par terre. J'ai toujours cette vague envie de pleurer et je sens que mes mains commencent à trembler. Le parfait combo de la ridicule cruche émotive. Comme s'il lisait dans mes pensées, il reprend :

— Ne vous méprenez pas, Kadija. Ce n'est pas vous qui n'êtes pas assez bien pour moi. C'est moi qui n'ai pas les épaules pour une femme comme vous. Vous, vous êtes... souveraine. Et fragile, aussi. C'est ça qui m'a bouleversé. Tant de force et de fragilité. À côté de vous, il

> faudrait être *quelqu'un*. Quelqu'un de bien, de courageux, de fiable. Il faudrait être à la hauteur, alors que moi, j'ai déjà bien du mal à me tenir droit, à marcher autrement que de travers.
>
> Vous êtes une sorte de reine, et moi, je ne vis qu'au milieu des courtisanes. Vous êtes un astre rare, qui ne se révèle qu'à une certaine lumière. Moi, je vole d'étoile filante en étoile filante... Elles sont belles, mais glaciales, alors que vous, vous êtes incandescente sous votre carapace froide.
>
> Chacun de vos baisers et de vos caresses étaient empreints d'une sorte de ferveur qui m'a bouleversé. Je me suis réchauffé quelques instants auprès de vous, et j'ai imaginé ce que ce serait que d'être toujours ainsi. Une vie douce... pour laquelle je ne suis pas fait, mais qui m'a fait envie. J'ai aimé ça ; c'était un très joli rêve. S'il y a bien une chose que je n'oublierai jamais, que je garderai toujours au fond de mon cœur de petit alcoolique mondain décadent, c'est bien la douceur et la magie de cette nuit étoilée. »

Voilà. C'est fini. Nous nous sommes tout dit. J'avais besoin de comprendre, je me sens un peu sonnée, mais apaisée.

Nous sortons tous les deux de la voiture. Le ciel de fin d'été s'est couvert de gros nuages noirs depuis tout à l'heure. Vincent tire une dernière bouffée sur sa cigarette et l'écrase sous son pied. Il me dévisage avec la même intensité que ce soir-là, sur la terrasse. Nous avons l'air un peu idiot tous les deux, sous le ciel gris, alors que les premières gouttes commencent à tomber. Je frissonne, et dans un geste chevaleresque, il ôte sa veste pour me la mettre sur les épaules. Étrangement, ma colère est retombée, et une idée folle me traverse l'esprit.

« Je peux vous demander quelque chose avant de partir ?

Il me sourit.

— Tout ce que vous voudrez, Kadija.

— J'aimerais bien un dernier baiser. Un baiser de cinéma, comme l'autre fois sous les étoiles. Ce n'est pas pour vous, n'allez pas vous imaginer des choses. C'est pour moi. Pour ma collection personnelle. J'en ai envie.

Il paraît à la fois surpris et amusé.

— Oh, oh… C'est pour consommer tout de suite ou pour emporter ?

— Les deux. »

Alors, il s'approche de moi et me prend dans ses bras. Ses yeux plongent dans les miens, et j'espère que mon cerveau enregistre chaque seconde de ces instants. On se regarde et se sourit. C'est un sourire timide, plein d'hésitation, presque tremblant. Et puis, très lentement, son visage se rapproche du mien et là, sur le parking goudronné, au milieu des voitures, sous le ciel menaçant, on se roule la plus belle pelle de nos vies.

Chapitre 28

Un peu comme dans les films, juste après le baiser, l'orage éclate, et une pluie violente se met à tomber. Je garde la veste de Vincent sur les épaules.

Pour rentrer, je décide de prendre le volant, en partie parce que conduire me permet de me reconnecter à la réalité, et en partie parce que la route sinueuse et glissante me donne un excellent prétexte pour me concentrer sur la conduite et ne pas parler. Les filles ne font aucun commentaire, mais je sens bien qu'elles brûlent d'envie de savoir pourquoi je me suis retrouvée à embrasser le type à qui j'étais censé demander des explications. Et pourquoi, si je l'ai embrassé passionnément, je suis ensuite montée dans la voiture sans me retourner. Cela ne colle pas avec les histoires de Fantômette ni le scénario des Drôles de Dames. Cela ne colle pas avec une histoire d'amour, cela ne colle pas non plus avec un scénario de vengeance. Cela ne colle avec rien.

Quand on était petites, Majid se moquait de moi et me traitait d'« intello ». À l'époque, je trouvais cela vexant, mais je crois que, sans fausse modestie, j'ai toujours été plutôt intelligente. J'ai fait des études, j'ai beaucoup lu, j'ai voyagé, je n'ai jamais perdu une occasion de me cultiver et d'apprendre. J'ai toujours aimé réfléchir, analyser, comprendre. Je suis à l'aise avec les concepts, capable de raisonner, de débattre, d'argumenter et de suivre une pensée, même si elle est complexe.

Néanmoins, si mon cerveau s'est développé tout à fait normalement, j'ai quelques doutes sur mon développement affectif. J'ai cinquante ans et, pour une raison que je ne m'explique pas, par certains côtés, je suis restée la gamine gauche et timide qui cherchait désespérément à trouver sa place et à se faire aimer. Ce n'est pas brillant. C'est Faouzia qui se décide à rompre le silence.

« Bon, on fait quoi maintenant ? T'as envie de rentrer, Kadi ?

Sa question me ramène à la réalité de manière assez brutale. Non seulement je n'ai aucune envie de rentrer, mais je prends conscience que je n'ai pas vraiment de projets, que personne ne m'attend et que je n'ai plus de boulot. Myriam doit sentir mon désarroi.

— J'ai une idée, si on se dégotait un hôtel sympa pour passer la nuit ? De toute façon, j'ai mal partout et je ne me sens pas de me retaper deux heures et demie de route avec ce temps affreux. Et puis, ça nous fera une escapade amusante, non ? De vous à moi, ça me fait un bien fou de prendre un peu le large et de ne pas toujours être collée à ma famille.

Si Faouzia trouve l'idée moyenne, elle n'en laisse rien paraître. Elle m'adresse juste un regard interrogateur. Je ne prends même pas la peine de dissimuler mon soulagement et j'acquiesce avec enthousiasme :

— Oh oui, génial ! Ça me ferait super plaisir, Myriam. Trouve-nous un hôtel dans le coin, s'il te plaît. Pas trop glauque, si possible. C'est moi qui vous invite, bien entendu.

— Hé, on peut se payer une chambre, quand même ! » proteste-t-elle en riant, tout en pianotant sur son téléphone d'un air affairé.

J'ai beau ne plus avoir de boulot, j'ai encore suffisamment d'économies pour prendre en charge notre équipée. Et puis, Faouzia se débrouille avec un petit salaire, Myriam ne travaille plus à cause de sa maladie. D'un point de vue financier, tout au moins, je suis « celle qui a réussi ». Finalement, nous dénichons une sorte de pension de famille dont le nom nous a fait rire, « Le Relais des dames », qui se trouve sur notre chemin.

Après une vingtaine de minutes de trajet, rythmées par le bruit des essuie-glaces, nous arrivons devant une auberge simple et coquette, prolongée par une jolie véranda, au bord d'une petite route peu fréquentée. L'atout incontestable du lieu réside dans sa situation, en haut d'une colline boisée, qui surplombe toute la vallée. Mais là où le centre de cure était triste et sombre, Le Relais des dames respire juste le calme et la tranquillité.

À peine sommes-nous garées qu'une sorte de géant vient à notre rencontre sous un grand parapluie et nous accueille d'une voix tonitruante. « Oh là là, quel temps ! Venez vite vous mettre à l'abri ! Allez, venez au chaud, mes petites, venez ! » Nous nous regardons en souriant. Cela fait bien longtemps qu'on ne nous a pas appelées « les petites » !

À l'intérieur, nous faisons les présentations autour d'un chocolat chaud. Notre hôte s'appelle Antonio et nous tend une main couverte de bagues avec une tête de mort. Même si un pantalon en cuir et un T-shirt Iron Maiden ne sont pas des plus flatteurs sur une silhouette rebondie de septuagénaire, je dois reconnaître qu'il a tout de même fière allure, avec ses longs cheveux gris, attachés en queue de cheval, et ses multiples tatouages.

À bien l'observer, il dégage le même mélange de chaleur, de puissance et de douceur que le chocolat chaud fumant qu'il nous a servi. Certes, la longue moustache de biker qui encadre le bas de son menton lui donne un air impressionnant, mais ce sentiment est aussitôt atténué par la rondeur de ses joues couperosées et par la bonté de son regard clair. Il se dégage de l'ensemble du personnage une impression de bonhomie et de gentillesse. Antonio nous raconte de sa belle voix forte qu'il exploite seul cette auberge depuis trois ans.

> « Aujourd'hui, forcément, vous n'avez pas de chance, il pleut, nous explique-t-il, mais demain, vous verrez. Le coin est magnifique, et juste après le virage, au bout de la route, il y a un petit chemin de terre qui mène à un point de vue superbe sur toute la vallée. Le lever du soleil y est magnifique. Il y a même une table d'orientation et un banc. Je suis sûr que vous allez tomber amoureuses du coin ! »

En attendant ce coup de foudre, il nous conduit jusqu'à nos chambres, situées au rez-de-chaussée d'une aile du bâtiment facilement accessible pour Myriam. Nous découvrons avec amusement que toute la déco est restée « dans son jus ». Du papier peint imprimé aux couvre-lits en patchwork, l'ensemble paraît comme figé depuis les années soixante-dix et quatre-vingt.

> « Ce n'est pas très moderne, mais c'est confortable, claironne-t-il avec bonne humeur.

— Oh, mais non, c'est ravissant. J'adore ! » s'extasie Myriam.

Faouzia m'adresse un clin d'œil amusé. Il n'y a aucune hypocrisie ou flagornerie dans la remarque de Myriam. Notre amie a cette particularité de voir du beau partout, de dénicher la moindre parcelle de gaîté dans n'importe quel environnement, même sordide. Et quand le beau n'est pas au rendez-vous, elle le crée et l'invente de toutes pièces.

Je jette un œil attendri à ses béquilles, *customisées* avec des étoiles. Finalement, il n'y a aucune différence entre la petite fille qui se promenait partout habillée en fée et la femme rondelette et amoindrie physiquement, qui se laisse choir avec grâce sur le lit : « Nous allons être merveilleusement bien, ici : tout est parfait ! »

Nous avons pris la formule « pension complète table d'hôte ». De toute façon, je doute qu'il y ait un restaurant dans les environs, et Myriam a besoin de se reposer. Je l'ai senti derrière la discrète crispation de son sourire.

Notre hôte nous informe qu'il nous attend à 19 h précises dans la salle commune pour le dîner, ce qui laisse à Myriam le temps de faire une sieste, pendant que Faouzia se retire dans sa chambre pour téléphoner une fois de plus à sa fille. Quant à moi, j'explore le salon et la bibliothèque, et je ne tarde pas à dénicher un vieil exemplaire poussiéreux du magnifique *La promesse de l'aube* de Romain Gary. Je me cale avec délice dans un vieux fauteuil en velours, dont les accoudoirs sont recouverts de napperons au crochet. Peut-être que, chez moi aussi, il y a peu de différences entre la petite fille craintive qui se cachait dans la cage d'escalier pour dévorer ses exemplaires du *Club des Cinq* et la femme un peu usée qui finit toujours par trouver du réconfort dans la lecture.

Chapitre 29

Faouzia est la première dans la salle à manger. À ma grande surprise, elle a ôté son voile et laissé libres ses cheveux mi-longs. Son visage paraît moins sévère ainsi. Elle furète, inspecte, et son regard s'attarde sur une série d'aquarelles accrochées au mur. Ce sont des scènes simples, bucoliques, des paysages, une maison perdue au milieu des arbres, des enfants qui jouent au ballon... Je m'approche à mon tour. Quelques-uns de ces paysages me sont vaguement familiers, il me semble les avoir traversés en venant, même si la pluie modifie un peu la luminosité.

« Vous regardez mes barbouillages ? »

Je sursaute : c'est une expérience éprouvante que d'entendre la grosse voix d'Antonio à quelques centimètres de ses oreilles. Il s'est changé pour le dîner : il a enfilé un sweat-shirt Judas Priest - Painkiller Tour 1991, qui représente un dragon brandissant un crucifix et une tronçonneuse. Je suppose que cela doit être l'équivalent du smoking chez les amateurs de metal.

— Bon, c'est pas grand-chose, mais j'aime bien peindre : ça me détend, et puis, c'est décoratif.

Nous regardons notre hôte avec un intérêt nouveau. Ses aquarelles sont d'une poésie et d'une délicatesse qui détonnent avec son allure. Comme nous nous montrons intéressées, il poursuit, tout content :

— C'est compliqué, l'aquarelle. La lumière, surtout. Il faut la *préserver*, ne surtout pas l'éteindre, alors qu'on utilise uniquement de la couleur et des ombres. Jamais de blanc. Le peintre doit commencer par *voir* la lumière sur sa toile pour construire son tableau. Tout l'enjeu, ensuite, c'est de peindre *autour* de cette lumière.

J'avoue que j'aurais plutôt imaginé ces toiles peintes par une aimable vieille dame aux cheveux blancs, sentant la poudre de riz, ou par une jolie jeune fille en caraco de dentelle. Ce type est étonnant.

— À table ! » rugit-il avec bonne humeur.

Myriam nous rejoint, le visage un peu marqué par la fatigue, mais souriante et affable, comme toujours. Nous sommes les seules clientes. « Ici, c'est trop paumé pour être un coin touristique », nous explique Antonio. Habituellement, la clientèle est plutôt composée de VRP et de commerciaux, ou de routiers.

Cet isolement me convient très bien. Je ne me sens pas d'humeur très sociable, et la seule compagnie de mes amies me suffit. D'autant plus que le dîner s'avère un festival de surprises. Notre cuisinier commence par nous amener l'entrée en annonçant d'un ton cérémonieux :

> « Et voici la tarte aux tomates cerises du jardin, ses herbes du jardin (origan et basilic frais), un soupçon de crème fraîche d'Isigny et d'oignons de printemps, olives noires et huile d'olive de Nyons, et son cœur Mozzarella di Bufala Campana artisanale. Et pour accompagner ça, je vous propose un chouette et vibrant Bourgogne blanc, un Beaune Grèves 1er cru 2015 du sublime domaine Jacques Prieur. »

Pour l'occasion, j'essaie de faire un effort et de faire honneur au repas. Qui aurait cru qu'en pleine campagne jurassienne, nous tomberions sur un vieux biker fan de metal, d'aquarelle et fin cuisinier ? Sa tarte est un véritable régal, avec ses petites tomates rôties, juteuses et sucrées à souhait.

Après l'entrée vient le moment du plat de résistance, et notre peintre-cuisinier disparaît dans la cuisine avec des airs de conspirateur. Nous l'attendons en essayant d'imaginer la suite du menu. Ce soir, je me sens heureuse, sereine et entourée d'affection. Alors, sans réfléchir, d'un coup, je dis :

> « Et si on prenait des vacances ? Hein, les filles ? Si on ne rentrait pas ? J'ai de l'argent, je vous l'ai dit, ce n'est pas un problème. Au moins que ça serve à quelque chose. Alors, on reste quelques jours chez Antonio, et puis on se fait une virée sur la côte, ou alors on part, où vous voulez, Irlande, Italie.... Los Angeles, si vous voulez. Je vous invite. Chiche ?

Le silence un peu gêné qui suit me paraît une éternité. Faouzia finit par dire :

> — Euh, non, désolée, ma grande, mais c'est les vacances la semaine prochaine, et Lila rentre à la maison. Pas question que je rate une seule seconde avec elle. Tu comprends, j'espère.

Bien sûr que je comprends. Un enfant, c'est toujours la priorité. Myriam met sa main sur la mienne.

— Écoute, Kadi, ça me ferait très plaisir, vraiment, mais pour tout te dire, ça va te paraître stupide, mais... je ne me sens pas de laisser ma famille. Je sais que je ronchonne, que parfois, ils m'étouffent, que j'ai besoin d'air, mais on n'a pas l'habitude d'être séparés. On est une famille un peu fusionnelle, on s'inquiète les uns pour les autres. C'est idiot, je sais, mais je dois rentrer les retrouver.

Je dois avoir l'air déçu, parce qu'elle ajoute avec gentillesse, mais sans grande conviction :

— Mais une autre fois, sûrement. On se les fera, ces vacances de Drôles de Dames.

— Ben oui, on les fera. Maintenant qu'on s'est retrouvées, on a tout le temps, ajoute Faouzia.

Je n'insiste pas et souris pour faire bonne figure. Je suis reconnaissante à Antonio de nous offrir involontairement une diversion en revenant de la cuisine pour annoncer d'un ton cérémonieux :

— Mesdames : côte de veau au four et ses girolles, oignons et ail confit au jus de viande et ses sucs déglacés au Sancerre. Le tout accompagné d'un noble et délicat Château Poujeaux 2002 Moulis en Médoc. »

Son plat est accueilli avec les honneurs qu'il se doit, et nous nous extasions en chœur. C'est une merveille. Nous mangeons en silence, et cela me permet de masquer ma déception. Qu'aurais-je pu dire d'autre ? Ce sont mes amies d'enfance ; je les ai effacées de ma vie pendant trente-cinq ans. Je ne peux pas leur en vouloir de ne pas tout chambouler pour moi, d'autant que notre petite escapade est déjà épatante. Alors, qu'est-ce qui me prend d'être triste, tout à coup ?

Déjà petite, le moment que je détestais le plus était celui où il nous fallait cesser nos jeux et rentrer dans nos foyers respectifs. Myriam était la plus ponctuelle, sa grand-mère lui avait offert une montre, qu'elle consultait avec de grands gestes ostentatoires, en faisant mine de se prendre la tête à deux mains, comme les actrices de vaudeville que ses parents affectionnaient tant. « Oh là là, vite ! Déjà 18 h : il faut rentrer !!! »

Faouzia était moins pointilleuse sur les horaires : elle restait avec moi jusqu'au moment où sa mère, excédée, envoyait Mourad ou Majid la chercher pour passer à table. Elle résistait, faisait traîner, prenait son temps, bien décidée à faire tourner ses frères en bourrique, mais elle finissait toujours par partir, parce que la faim lui tenaillait le ventre.

Je détestais ce moment où les filles s'en allaient et me laissaient dans la cage d'escalier. Je détestais qu'on les appelle, et plus encore qu'elles cèdent à ces injonctions. J'aurais voulu qu'elles se révoltent, protestent et hurlent « Non, pas question, je reste avec Kadi ! », mais cela n'arrivait jamais. Nous nous aimions profondément, avec l'enthousiasme et la sincérité de nos jeunes années, mais je ne faisais pas le poids face à une promesse de dîner en famille, de batailles d'oreillers ou des trois coups de *Au théâtre ce soir*.

Restée seule dans la montée d'escalier, je ne me pressais pas. Personne ne m'attendait. En semaine, ma mère rentrait tard, et la plupart du temps, elle me laissait un dîner tout prêt dans le réfrigérateur. Le week-end, elle était fatiguée et, par commodité, procédait de la même manière. Elle m'avait expliqué avec un enthousiasme un peu trop appuyé que ce système était idéal pour moi, car ainsi j'étais « autonome ». À huit ans, j'avais moins besoin d'autonomie que d'affection, mais je m'adaptais.

Alors, en fin de journée, je prenais mon temps, je rangeais les accessoires de *Pif Gadget* qui servaient à nos enquêtes, je pliais les plans secrets des attaques, je secouais le Télécran pour effacer les dessins, je faisais disparaître méthodiquement toutes traces de nos jeux. Je crois que je suis devenue ordonnée juste pour retarder le moment de me retrouver seule, chez moi.

Je suis tirée de mes pensées nostalgiques par une exclamation de Faouzia. Elle qui a pourtant hérité de sa mère un goût pour la nourriture roborative et industrielle semble sous le charme.

> « Waouh, Tonio, c'est du délire ! J'ai jamais rien mangé d'aussi délicieux. Où avez-vous appris à faire la cuisine ? demande-t-elle en sauçant son assiette.
>
> — Il est vrai qu'on se croirait à la table d'un chef étoilé, renchérit Myriam.

Sous les compliments, le géant rosit de plaisir.

> — Vous ne croyez pas si bien dire, mes petites, répond-il d'un air mystérieux avant de disparaître dans le salon.

Il revient quelques instants plus tard, brandissant la photo d'un jeune homme mince et brun, qui se tient souriant et droit, à côté d'un cuisinier dont le visage ne m'est pas inconnu.

> — Vous voyez, c'est moi ! explique-t-il avec fierté. Je suis à coté de monsieur Georges Blanc, à Vonnas. J'ai été apprenti là-bas, dans mes jeunes années.

Même si nous avons du mal à faire le lien entre le sage jeune homme de la photo et notre impressionnant hôte tatoué, nous nous abstenons de le montrer et hochons la tête.

— On vous reconnaît très très bien », déclare hypocritement Faouzia, la bouche pleine. À ce moment précis, je la soupçonne de surtout songer à avoir une ration supplémentaire de côte de veau aux girolles.

Antonio est aussi fin cuisinier qu'il est bon conteur, et nous l'écoutons avec plaisir nous raconter ses anecdotes de jeune apprenti, son premier poste de chef de partie dans un prestigieux restaurant et son coup de foudre avec Agathe, la jolie sommelière, au son de *For those about to rock* de ACDC. La jeune fille fut le sujet du premier tatouage d'Antonio, deux A discrets, entrelacés sur le cœur. Quelques années et un mariage plus tard, le couple ouvrait son propre établissement dans le sud de la France. La vie était belle, pleine de promesses, et même si les jeunes gens travaillaient dur, ils gardaient un peu de temps pour faire de longues balades à moto sur les routes du bord de mer, en écoutant du rock californien dans leur Walkman.

Trois ans plus tard, une heureuse nouvelle venait couronner cette union, et Agathe, enceinte et heureuse, confiait provisoirement les clés de la salle à son second, le temps de vivre sereinement sa grossesse. Le prénom était tout trouvé, ce serait Axel comme le chanteur de Guns N'Roses, et sans attendre, un troisième A vint prendre place sur le cœur du jeune père.

Le reste de l'histoire d'Antonio est moins idyllique et plus banale : un mariage qui bat progressivement de l'aile, un jugement de divorce, un enfant un week-end sur deux, et la vie qui continue, chacun de son côté.

« J'ai gardé le restaurant et l'ai fait fonctionner tout seul, pendant vingt-six ans, se rengorge notre hôte. J'ai eu plusieurs fois des articles dans le journal et j'étais mentionné dans tous les guides régionaux. Pendant toutes ces années, je n'ai vécu que pour ma passion. Quand je ne cuisinais pas, je faisais le marché, je réfléchissais, j'élaborais de nouveaux plats, je testais, je mangeais, je buvais, je comparais. C'est une vraie chance de bosser dans le domaine qui nous passionne. Croyez-moi : j'ai adoré chaque jour de mon métier. Et puis, malheureusement, à l'âge de cinquante-huit ans, j'ai eu un souci de santé. J'ai fait un AVC... qui m'a laissé des séquelles. Je suis devenu agueusique et anosmique.

— Ça veut dire quoi, ça ?

— Ça veut dire que j'ai perdu le goût et l'odorat.

— Aïe ! Ça revient ?

— Dans mon cas, ça n'est jamais revenu... Dès lors, il n'était plus question pour moi de travailler dans la restauration et la gastronomie. Comment j'aurais pu cuisiner, élaborer des recettes, alors que je n'étais même plus capable de faire la différence entre le sucré et le salé ?

— Alors, vous avez fait quoi ?

Antonio se lève.

— Bon, c'est pas tout ça, tonne-t-il, mais on va pas se laisser abattre...

Il disparaît dans la cuisine pour revenir quelques instants plus tard, les bras chargés d'un somptueux tiramisu. Une fois de plus, comme nous nous extasions, il devient tout rose.

— Oh, c'est rien, vraiment. Trois fois rien. J'ai pas eu beaucoup de temps pour vous préparer tout ça, et puis, ça me fait plaisir de cuisiner. Ça m'arrive de plus en plus rarement, maintenant.

Il se rassied et, pendant que nous plongeons nos cuillères dans le mascarpone, il reprend le fil de son histoire. Les pans de la moustache ne bougent plus, et ses yeux clairs se sont un peu assombris.

— Bon, alors, à la suite de ma maladie, forcément, j'ai un peu déconné. En perdant le goût et la possibilité de cuisiner, j'avais vraiment l'impression de perdre la seule chose qui m'intéressait. Alors j'ai vendu le restaurant. C'est une période un peu bizarre de ma vie, parce que je me suis retrouvé à la tête d'une somme confortable, mais sans aucun projet, plus aucune envie : c'est comme si on m'avait coupé les ailes.

Alors, à cinquante-huit ans, j'ai fait ma crise d'adolescence. Je me suis acheté une moto, j'ai laissé pousser mes cheveux et ma barbe, et je me suis fait tatouer. J'ai vécu deux ans ainsi, sans trop me poser de questions, à dilapider le fruit de mes vingt-six ans de travail, à boire, à dormir à droite et à gauche. Après toute une vie passée dans la rigueur et la discipline d'un restaurant, j'avais sans doute besoin de décompresser.

— Et comment vous êtes-vous retrouvé ici, alors ? demande Myriam.

Il rit, et les petites parenthèses de sa moustache recommencent à danser le long de son menton.

— Disons qu'au bout d'un moment, j'en ai eu marre. J'étais sûrement trop vieux pour ces conneries. Et je commençais à ne plus avoir d'argent. Alors je suis rentré dans la région d'où je suis originaire. Je rêvais de faire Chicago/Los Angeles par la Route 66. Finalement, j'aurai fait Théoule-sur-Mer/Moirans-en-Montagne…

Avec ce qu'il me restait d'argent, j'ai acheté cette bicoque et j'ai monté cette petite affaire de maison d'hôte. C'est modeste, mais ça me permet de vivre. J'ai pas vraiment les moyens d'engager des travaux ou de faire refaire la déco, mais j'y suis bien.

— Et la cuisine, alors ? demande Faouzia, qui en profite pour se resservir du tiramisu.

— Je vous l'ai dit, mes petites, je n'ai jamais retrouvé le goût ni l'odorat. Mais je continue de temps en temps à cuisiner pour le plaisir, pour garder la mémoire du geste... Un peu comme un aveugle qui esquisserait un dessin sur un tableau, d'après ses souvenirs "d'avant". Pas question de laisser filer tout ça. Je vous l'ai dit, c'est comme en peinture : il faut "préserver la lumière". Et moi, j'ai pas envie de devenir un vieux bonhomme tout éteint.

— Vous voulez dire que vous ne savez pas si ce que vous faites est bon ? Et ce vin-là que nous buvons, vous n'en sentez pas le goût ? demande Myriam, médusée.

— Bien mieux que ça, ma petite, j'en *imagine* le goût, je le devine... et à voir vos têtes et vos mines repues, je ne suis pas tombé loin, ajoute-t-il dans un éclat de rire. Allez, ne bougez pas, on a fini les deux bouteilles de vin, mais il doit me rester un petit quelque chose de gentil pour terminer.

Il se lève et nous adresse un clin d'œil malicieux.

— Vous allez voir ce que vous allez voir... »

Quelque chose me dit que la soirée ne fait que commencer.

Chapitre 30

Le « petit quelque chose de gentil », c'est un vieux marc du Jura. La bouteille date de l'année de naissance d'Axel, elle a donc plus de trente-trois ans et titre 55°, nous apprend fièrement son propriétaire.

Sans doute troublée par l'ambiance particulière et perturbée par l'émotion provoquée par l'histoire d'Antonio, Faouzia, qui ne boit pas d'alcool, laisse le géant tatoué lui servir un verre. Quand elle réalise, elle semble hésiter.

> « Euh... merci, mais... je ne bois pas d'alcool, normalement. Moi... enfin, j'en ai bu quand j'étais jeune, mais là, ça doit faire au moins vingt-cinq ans que j'ai pas touché un verre.

Je l'encourage :

> — Allez, c'est une soirée exceptionnelle. Goûte juste pour nous accompagner ! S'il te plaît, on porte un toast.

À notre escapade ! À la liberté !

Antonio la rassure :

— Tsssss, c'est que du fruit sec, avec un peu de sucre : un vrai bonbon, vous allez voir ! Cul sec ! »

Alors, comme Faouzia a toujours été téméraire, elle vide son verre, d'un coup. « Vous allez voir ce que vous allez voir », avait-il dit. Effectivement, elle voit. Très bien, même. Elle a même l'air d'être éblouie si j'en juge les larmes qui montent instantanément à ses yeux.

De son côté, Myriam ne parle pas. Elle se tient toute raide. Elle a fermé les yeux, et je vois juste ses lèvres remuer silencieusement. Je n'ai pas souvenir qu'elle ait jamais été particulièrement religieuse, et je trouve curieux que sa piété se manifeste juste maintenant. En l'observant plus attentivement, il me semble que j'arrive à lire sur ses lèvres qu'elle psalmodie en boucle « oh putain... oh putain... oh putain ! »

Quant à moi, j'ai l'impression d'être en feu, et cette fois-ci, cela n'a rien à voir avec mon torride baiser de cet après-midi. En un éclair, je suis traversée de questions existentielles : est-ce que cela existe, les autocombustions de l'intérieur ? Est-ce que, si j'ouvre la bouche, maintenant, il va en sortir des flammes ? Et si oui, est-ce que nous aurons le temps d'échapper à l'incendie ? Et si j'arrive à garder la bouche fermée et que je me mets à avoir le hoquet ? Est-il possible que mes dents se mettent à fondre ?

« Alors ? demande triomphalement notre hôte. Il est bon ?

Aucune de nous n'est en état de répondre, mais nous hochons la tête. J'ai la vague impression de rejouer la scène des *Tontons flingueurs* au féminin. Antonio se marre.

— Vous savez, même moi, je le sens un tout petit peu, quand même, le goût de ce truc. C'est du velours, hein ? » ajoute-t-il l'œil pétillant.

Nous ne répondons pas. Dans mon for intérieur, je me dis que s'il avait fallu trouver une matière pour qualifier ce que nous sommes en train de boire, je n'aurais pas spontanément pensé au velours. Je serais plutôt allée chercher du côté des métaux lourds, de la fonte en fusion, par exemple.

Je regarde Faouzia du coin de l'œil. Comme la petite fille bravache qu'elle était, hors de question d'admettre qu'elle a trouvé plus fort qu'elle. Alors elle gratifie Antonio d'un sourire ravi et tend son verre à nouveau.

« Vous avez raison. C'est presque comme des fruits. Juste un peu fort, mais... ça fait du bien.

Le vieux biker jubile, et les parenthèses autour de son menton dansent de joie. Myriam semble avoir retrouvé ses esprits. Elle regarde son verre vide, interloquée.

— Punaise, je ne me sens plus du tout fatiguée. Si ça se trouve, ce truc, ça va éradiquer mes cellules malades. Des années de recherches médicales pour finalement s'apercevoir que la lutte contre la sclérose en plaques passe par de l'alcool distillé !

Alors, nous trinquons à la recherche médicale et à la fin des béquilles, puis Faouzia reprend la parole :

— Antonio, je voulais vous remercier pour ce merveilleux dîner. J'avais une maman qui ne cuisinait pas très bien, mais tout l'monde adorait ses repas. Vingt-cinq ans après sa mort, mes frangins et moi, on a encore la nostalgie de ses sandwichs aux cordons bleus, de ses pots de Bolino déshydratés, de ses pizzas aux mille saveurs.

J'suis pas non plus très douée en cuisine, et sans surprise, ma fille, qui est la personne la plus brillante du monde, est nullissime. Pourtant, chaque fois qu'elle revient à la maison, elle s'obstine à me préparer un repas "pour que je me repose." Alors je ferme ma gueule et je déguste des bouillons gras dans lesquels flottent des bouts de viande pas cuits, accompagnés de conglomérats de semoule. C'est dégueu : on dirait un truc qui a déjà été mangé. Et pourtant, je fais semblant de reconnaître un tajine. Juste parce que je l'aime plus que tout et que je mangerais des cailloux si elle me les préparait.

Eh bien, je vais vous dire un truc dingue. Ce soir, dans ce sublime repas, qui paraît si différent de la cuisine de ma mère ou de Lila, j'ai retrouvé un ingrédient familier, un goût que je connais par cœur, depuis mon enfance. Je sais ce que vous mettez dans votre cuisine, Antonio... c'est de l'amour !

Elle prononce ces derniers mots d'une voix légèrement rocailleuse, et je me dis que, pour une fille qui n'a pas bu depuis vingt-cinq ans, avec deux verres de marc cul sec en moins de cinq minutes, elle va vite se rattraper. Comme son discours est joli et qu'on est tous émus, nous trinquons à nouveau, à la mémoire de la fabuleuse madame Benarbia.

— En tout cas, je plaisante pas, Antonio, répète Faouzia, vous pouvez être fier. Très fier même. Vous êtes un artiste !

Le bonhomme est visiblement ému et, rose de plaisir, il se confond en remerciements :

— Merci beaucoup, merci. Je suis très touché. Vous ne pouviez pas me faire plus beau compliment... Et vous savez quoi ? Je ne suis pas loin de le penser. Je pense qu'on a tous dans la vie quelque chose dont on peut être fier, et moi, eh bien, je suis fier d'avoir réussi à garder quelque part en moi la mémoire de ma cuisine. Je suis un vieux bonhomme, mais j'ai conservé mon âme de jeune cuisinier, comme un petit trésor.

Il a prononcé ces derniers mots d'une voix un peu tremblante et solennelle, alors, pour désamorcer l'émotion qui monte, Myriam décide de porter un toast, elle aussi.

— À mon tour, dit-elle en riant. Je pourrais porter un toast à ma famille Ingalls, si aimante, si parfaite, même si c'est vrai que, parfois, j'étouffe avec eux, et que ce n'est pas la vie que j'aurais voulue. Moi, je voulais voyager, avoir des amants, pas d'attaches, une vie légère... Bref, pour la vie légère et sans attaches, on repassera. Mais je voudrais quand même trinquer. »

Elle fait mine de se lever, et immédiatement, Antonio se précipite pour lui offrir son bras, tandis que de l'autre main, il recule légèrement la chaise. Ce n'est pas la première fois que je remarque que cet homme, impressionnant au premier abord, est plein d'attentions et de prévenance. Myriam lui adresse son plus beau sourire et le remercie d'un gracieux hochement de tête. Elle faisait déjà cela quand elle était petite. Mourad et Majid disaient qu'elle « faisait sa princesse. » Aujourd'hui, elle fait juste « sa reine ».

Pour l'instant, Sa Majesté tangue légèrement et prend appui sur une chaise, sous l'œil attentif d'Antonio. Elle lève son verre et s'éclaircit la voix :

« Je voudrais porter un toast à ma maladie. Ça peut paraître glauque ou malsain, mais pas du tout. Avant de tomber malade, j'ai traversé, comme tout le monde, des périodes de doute, de déprime. Ma boutique de bijoux ne marchait pas très bien, je m'inquiétais, j'avais du mal à payer mes charges. Mon mari m'agaçait, je le trouvais trop sérieux, trop réservé. Je m'ennuyais un peu, je rêvais d'aventures.

La maternité me pesait aussi. Même si j'aimais mes enfants plus que tout, je ne suis pas sûre que j'aimais vraiment être mère. Disons que sans trop savoir pourquoi, j'étais déçue : je me sentais prisonnière de ma vie d'épouse et de mère de famille. Et puis, je m'inquiétais beaucoup, pour tout, pour l'argent, le travail, la santé, mais aussi parce que je me voyais vieillir, et ça me rendait triste.

Elle marque une pause dans son discours, afin de dévisager chacun d'entre nous. Je suis sûre que la Reine d'Angleterre fait pareil.

— Au final, reprend-elle, je perdais mon temps, ma vie, à être toujours frustrée, toujours insatisfaite sans bien pouvoir le formuler. Cette maladie, quelque part, ça a été une chance. J'ai pris *conscience* que les choses sont fragiles, éphémères. J'ai appris à me concentrer sur l'essentiel. J'ai arrêté de me tracasser pour des bêtises.

Ça va vous paraître idiot, mais il me semble que je chéris d'avantage les baisers de mon mari, les câlins d'Iris, les blagues idiotes des jumeaux. Et ce moment passé avec vous, aussi, bien entendu, je le chéris, j'en vis chaque seconde avec intensité. Même si ça doit me brûler la gorge et m'arracher les boyaux, ajoute-t-elle en riant et en regardant Antonio, qui prend un air faussement offusqué.

Alors, je vais vous dire : mon existence n'est pas parfaite, mais ce n'est pas très grave si je sais qu'elle ne ressemblera jamais à ce dont je rêvais. Ce n'est pas très grave si mon espérance de vie est un peu moins longue. Ce n'est pas très grave si je marche moins bien. C'est triste, injuste, mais mon cœur, lui, est dans une forme éblouissante. Je crois bien que depuis l'annonce de cette maladie, il n'a jamais aussi bien fonctionné. C'est comme si j'avais dans la tête des sortes de machines sophistiquées, des radars, qui détectent la moindre source de bonheur potentiel.

Elle nous dévisage un par un, et il me semble que son regard s'attarde davantage sur moi quand elle dit d'un ton solennel :

— Trinquons à nos radars à bonheur. »

Je les regarde tous avec tendresse. Faouzia et Myriam, si différentes, mais toutes deux façonnées et pétries par la même glaise de l'amour familial inconditionnel et immuable. Cet amour qui se manifeste quand on est enfant par des bisous magiques, des « Oh, bravo ! C'est très joli », des « Couvre-toi avant de sortir », ou des « T'es pas malade, au moins ? » Cette tendresse inquiète, qui perdure ensuite avec des « T'es sûre que tu ne veux pas que je t'aide ? » ou « C'est qui ce garçon ? » Des « Je te raccompagne, c'est plus sûr » et des « Mange, ma fille. » On grandit, mais on a beau faire, on a beau dire, cet amour-là, d'une manière ou d'une autre, vous reste chevillé au corps toute votre vie.

La voix de Faouzia me tire de ma rêverie :

« Bon, et toi, Kadi, tu portes un toast à quoi ?

La question me fait sursauter. Je me sens comme une écolière qui n'a pas fait ses devoirs et qui se fait interroger par le prof.

— Euh... moi ? Je ne sais pas...

— Tu as bien quelque chose d'important pour toi, un truc dont tu es fière et qui donne du sens à ta vie », murmure Myriam d'un ton persuasif.

Je ne sais pas si c'est la fatigue, l'émotion ou l'alcool, mais je ne trouve rien à dire. C'est le trou noir dans ma tête. Quelque chose que j'aurais réussi ? Vraiment réussi dans ma vie ? Quelque chose qui donnerait du sens à mon existence ? J'ai beau me creuser la tête, rien ne vient. Ça doit être l'alcool qui m'empêche de réfléchir. Saleté de digestif qui me crame les neurones. Alors, pour dissimuler mon embarras, je bredouille :

« Euh… ben, je vais porter un toast… à vous, parce que je vous aime. Merci d'être là.

Faouzia fronce les sourcils, et Myriam secoue la tête ; je vois bien qu'elles attendaient autre chose. Mais avant qu'elles aient le temps de protester, Antonio se lève précipitamment et brandit son verre.

— Excellente idée ! Parfait, ce toast. Allez, allez, buvons à nous ! »

Pendant que nous trinquons, je le regarde avec curiosité. J'ai la vague impression qu'il est le seul à avoir perçu mon désarroi et que son empressement à porter le toast était sa manière à lui de voler à mon secours. Décidément, ce drôle de type est plein de surprises et de délicatesse. J'aurais adoré avoir un père comme lui.

Chapitre 31

Après cette soirée arrosée, les filles partent se coucher, et pour une fois, il n'y a pas que Myriam qui se déplace prudemment. Galant, Antonio tient à raccompagner chacune de nous à sa chambre, en nous offrant un bras tatoué plein de prévenance, à défaut de stabilité.

Allongée sur mon lit, en attendant le mal de tête, j'envoie un SMS à mes enfants : « Vous me manquez. Je suis dans le Jura. Je vous aime. J'aimerais bien qu'on parte ensemble quelques jours. » La réponse de Lucas ne se fait pas attendre : « Cool, profite. Biz. » Trois mots. C'est bien le maximum que je peux obtenir de mon insomniaque de fils. C'est toujours mieux que le silence de Marion, silence qui ne doit rien à l'heure tardive. Avec un peu de chance, dans deux jours, je recevrai un smiley souriant.

Comme je n'arrive pas à dormir, je sors faire un tour. Il est à peine 5 h du matin. La pluie s'étant arrêtée depuis longtemps, je me dis que ce serait une bonne idée d'aller voir le jour se lever sur les hauteurs. Je m'emmitoufle dans la veste de Vincent, et par endroits, sur le col, je retrouve un peu de son odeur. Je marche tranquillement, le long de la route, à cause de la semi-pénombre, et ensuite, j'emprunte le petit chemin qu'Antonio nous a indiqué hier comme menant à un joli point de vue. Je grimpe ainsi pendant quelques minutes, et il me semble que l'effort m'aide à dissiper les vapeurs d'alcool. Mon ascension débouche sur un petit plateau entouré d'arbres, qui surplombe la vallée. Je m'accoude à la table d'orientation en pierres, allume une cigarette et attends que le jour se lève.

Je plonge mon nez dans le col de la veste et respire une fois de plus l'odeur boisée, mêlée de tabac blond de Vincent. Je songe que, comme ce parfum sur le tissu, je vais m'estomper progressivement dans sa mémoire, jusqu'à devenir un effluve incertain, presque indétectable. Je me dis qu'un jour, il plissera les yeux pour se rappeler de moi. Je l'imagine, évoquant mon souvenir en riant avec ses amis.

« Kadi ? Kadi... Ah oui, *Kadija*, la grande métisse qui bossait avec Charlotte. Une drôle de femme, pas une bombe, mais une beauté discrète, plus toute jeune, mais touchante. Figure-toi que j'ai dû l'embrasser, je crois. Je ne sais plus, j'étais bourré, mais il me semble qu'on n'a pas été plus loin. Ah oui, maintenant qu'on en parle... Oui, j'ai dû l'embrasser... » Il prononcera une dernière fois mon nom, « Kadija », avec son petit sourire en coin et puis, hop, je me serai évaporée, pour laisser place à un autre souvenir.

Je regarde le ciel commencer à s'éclaircir progressivement et j'essaye d'imaginer que mes pensées deviennent, elles aussi, plus claires, au fur et à mesure que le jour se lève. J'allume une cigarette et je songe aux liens. À l'amour. Qu'est-ce qui fait que certaines personnes sont aimées suffisamment, vraiment ? Et que d'autres ne le sont jamais qu'à moitié, de loin, avec distance ?

Je me vois, petite fille. Je pense à mon père, qui ne m'a même pas donné une chance de devenir *sa* fille. Je me souviens que, gamine, quand je croisais des gens avec des nouveau-nés, je ne pouvais pas m'empêcher de les assaillir de questions. Est-ce qu'il pleure beaucoup ? Est-ce qu'il sent mauvais ? Est-ce qu'il vomit ? Mais est-ce que vous l'aimez *quand même* quand il fait tout ça ? Et si, en grandissant, il fait beaucoup de bêtises, vous l'aimerez toujours ? Même s'il tue des gens ? Ma mère me grondait, me disait que je mettais tout le monde mal à l'aise avec mes questions idiotes.

Combien de fois, enfant, ai-je scruté les rares photos de moi, bébé, afin d'essayer de deviner en quoi je devais être différente, moins « aimable » que d'autres pour ne pas avoir réussi à susciter l'amour de mes parents ? Pas assez blanche ? Trop noire ? Ou autre chose ?

J'allume une autre cigarette et pense à ma mère. À sa froide réserve. À tous les efforts qu'elle a dû faire pour masquer l'indifférence qui était la sienne. À tous les efforts que moi, j'ai fait, en vain, pour tenter de lui inspirer un peu d'affection. Je me souviens de mes dessins, de mes petits mots restés sans réponse, de mes cadeaux de fête des mères accueillis par un sourire forcé et immédiatement relégués au fond d'un tiroir. J'ai en tête son soulagement à peine masqué quand j'ai enfin quitté la maison pour une chambre d'étudiante, ses mots agacés au téléphone, quand je l'appelais pour prendre de ses nouvelles. « Oui, oui, ça va, merci. Non, non ne viens pas, ce n'est pas la peine. Fais tes études. Tu as sûrement mieux à faire. Et moi aussi. Allez, on raccroche. »

Avec le temps, elle a commencé à avoir des « absences », des trous de mémoire, puis les choses ont empiré très vite d'une manière inquiétante. Plusieurs fois, on l'a retrouvée errant dans les rues d'Ivry. Il a fallu la placer dans un établissement spécialisé. Par une ironie du sort, je me suis retrouvée à agir avec elle exactement comme elle avait agi avec moi : je payais son hébergement, je veillais à ce qu'elle ne manque de rien et je m'acquittais de mes devoirs familiaux, sans rechigner, mais sans affect.

Alors que certains de ses souvenirs disparaissaient et revenaient sans prévenir, par vagues, j'ai été la première personne qu'elle a « oubliée » définitivement. Je veux dire par-là qu'elle n'a pas seulement oublié des anecdotes, des parties de nos vies, mon visage ou mon prénom. Elle a oublié *mon existence*. Durant toute ma vie, elle m'a traitée comme une étrangère, et à la fin de la sienne, je le suis devenue vraiment.

Lors de ma dernière visite, il y a trois ans, peu de temps avant sa mort, elle m'a dit, comme on se confierait à une inconnue de passage. « Moi, voyez-vous, je n'ai jamais eu d'enfant. C'est la vie. C'est dommage, j'aurais bien aimé avoir une fille. Ça doit être gentil, les filles, non ? » Et puis, elle a regardé à travers moi, comme si j'étais transparente.

Le jour se lève petit à petit sur la vallée. Je me sens devenir aussi légère et impalpable que la fumée de ma cigarette. Antonio n'a pas menti : la lumière blanche et douce révèle peu à peu un paysage magnifique, plein de douceur et de poésie. J'ai envie de partager ce moment, de faire une photo et de l'envoyer à Marion et à Lucas. Et tout de suite après, je me souviens que je ne recevrai probablement pas de réponse, et je me dis que j'ai eu ma dose de râteaux ces derniers jours.

Je repense à Faouzia, à sa proximité avec sa fille malgré la distance, à leurs messages incessants échangés, à leur complicité de gamines et à l'impatience de leurs retrouvailles.

Je m'allume une autre cigarette. Je pense aussi à Myriam, à son joli embarras mal dissimulé, quand elle a avoué, rose d'émotion, que son mari et ses enfants lui manquaient. Il y a quelque chose de magnifique dans cette famille soudée, un peu étouffante, mais unie par un amour inconditionnel.

Une fois de plus, mon cœur se serre. Je sais que je vais devoir rentrer à Paris et que mon appartement sera glacial en ce début d'automne. Je sais aussi qu'il faut que je me cherche un nouveau boulot. Je me dis que personne ne m'attend. Que même si nous nous sommes promis de rester désormais en contact, mes Drôles de Dames ont toutes deux une vie. Une vie imparfaite, bancale, difficile. Mais une vie remplie d'amour. Une vie dans laquelle je n'ai qu'une toute petite place. Un strapontin.

J'ai une drôle de sensation. Des crampes dans le ventre. Sûrement un effet secondaire du marc du Jura. Je me promets de ne plus jamais boire.

Une drôle d'idée me traverse l'esprit : et si je prenais un chien ? Une bonne bête, aimante et fidèle. Un Setter irlandais, par exemple. C'est joli, comme race. Puis je réfléchis. Un Setter irlandais, ça risque de faire prétentieux. Pourquoi pas un cocker ou un caniche ? Non, finalement, il me semble que je ne suis tout de même pas assez vieille pour avoir un caniche.

Des larmes coulent sur mes joues. Décidément, l'alcool ne me réussit pas. Je me trouve pathétique à chouiner toute seule, accoudée à une table d'orientation, devant un lever de soleil, et je suis bien contente de ne pas avoir de témoin.

J'allume une autre cigarette. Je me promets d'arrêter de fumer. Cette perspective m'oppresse un peu. Alors je m'approche du bord de la falaise, là où il me semble que l'air est plus frais et plus vivifiant, et je respire à fond. Ça me fait du bien. J'ai la vue un peu brouillée à cause des larmes, et ça n'en rend que plus beau le spectacle du soleil qui se lève, comme un tableau impressionniste, aux contours flous. Antonio ferait peut-être une jolie aquarelle de ce spectacle magique.

Je respire encore une fois, profondément, et je sens l'air froid pénétrer dans mes poumons. Je m'approche encore un peu plus, jusqu'à sentir un frisson remonter le long de ma colonne vertébrale.

Petites, nous bravions l'interdiction de monter sur le toit de notre immeuble. Bien entendu, c'était l'un de nos jeux préférés. Nous aimions nous faire peur, nous approcher du parapet et nous hausser sur la pointe des pieds, pour essayer de voir en bas.

C'est toujours Myriam qui craquait la première : « On arrête, c'est dangereux. Ma mère ne sera pas contente », disait-elle. Ce qui lui faisait peur, ce n'était pas le danger en lui-même : c'était d'imaginer la détresse de sa famille si jamais il lui arrivait malheur. Ainsi vivait-on chez les Mendel, avec la préoccupation constante de préserver les siens de l'inquiétude et de la tristesse.

De son côté, Faouzia bravait tous les dangers : elle était incapable d'imaginer qu'il puisse lui arriver quelque chose. « Moi, de toute façon, si je tombe, mes frangins me rattraperont », nous avait-elle assuré un jour. Ainsi vivait-elle, dans la certitude d'être toujours entourée et protégée des dangers, quoi qu'il arrive.

Moi, hissée sur la pointe des pieds, je me cramponnais au parapet, je ne pensais à rien et à personne. Je me concentrais juste sur le délicieux frisson de peur que cela me provoquait dans le creux du dos. Le toit de l'immeuble, c'était notre Luna Park, notre grand huit à nous.

Je m'approche un peu plus du vide et sens le frisson familier remonter le long de ma colonne vertébrale, comme quand j'étais enfant. Je songe à *La promesse de l'aube*, feuilletée hier, dans la bibliothèque. À ces passages poignants à la fin du livre, où l'auteur parle de la difficulté de vivre quand on a été tellement aimé jeune, parce qu'ensuite, toute son existence, on espère, on attend de retrouver le même amour et on passe son temps à attendre ce que l'on a déjà reçu.

Dans mon cas, j'ai vécu exactement le contraire, toute ma vie, je l'ai passée à chercher sans trop de réussite ce que je n'ai jamais reçu. Je me demande si Romain Gary avait un chien.

J'ai la curieuse impression que le jour me tend les bras, et j'ai soudain envie de me blottir dans sa lumière. Peut-être que, dans toute cette beauté, j'ai enfin une place qui m'est réservée. J'ai envie de faire partie du ciel clair, de la rosée scintillante sur les herbes folles, des rochers sombres, du bruit incessant du vent dans les arbres, et des premiers et timides rayons du soleil. Alors, face à l'horizon, tout au bord de la falaise, je prends une grande inspiration, je ferme les yeux, je me laisse envelopper par la douceur du jour qui naît et j'attends que l'aube m'emporte.

Chapitre 32

« C’est un bel endroit pour chasser la gueule de bois, non ?

La voix de stentor d’Antonio me sort de ma rêverie, je tourne la tête et vois le géant ventru qui me regarde en souriant. S’il a vu que j’ai pleuré, il a la délicatesse de ne pas en faire mention.

— Allez venez, dit-il. À cette altitude, le matin, il fait encore frais, et vous allez attraper la mort. Je vais vous faire un chocolat chaud à ma façon !

Je serre encore un peu plus ma veste contre moi et le suis sans un mot. Quand nous entrons dans la cuisine, les filles dorment encore. Antonio et moi nous installons sous la véranda et restons assis un long moment sans rien dire. C’est lui qui rompt le silence :

— Ça ne va pas très fort, ce matin, on dirait.

— Non, pas terrible », dis-je d'une toute petite voix, en bafouillant.

L'instant d'après, je me retrouve à sangloter sur l'épaule accueillante du vieux biker. Soudain, je me redresse et m'aperçois consternée que j'ai trempé son T-shirt Motörhead. Il me regarde gentiment.

« Ne vous inquiétez pas, Lemmy aurait adoré qu'une jolie fille comme vous se mouche sur lui.

— Une jolie fille, c'est vite dit. Quand j'étais jeune... peut-être. Pour ce que ça m'a servi. Quelle arnaque. Ça ne m'a pas vraiment aidée à être aimée. Je ne sais pas pourquoi, mais c'est ainsi. Il y a un problème avec moi. *Je* suis comme ça. »

Il me dévisage avec attention, et un curieux petit sourire s'esquisse au coin de ses lèvres. Sans un mot, il se lève, et je l'entends qui s'affaire pour préparer son chocolat chaud. En l'attendant, je fais quelques pas sous la véranda. Dans un coin, je vois qu'il a aménagé son petit atelier de peinture, avec une table en fer encombrée de pinceaux, de chiffons et de palettes.

Contre un mur, un carton à dessin qui déborde attire mon attention. Je m'accroupis pour faire défiler les feuilles : ce sont des croquis et des portraits de femmes. Il y en a des centaines. En regardant plus attentivement, j'ai l'impression que le modèle est toujours plus ou moins le même : une jeune femme très mince, aux longs cheveux clairs, avec de grands yeux sombres qui lui mangent le visage. Le trait est maladroit, mais il y a quelque chose de touchant dans ces esquisses et dans l'application obstinée de l'artiste.

« Ah, vous avez trouvé mon Agathe !

La grosse voix d'Antonio me fait sursauter, tandis qu'il me tend une tasse fumante.

— Ils ne sont pas terribles, ces croquis, reprend-il gaiement. C'est dur, le corps humain ; c'est très technique. Depuis quelques années, je regarde des vidéos sur YouTube et je prends même des cours de dessin en ligne. *L'art pour tous*, ça s'appelle. En ce moment, j'en suis à la perspective, j'en bave.

— Agathe, c'est votre ex-femme ?

Il s'accroupit à côté de moi et contemple les feuilles d'un air rêveur. Dans son énorme main, sa tasse a l'air toute petite.

— *Ex*-femme, oui, sans doute qu'on dit comme ça. En tout cas, pour moi, c'est mon amour de toujours.

Je dois avoir l'air désolé, car il reprend en souriant :

— Non, non, Kadi, ne vous méprenez pas, il n'y a rien de triste dans mon propos. J'ai eu beaucoup de chance de rencontrer Agathe et beaucoup de bonheur avec elle. La vie a fait qu'elle a cessé de m'aimer progressivement. C'est la chose la plus douloureuse que j'aie jamais vécue : sentir venir le désamour, en pente douce, et ne rien pouvoir faire pour arrêter ça. Constater, impuissant, que mes mots ne la font plus rire, que ma peau ne la fait plus frissonner, que mes baisers dans le cou l'agacent.

On s'est séparés, et chacun de notre côté, on a repris nos vies. J'en ai souffert terriblement, mais je n'en ai pas d'amertume. Je préfère une vie avec dix ans d'Agathe qu'une vie de cent ans sans elle. C'est comme Angus, vous voyez.

— .....

— Angus Young, le guitariste d'ACDC. C'était un génie. Il est mort, il a été remplacé, et ce n'est plus du tout pareil. Mais ce n'est pas grave. Savoir qu'il a existé, avoir la chance de pouvoir réécouter ses riffs de guitare magiques, moi, ça me rend heureux.

Je connais assez peu de personnes capables de mélanger dans le même raisonnement l'amour fou et absolu, et un guitariste de hard rock. Je lui souris.

— N'empêche, je trouve ça triste d'aimer sans retour.

— Ce qui est triste, c'est de ne *pas* aimer, Kadi. C'est de ne *pas* avoir de jolis souvenirs. Moi, j'ai eu cette chance inouïe. Mon cœur a battu comme jamais, et il a engrangé plus de bonheur, d'émotions qu'il ne pourra jamais en contenir. Agathe, c'est mon trésor de guerre.

— Et... vous n'avez pas eu d'autre histoire ?

Il éclate de rire, et le chocolat tremble dans sa tasse.

— Ah si, bien entendu ! Les bikers moines, ça n'existe pas ! Mais je veux la garder, *elle*, intacte, dans mon souvenir. C'est pour ça que je la dessine. Pour ne rien perdre d'elle. Je travaille de mémoire, comme pour la cuisine.

Par exemple, une chose que j'adorais et que je ne veux pas oublier, c'est la ligne de ses épaules. Et sa clavicule. C'est très compliqué de dessiner une clavicule, vous savez. C'est dans la leçon 67 de *L'art pour tous*. Alors je bosse. Inlassablement, je refais, j'efface. J'essaie de me souvenir de chaque détail, le mouvement de ses cheveux qui balayaient son épaule, la ligne de son cou, le léger duvet qui recouvrait sa nuque, toutes ces choses que je suis si heureux d'avoir connues.

J'ai bien conscience que le résultat n'est pas à la hauteur et que la plupart de mes dessins ne sont pas très réussis. C'est que, voyez-vous, à *L'art pour tous*, pour 28 € par mois, ils s'engagent sur les moyens, pas sur le résultat.

Quand il se relève, ses yeux pétillent de malice. Il me tend la main galamment. Mes genoux craquent un peu. Pour me dégourdir les jambes, je fais quelques pas et m'approche de son chevalet, sur lequel repose une toile inachevée.

— Elle est ratée. Complètement ratée, celle-ci, dit-il avec un soupir.

Je ne réponds pas. Je n'ai pas la prétention de m'y connaître en peinture, mais c'est vrai que l'ensemble de sa composition dégage une impression pesante et terne.

— Vous savez, Kadi, poursuit-il, les gens pensent toujours que l'aquarelle, c'est difficile parce que, justement, quand c'est raté, on ne peut pas rattraper ses erreurs. Je vous ai dit hier soir qu'il fallait d'abord préserver la lumière présente sur le papier, puisqu'on n'utilise pas de blanc. Donc, si on a mis trop de couleurs et qu'on a trop recouvert la toile, on croit que c'est fichu. Dans un sens, c'est vrai. On n'aura plus jamais la pureté de la lumière originelle. Ça ne sera jamais le tableau qu'on avait en tête.

Il prend la toile dans ses grosses mains et la contemple d'un air pensif.

— Vous voyez, je voulais faire quelque chose d'aérien, de délicat et d'évanescent, et j'ai fait de gros pâtés colorés. Je voulais faire du Gabriel Fauré, et j'ai fait du Black Sabbath, mais bon, cette toile, c'est la mienne. Je l'ai faite un matin comme celui-ci. Je me sentais inspiré, et je l'aime bien quand même. Je l'ai ratée, mais je ne vais ni la jeter, ni la remiser au fond d'un placard. Je vais en faire quelque chose malgré tout. Vous savez comment ?

Je continue à renifler et j'avoue que je n'y connais rien en peinture.

— Eh bien, je vais essayer différentes techniques. On peut toujours tenter de délaver les couleurs à l'aide d'une éponge de mer. Ou alors, on peut utiliser un petit pinceau plat et travailler par petites touches, pour détremper les pigments et essayer de ramener un peu de lumière. Et au pire, je peux gratter les à-plats, ou bien carrément tenter les contrastes et rajouter des couleurs vives, pour amener quand même de la luminosité et de la gaîté.

Vous voyez, au final, ça ne sera pas ce que j'avais en tête, ça sera même probablement un peu bizarre et sûrement pas très réussi, mais on s'en fiche, Kadi. Vous savez ce qui compte ? C'est qu'on ne jette pas une toile, mais qu'on la retravaille, encore et encore. On fait du mieux qu'on peut pour y apporter tout de même un peu de lumière, parce que la lumière peut venir de n'importe où, là où on ne s'y attendait pas. Et que ça peut être bien quand même. »

Je hoche la tête. J'ai bien compris le message. Ça me fait une belle jambe, son histoire d'aquarelle ratée, mais je n'ai pas envie de le contrarier, parce que son discours est touchant. Et aussi parce que j'ai toujours un affreux mal de crâne.

Il me tourne le dos et commence à farfouiller dans l'invraisemblable bordel qui jonche sa table de peintre.

« Voyons voir... où je l'ai mis... non... pas là. Non plus... Ah, voilà !

Triomphalement, il me brandit sous le nez un pinceau.

— Tenez, jeune fille, c'est pour vous, je vous l'offre. C'est un petit gris en poil de martre n° 26. Le meilleur pinceau pour rattraper les ratages en aquarelle. Je voulais vous offrir aussi une petite éponge de mer, mais je ne sais pas où je les ai foutues. Bref, faites-en bon usage.

Je reste là, perplexe, avec mon nez tout rouge, mes yeux gonflés, ma tasse de chocolat chaud et mon pinceau, puis j'entends la voix de Myriam qui chantonne dans le jardin et, tout de suite après, celle de Faouzia qui râle :

— Putain, mais c'est un cauchemar ! Faites-moi taire cet animal qu'on égorge, par pitié.

Elles se dirigent vers la véranda, tout en continuant de se chamailler. Je regarde Tonio et lui fais un clin d'œil.

— Tiens, en parlant d'éponges, voici les miennes, justement... Elles ne sont pas très académiques, mais assez efficaces pour estomper les ombres. »

Épilogue

Je ne sais pas combien de temps je vais rester. Ça va faire bientôt deux semaines que je suis là, chez Antonio. Faouzia et Myriam sont reparties, en me serrant dans leurs bras et en me demandant de leur donner des nouvelles régulièrement. J'ai promis. Je vais le faire. Sur le chemin du retour, elles m'avaient déjà envoyé trois selfies et une vidéo où Faouzia essayait de bâillonner une Myriam hilare, en train de chanter *Ce n'est qu'un au revoir*.

Avant leur départ, on a eu une discussion sur les raisons de mon silence pendant toutes ces années. Bien que mes amies ne m'aient fait aucun reproche, je me suis sentie obligée de tenter de leur expliquer pourquoi j'avais décidé d'anticiper une rupture qui me semblait inévitable. Quand j'ai eu terminé, Faouzia a levé les yeux au ciel et a dit, d'un ton goguenard : « Pfffff... Eh ben, putain, quand je pense que mes frangins te prenaient pour une intello... T'es à la fois la plus intelligente de nous trois et à la fois... la plus con, hein ! »

Myriam a été plus indulgente. Elle s'est levée et m'a prise dans ses bras, puis m'a regardée d'un air désolé, que je n'ai pas su vraiment interpréter.

Hier, j'ai reçu un SMS de Charlotte. Elle me disait qu'elle rentrait à Paris, qu'elle espérait que j'allais bien et que cela lui faisait bizarre de se préparer pour le Tarantino sans moi. Qu'elle m'embrassait et qu'elle espérait avoir de mes nouvelles.

J'ai aussi reçu un message de Lucas. En octobre, il va faire un stage en Grèce. Il passera par Paris, et durant son escale, il voudrait bien nous voir, son père et moi. Je reconnais bien mon fils, qui nous propose de nous voir *tous les deux à la fois* dans un souci d'optimisation de son planning. Mais cela me fera plaisir de le croiser.

Je ne fais pas grand-chose ici. Je me promène, je lis, je mange un peu et je bois beaucoup de chocolats chauds. Pour la première fois de ma vie, j'ai dû prendre 3 kg. Je ne dors toujours pas beaucoup, mais j'ai l'impression que mon cerveau lutte moins. De temps en temps, je monte au belvédère, je m'assieds par terre, au pied de la table d'orientation, j'allume une cigarette et je regarde la vue. Je n'ai pas arrêté de fumer.

Je pense souvent à ce qu'Antonio m'a dit, sur le fait de me débrouiller pour ajouter de la lumière, d'une manière ou d'une autre, même si je pensais que ma toile était ratée. J'ai gardé son petit pinceau, comme porte-bonheur. Je l'ai caché dans la veste de Vincent, mais je ne sais pas trop quoi en faire. Je ne sais pas comment donner de la luminosité, un intérêt ou du sens à tout cela. Mais je cherche.

Ce matin, une fois de plus, je suis montée là-haut pour regarder le lever du soleil. J'avais apporté une couverture, parce que l'été touche à sa fin et qu'il commence à faire frais, par terre. Depuis que je suis ici, j'ai parfois la curieuse impression de traîner dans mon sillage le fantôme discret d'une petite métisse maigrichonne, avec les cheveux bien trop courts et sa clé autour du cou. Alors je lui laisse une place à côté de moi, sur le plaid.

Mon portable vibre, et je vois que c'est un message de Marion, qui m'envoie une photo des résultats de son dernier partiel. Je lui réponds : « Bravo, ma chérie ! Je suis fière de toi et je t'aime. » Et je reçois un smiley souriant en retour.

J'allume une cigarette, je sors de ma poche un carnet blanc que j'ai trouvé dans le bazar d'Antonio et je commence à écrire : *On nous appelait « les petites »*...

FIN

Relecture : Delphine Dubois, Servane Heudiard
Couverture : Lionel Rousseau
Photo de couverture : Cyprien Marsan
Mise en page : Alain Miskovic

Imprimé en Europe par Printcorp

978 249 240 001 8

Sixième(s)